Barry Unsworth
DIE MASKEN DER WAHRHEIT

BARRY UNSWORTH

DIE MASKEN DER WAHRHEIT

ROMAN

Aus dem Englischen
von Wolfgang Neuhaus
und Günter Panske

GUSTAV LÜBBE VERLAG

© 1995 by Barry Unsworth
Titel der Originalausgabe: Morality Play
Originalverlag: Hamish Hamilton, London
© 1997 für die deutsche Ausgabe
Gustav Lübbe Verlag GmbH, Bergisch Gladbach
Aus dem Englischen
von Wolfgang Neuhaus und Günter Panske
unter Mitarbeit von Helmut W. Pesch

Schutzumschlagentwurf: Guido Klütsch, Köln,
unter Verwendung einer Buchmalerei aus
»Les très riches heures du Duc de Berry«
(um 1416), Chantilly, Musée Conde
Initialbuchstaben: Axel Bertram, Berlin
Satz: Dörlemann Satz, Lemförde
Gesetzt aus der Trump Mediäval von Berthold
Druck und Einband: Ebner, Ulm

Alle Rechte, auch die der
fotomechanischen Wiedergabe,
vorbehalten

Printed in Germany
ISBN 3-7857-0872-6

Für Aira, immer

Kapitel eins

s war ein Tod, mit dem alles begann, und noch ein Tod, aus dem das Weitere folgte. Der erste war der eines Mannes namens Brendan, und ich war dabei, als es geschah. Ich sah, wie sie ihn umringten und sich in der bitteren Kälte kauernd über ihn beugten und dann zurückwichen, um seiner Seele den Weg freizugeben. Es war, als ob sie seinen Tod wie ein Schauspiel für mich aufführten; und das war seltsam, denn sie wußten ja nicht, daß ich sie beobachtete, und mir war an diesem Punkt noch gar nicht bewußt, was sie waren.

Seltsam war auch, daß ich, ob von Engeln oder Dämonen, zu einem Zeitpunkt zu ihnen geführt wurde, da meine Torheit mich in große Bedrängnis gebracht hatte. Ich will meine Sünden gar nicht verheimlichen; welchen Sinn hätte dann die Vergebung derselben? Just an diesem Tag hatte der Hunger mich zur Unzucht verführt, und dieser Unzucht wegen hatte ich meinen Umhang verloren.

Ich bin nur ein armer Scholar, mit blankem Hintern den Stürmen des Lebens ausgesetzt, wie man so sagt, und daß ich der lateinischen Sprache mächtig bin, ist meine einzige Empfehlung. Doch bin ich, obwohl ein wenig kleinwüchsig, jung und wohlgestalt, und schon so manche Frau hat mir Blicke zugeworfen. Derlei war mir auch widerfahren, kurz bevor ich Brendan sterben sah, wenngleich mich in diesem Fall, wie bereits gesagt, nicht die Wollust getrieben hatte, sondern der Hunger, eine mindere Sünde; ich hatte gehofft, die Frau würde mir zu essen geben, doch sie war zu hastig und zu heiß. Dann wollte es das Pech, daß der Ehemann vorzeitig heimkehrte und ich durch den Kuhstall flüchten mußte und meinen guten Umhang zurückließ, und das in diesem bitterkalten Dezemberwetter. Ich hatte Angst vor Verfolgung und gebrochenen Knochen, auch wenn es verboten ist, einen Mann im Priesterstand zu schlagen, und so ging ich am Waldrand entlang und nicht auf offener Straße. Hätte ich mich an die Straße gehalten, wäre ich gewiß an den Leuten vorbeigegangen, ohne sie überhaupt zu bemerken.

Es gab eine Lichtung, an der ein Weg von der Straße in den Wald hineinführte. Die Leute hatten ihren Karren dorthin gefahren, und ich stieß auf sie, gerade als sie den Mann herunterhoben. Von den Bäumen verborgen, beobachtete ich alles, ohne mich bemerkbar zu machen. Ich hatte Angst, ins Freie zu treten; denn ich hielt die Leute für Räuber. Sie trugen sonderbare, bunt zusammengewürfelte Kleidungsstücke, welche ihnen nicht zu gehören schienen. Die Zeiten sind gefährlich, und einem Geistlichen ist es untersagt, Waffen zu tragen; alles, was ich hatte, war ein kurzer Stock – Stöcke, Knüttel und Keulen ohne Spitzen oder schnittscharfe Kanten fallen natürlich nicht unter dieses Verbot.

Aus meinem Versteck heraus beobachtete ich, wie

die anderen den Mann vom Karren hoben, während
der magere, junge Hund, den sie bei sich hatten, ausgelassen in die Höhe sprang, wie im Spiel, wobei ihm
die blasse Zunge aus dem Maul hing. Ich blickte in
das Gesicht des Mannes, auf dem der Glanz des Todes lag. Die anderen legten ihn auf den Erdboden. Sie
hatten ihn hierher gebracht, um in seiner Todes-
stunde um ihn zu sein; auch dies wurde mir im selben
Augenblick klar. Denn wer will schon, daß ein Ge-
fährte auf einem rumpelnden Karren seinen letzten
Atemzug tut? Wir möchten die Sterbenden und gerade erst Dahingeschiedenen dicht vor Augen haben,
um ihnen das volle Maß unserer Anteilnahme gewähren zu können. Unser Herr Jesus wurde ja auch vom
Kreuz abgenommen, um betrauert zu werden; droben
war er zu weit weg.

Die Leute kauerten sich im Kreis um den Mann
herum, dicht aneinandergedrängt, als wäre er ein
Feuer, das ihnen an diesem Wintertag Wärme spenden könnte. Es waren sechs Personen: vier Männer,
ein Knabe und eine Frau. Sie waren mit allem möglichen Zeug bekleidet, mit Fetzen und Lumpen, die jeder Kleiderordnung Hohn sprachen. Einer hatte einen
grünen Hut mit Federbusch auf, wie die Reichen ihn
tragen, wenngleich er ansonsten ärmlich gewandet
war. Ein anderer war mit einem weißen Mantel oder
Kittel bekleidet, der ihm bis zu den Knien reichte;
darunter sah man seine durchgewetzten Hosenbeine.
Und wieder ein anderer – der Knabe – trug eine Art
wulstigen Schal aus Pferdehaar, wie es schien. Die
Eichen, die sich hinter der Gruppe erhoben, waren
noch gelbbraun vom Laub des vergangenen Herbstes,

das verdorrt an den Stengeln hing; ein Lichtschimmer fiel auf die Blätter und den derben Stoff, aus dem der Schal des Jungen gemacht war.

Der Mann verschied, ohne daß ihm jemand die Beichte abnahm. Vielleicht hätte die Zeit gereicht, ihm das Kreuz hinzustrecken, doch ich hatte Angst, mich zu nähern. *Mea maxima culpa.*

Ich konnte den Sterbenden in diesem Augenblick nicht sehen, hörte jedoch über die kurze Entfernung hinweg, die zwischen mir und den Leuten lag, wie er um Luft rang, und ich sah auch die Atemwolken vor den Mündern der anderen über ihm. Es war wie Weihrauch, wie ein Nebel der Andacht. Dann endete das Geräusch, und ich sah, wie sie zurückwichen, um Platz zu machen für den Tod – was sehr klug ist, denn der Tod ist weniger gefährlich, wenn man ihm Raum läßt, als in der Enge. Es war wie die Szene in einem Maskenspiel, wenn die gepeinigte Seele aus dem Körper befreit wird. In diesem Augenblick sah ich, daß einer der Männer ein aufgenähtes Abzeichen an seiner Mütze trug: das Wappen eines adeligen Herrn, in dessen Diensten er stand.

Im selben Augenblick spürte der Hund mich auf. Es war eine halbverhungerte Kreatur, jede Rippe war zu sehen, doch weder bettelte das Tier, noch sprang es mich an, sondern legte nur arglose Gutmütigkeit an den Tag. Der Hund hatte mehr als einmal versucht, sich in den Kreis um den Toten zu drängen, war jedoch weggescheucht worden und hatte dann am Rande der Lichtung herumgeschnüffelt, so daß er schließlich an die Stelle kam, wo ich hinter meinem Baum kauerte. Das Tier fing an zu kläffen, und wenn es sich auch eher nach einem Willkommensgruß als nach einer Drohung anhörte, so rief das Gebell doch den Kerl mit dem grünen Hut auf den Plan, einen ungeschlachten Koloß von einem Menschen. Er hatte schwarzes Haar, zu einem Zopf gebunden, und seine Augen waren schwarz wie Haferpflaumen. Bei meinem Anblick zog er ein Messer. Als ich es sah, sprang ich hastig auf und machte mit offenen Händen die priesterliche Geste der Dankbarkeit für einen Segen, damit er auch sofort sah, wen er vor sich hatte. »Komm da raus, und zeig dein Gesicht«, sagte er.

Natürlich kam ich dieser Aufforderung umgehend nach. »Ich bin durch den Wald gegangen«, sagte ich, »und rein zufällig auf euch gestoßen. In einem solchen Augenblick wollte ich nicht stören.«

Die anderen hatten sich derweil von dem Toten erhoben, dessen Augen weit aufgerissen und so blau wie Drosseleier waren. Er war glatzköpfig, mit rundem Schädel und einem gedunsenen Gesicht, das wie eine Maske aus Talg aussah, und sein Mund war verzogen und stand ein Stückchen auf. Der Köter nutzte die Gelegenheit, dem Toten das Gesicht zu lecken, und dieses Lecken öffnete den Mund des Verblichenen noch weiter. Der Knabe versetzte dem Hund einen Tritt, und das Tier jaulte und trollte sich, um an einen Baum zu pinkeln. »Ein Priester«, sagte der Knabe. Es war kein Schal, den er über den Schultern trug, sondern irgendein Kleidungsstück mit baumelnden Beinteilen. Ich sah jetzt, daß er weinte; sein Gesicht war tränennaß.

»Du hättest zurückgehen oder einen anderen Weg nehmen können«, meinte der Bursche mit dem Abzeichen an der Mütze. »Du hast dich fürs Spionieren entschieden.« Das Wappen stellte einen weißen Storch über gekreuzten Hellebarden dar. Doch nicht nur anhand dieses Abzeichens erkannte ich, daß der Mann der Anführer der Gruppe war, sondern auch daran, daß er für alle anderen sprach. Er war einige Jahre älter als ich, von mittlerer Größe und zierlicher Gestalt, jedoch drahtig und beweglich. Als einziger hatte er keine geliehenen Sachen an. Er trug ein Wams aus Schaffell und darunter eine kurze Hemdbluse, die am Hals schon recht abgewetzt war. Die Muskeln seiner Waden und Oberschenkel zeichneten sich deutlich unter dem dünnen Stoff der Hose ab. »Du bist zu spät gekommen, um wenigstens noch dein Amt zu verrichten«, sagte er voller Verachtung. »Brendan starb, ohne seiner Sünden ledig zu sein, während du dich da drüben versteckt hast.« Sein Gesicht, ein schmales Oval, war jetzt weiß vor Trauer oder Kälte. Die Augen waren wunderschön, von graugrüner Farbe unter geschwungenen Brauen. Später fragte ich mich, warum ich damals keine Gefahr in diesem Gesicht erblickte, dem Gesicht eines Eiferers; doch der Teil meiner Seele, der uns die Fähigkeit verleiht, Dinge vorauszuahnen, war gefangen in der Furcht des Augenblicks. Ich bin nicht mutig und war in einem Augenblick des Todes auf diese Leute gestoßen. Ich war ein Fremder, und in gewisser Weise konnte man mir eine Schuld geben. Das genügt in diesen schrecklichen Zeiten, einen Mann der Gefahr von Verletzungen oder Schlimmerem auszusetzen. In der Menge schwelt ein Drang nach Gewalttätigkeit; wo mehrere versammelt sind, ist der Geist des Mordes niemals fern.

»Ich hatte nichts Böses im Sinn«, sagte ich. »Ich bin nur ein armer Priester.« Dieser letzte Satz war sicherlich überflüssig; denn was ich war, verrieten meine Kleidung und meine Tonsur. »Niemand ist bei mir«, fügte ich hinzu.

»Ein Priester zu Fuß in der Fremde. Ein Priester, der sich zwischen den Bäumen versteckt«, sagte ein anderer von ihnen, der Kerl mit dem weißen Gewand, und lachte. Es hörte sich wie ein Schluchzen an. »Er hat dem kleinen Volk Predigten gehalten.« Es war ein junger Bursche, dem Aussehen nach nicht älter als zwanzig, mit weizenfarbenem, sehr ungepflegtem Haar. Seine Augen waren fahl und unstet und standen weit auseinander; doch seine Lippen besaßen die pralle Farbe von Blut. Auch er hatte Tränen auf den Wangen.

»Ich hatte nichts Böses im Sinn«, wiederholte ich.

»Steck das Messer weg, Stephen«, sagte der Wortführer zu dem dunklen Mann. »Brauchst du einen Hammer, um ein Marienkäferchen zu erschlagen?« Diese verächtliche Anspielung auf meinen Stand als Priester und meine Würde als Mann verletzte mich, doch in meinem hilflosen Zustand hatte ich immer noch zu große Angst, um etwas zu erwidern. Stephen steckte sein Messer schwungvoll in seinen Gürtel zurück und blickte mich dabei zähnefletschend an. Wie mir schien, tat er das nur, um einen minder willfährigen Eindruck zu machen. Ich sah jetzt, daß ihm an der rechten Hand der Daumen fehlte.

Der scheckige Klepper war bis zum Rand der Lichtung getrottet und senkte den Kopf, um am spärlichen Gras zu rupfen. Der Karren besaß ein Verdeck aus geöltem Segeltuch, doch nun konnte ich über die hintere Holzklappe ins Innere blicken. Das Gefährt war beladen mit einem sonderbaren Sammelsurium verschiedenster Dinge: Bündel von gefärbtem Zeug, Gewänder und Kostüme, eine vergoldete Krone und die ausgeschnittene und angepinselte Silhouette eines Baumes; auch sah ich eine zusammengeringelte Schlange, des Teufels Dreizack, eine flachsfarbene Perücke und eine Leiter. Auch Töpfe und Pfannen lagen dort und ein Kohlenbecken und ein Dreifuß und eine runde Metallplatte von mindestens zwei Ellen Durchmesser.

Man brauchte mit Ockhams Regel nicht so vertraut zu sein wie ich, um den alleinigen Urgrund für eine solche Vielfalt von Erscheinungen zu finden: Die Leute waren fahrende Schauspieler, und zum Schutz gegen die Kälte hatten sie einzelne Kostümteile angelegt.

Meine Angst verflog; niemand hat Angst vor Schauspielern. Dennoch sah ich mich in einer heiklen Lage. Da ich sozusagen über einen Toten gestolpert war, konnte ich jetzt nicht einfach weiter meiner Wege ziehen. Ich griff zu meinem gewohnten Mittel der Zuflucht und fing an zu reden. Wenn ich ein Thema finde, bin ich sehr wortreich, und die viele Zeit, die ich im Kollegium beim Disput verbrachte, hat meinen Redefluß noch schneller und glatter gemacht und mich die Sprachfiguren der Rhetorik gelehrt. Ich sagte den Leuten, es sei der Geist der Wißbegierde gewesen, der mich veranlaßt habe, sie zu beobachten, und betonte, daß dies kein Laster sei, wie der gemeine Mann mitunter vermute, wenn er Wißbegierde fälschlich mit Neugier verwechsle; denn im Unterschied zur Neugier entspringe der Geist der Wißbegierde einem Gefühl allgemeiner Menschlichkeit in einer wohlgeordneten Seele. Um dies zu untermauern, zitierte ich den bekannten Ausspruch des Publius Terentius Afer: *Humani nil a me alienum.*

Manchmal sind wir blind für das Unangebrachte in einer Situation. Da stand ich nun schwadronierend bei diesen Leuten, während der Tote in unserer Mitte zu einem Himmel emporstarrte, in dem sich dunkle Schneewolken ballten. Ich erwärmte mich zunehmend für das Thema und wäre fortgefahren, doch wurde ich von einem Schnauben gestört, das der Mann namens Stephen von sich gab; zudem klatschte der Knabe in die Hände. Dieser Mangel an Respekt kränkte mich; dann aber ging mir auf, was für eine Figur ich mit meiner fadenscheinigen Priesterkutte und dem wirren Haarkranz auf meinem Kopf wohl abgeben mochte. Seit Mai zog ich durch die Lande, und mein Haar war gewachsen. Mit dem Rasiermesser, das ich in meinem Packen trage, hatte ich versucht, die Tonsur in Ordnung zu bringen, doch alles nur schlimmer gemacht, da ich mich ausschließlich auf meinen Tastsinn hatte verlassen müssen.

»Also, reden kann er«, sagte die Frau. Sie war eine Dirne; das Haar fiel ihr in die Stirn, und sie war noch jung an Jahren, doch die Entbehrungen hatten sich bereits wie eine Maske über ihr Gesicht gelegt. Es war ein Antlitz, wie man es in diesen Zeiten bei vielen Menschen sieht: kein wirkliches Gesicht, sondern eine Maske des Leidens. Über Schultern und Brust trug sie ein Stück Stoff, rot und weiß kariert, mit einem Loch in der Mitte, durch das sie den Kopf gesteckt hatte. Es war der Schulterumhang eines Narren, den sie vom Karren genommen hatte. »Was hat er wohl zu sehen gehofft, als er durch die Sträucher geschlichen ist?« Und sie zog die schlammbeschmutzten Säume ihrer Röcke eine Handbreit höher und spreizte die Knie; es war eine beiläufige Geste, doch sehr lüstern, die Geste einer Hure. Dann führte der Blonde mit dem starren Blick und dem weißen Engelsgewand – der in meinen Augen das Aussehen eines Geistesgestörten besaß – ein Possenspiel auf, indem er sich niederhockte und glotzte und unentwegt lüstern schluckte. Er machte seine Sache ausgezeichnet, doch niemand sagte etwas oder lachte. Sie trauerten um den Toten; sie hatten ihn geliebt. Ich zählte nicht für sie, weil ich wie ein Dieb durch den Wald gekommen war. Sie wußten, daß ich ein Flüchtiger war, mich ohne Erlaubnis außerhalb der Grenzen meiner Diözese herumtrieb. Fahrende Schauspieler sind ebenfalls Wanderer, doch das Wappen dieser Leute ließ darauf schließen, daß sie die Genehmigung eines adeligen Herrn besaßen.

Der Mann, der ihr Prinzipal oder Leiter war, kniete wieder neben dem Leichnam nieder, drückte ihm die Lider zu und drehte das Gesicht des Toten zur Seite, sehr sanft, die Handfläche gegen die Wange des Leichnams gedrückt, um die erschlafften Lippen über dem blutlosen Zahnfleisch wieder zu schließen. »Ach, armer Kerl, armer Brendan«, sprach er. Kurz schaute er zu mir empor. »Du bist zu einer ungünstigen Zeit erschienen«, sagte er in einem Tonfall, in dem keine Feindseligkeit lag. »Du bist zusammen mit seinem Tod gekommen. Jetzt wirst du uns die Gunst erweisen, deiner eigenen Wege zu ziehen.« Doch ich rührte mich nicht von der Stelle, weil mir bei seinen Worten eine Idee gekommen war. »Wir werden Brendan wieder auf den Karren legen müssen«, sagte der Mann und blickte erneut in das tote Gesicht.

»Auf den Karren? Wozu? Wohin sollen wir ihn bringen?« fragte der Mann namens Stephen abrupt. Ich sah, daß der Prinzipal schluckte und daß ihm leichte Zornesröte ins Gesicht stieg, doch er erwiderte nicht sofort etwas darauf. »Und du sieh zu, daß du weiterkommst, solange du noch gehen kannst«, sagte Stephen mit scharfer Stimme zu mir – auch in ihm war Zorn.

»Wartet«, entgegnete ich. »Laßt mich mit euch reisen. Ich bin nicht groß, aber ziemlich kräftig, und ich könnte beim Tragen der Bretter und Gerüste helfen, wenn ihr einen Stand errichtet. Außerdem habe ich eine gute Handschrift und könnte Rollen abschreiben und den Schauspielern soufflieren.«

Ja, der Vorschlag kam von mir, die ursprüngliche Idee, doch anfangs dachte ich nicht im mindesten daran, in den Stücken dieser Truppe mitzuspielen und somit jenes schändliche Gewerbe auszuüben, *artem illam ignominiosam,* die mir und meinesgleichen von der heiligen Kirche verbotene Kunst. Mein einziger Gedanke war, mit ihnen zu reisen, und zwar des Wappens wegen, das der Prinzipal trug und das zeigte, daß diese Theatertruppe einem Adeligen gehörte und einen Freibrief dieses hohen Herrn besaß, so daß die Schauspieler nicht in Zwangsstöcke gelegt oder als Vagabunden ausgepeitscht würden, wie es

Flüchtlingen und Herrenlosen widerfährt, die eindeutig als solche erkennbar sind, und wie es auch schon mit Geistlichen geschehen ist, die kein Sendschreiben ihres Bischofs besaßen. Auch war mir der betrogene Ehemann noch deutlich in Erinnerung: Falls er mich verfolgte, würde ich in einer Gruppe wie dieser Sicherheit finden. Doch ich schwöre, nie kam mir auch nur der leiseste Gedanke, den Platz des Toten einzunehmen. Hätte ich von den Schlingen des Bösen gewußt, in die uns dieser Tod am Wegesrand noch alle führen sollte, wäre ich ohne eine weitere Silbe und in aller gebotenen Eile meiner Wege gezogen.

Noch hatte ich keine Antwort bekommen, doch mir schien, daß ein leises Lachen zu mir drang. »Ich kann euch die Beichte abnehmen«, sagte ich. »Ich kann die Heilige Schrift auslegen. Ich gebe ja zu, daß ich keine Pfründe habe und mich außerhalb meiner Diözese befinde, doch einen Gottesdienst kann ich durchaus noch lesen. Ich würde auch keinen Lohn verlangen. Nur etwas zu essen bräuchte ich auf der Reise und eine Schlafstelle für die Nacht.«

»Deine Auslegung der Schrift brauchen wir nicht«, meinte der Prinzipal. »So wenig wie dein Latein. Und was das Aufstellen eines Standes betrifft, so gibt es immer Männer, die ihre Hilfe anbieten, wenn wir welche brauchen, und die dafür nichts weiter verlangen als ein Viertel Bier und einen Kanten Käse, und das ist billiger, als müßte man den ganzen weiten Weg einen zusätzlichen Bauch füllen.«

Doch musterte er mich jetzt anders als zuvor, und sein Gesicht hatte einen grübelnden Ausdruck angenommen. Er hatte den Jammer aus meiner Stimme herausgehört, vielleicht auch die Furcht – ein einsamer Mann fällt leicht der Furcht anheim, es sei denn, er wählt die Einsamkeit um Christi willen. »Ein Priester kann gewöhnlich singen«, sagte der Prinzipal. »Hast du eine Singstimme?«

»Aber ja«, erwiderte ich mit einiger Verwunderung; denn noch erkannte ich nicht, worauf er hinauswollte. Und es war die Wahrheit; meine Stimme hat des öfteren Beifall gefunden. Sie besitzt keine große Kraft, ist jedoch rein und süß im Klang. Wenn mir unterwegs das Geld ausgegangen war, hatte ich meine Stimme mitunter für weltliche Zwecke eingesetzt: Der Not gehorchend, hatte ich in Schenken gesungen. Manchmal hatte man mich verdroschen, doch häufiger hatte man mir zu essen und einen Platz zum Schlafen gegeben.

»Brendan war ein wunderbarer Sänger«, sagte der Prinzipal. »Er übertraf die Nachtigall.«

»Er sang wie ein Engel«, meinte der mit dem flachsfarbenen Haar, und er sagte es mit jenen eigenartigen Ausdrücken und Bildern des Überschwangs, die ihm eigen waren: »Fest auf den Füßen stand er da und hob den Kopf; es war, als würde ein Baum mit seinen Blättern singen.«

»Sein Lied war wie ein Seil aus Seide«, sagte Stephen. Seine Stimme war tief; die Heiserkeit des Trinkers schwang darin mit.

Dies war das erste Mal, daß mir eine Eigenschaft auffiel, welche diesen Leuten gemein war: Sie sprachen mit einer Stimme, wie ein Chor, jedoch nacheinander, so daß es einer Tonleiter in der Musik ähnelte. Und ihr Verhalten hatte sich geändert; sie teilten nun ihr Wissen über den Toten mit mir. Doch es war nicht leicht für mich, mir süße Klänge vorzustellen, die aus einer Kehle kamen, wie Brendan sie jetzt besaß, oder aus dem jämmerlich verkrümmten Mund und daß die Lippen sich dabei im Gesang bewegten. Sein Gesicht hatte sich bei dem kalten Wetter in Schweineschmalz verwandelt. »Wie ist er zu Tode gekommen?« fragte ich.

»Als er gestern hinter dem Karren ging, schrie er plötzlich auf und fiel um«, sagte der vierte Mann, der sich jetzt erstmals zu Wort meldete. Er war schon älter, mit schütterem Haar, länglichem Kinn und hellblauen Augen. »Er konnte nicht mehr aufstehen und mußte hochgehoben werden«, sagte er.

»Von da an konnte er auch nicht mehr sprechen«, fügte der Knabe hinzu. »Und wir mußten ihn auf den Karren legen.«

»Geräusche konnte er noch von sich geben, aber keine Worte«, sagte der Prinzipal. »Dabei war er ein so redseliger Mann und stets zu Scherzen aufgelegt.« Er warf mir einen Blick zu, und ich bemerkte einen Anflug von Schrecken in seinen Augen. Ich erkannte, daß die Stummheit, die Brendan, den Sänger und Spaßmacher, befallen hatte, ein Alptraum für ihn war. »Sing etwas«, hieß er mich.

Ich hätte nicht gehorchen sollen, denn er hatte etwas mit mir vor, das nicht recht war, und ich hegte inzwischen so meinen Verdacht. Auftritte auf öffentlichen Bühnen waren uns von der Synode, zuerst zu Exeter und dann zu Chester, verboten worden, des weiteren durch das Edikt unseres Heiligen Vaters, Bonifaz VIII. Deshalb wußte ich, daß ich mich der Gefahr einer Degradation, einer Aberkennung der geistlichen Tracht und Zurückversetzung in den Laienstand, aussetzte. Aber ich war hungrig und krank im Herzen.

»Möchtet ihr ein Liebeslied hören?« fragte ich. »Oder ein Lied über gute Werke?«

»Ein Liebeslied, ein Liebeslied«, sagte Stephen. »Der Teufel soll die guten Werke holen.« Er sagte es, ohne den Mund zu verziehen. Die ganze Zeit, die ich mit den Theaterleuten zusammen war, sah ich Stephen nur ein einziges Mal lächeln.

»Mit guten Werken wird der Teufel nichts anfangen können, Bruder, wohl aber mit forschen Reden«, meinte der Ältere. Der Hund saß dicht bei ihm und lauschte auf jedes seiner Worte. Der ältere Mann wies in meine Richtung und klatschte in die Hände. »Los, sing!«

Und so bot ich ihnen auf der Lichtung »Der Lenzen ist nun kommen mit Liebe in die Stadt« dar, zuerst ohne Begleitung; dann spielte der Knabe die Melodie auf einer Rohrpfeife mit, die er irgendwo hervorgeholt hatte.

Als ich fertig war, nickte der Prinzipal mit dem Kopf. Er drehte sich um, ging zu dem Karren und nahm sich zwei Stoffbälle, wie Jongleure sie benutzen, einen roten und einen weißen; dann rief er mir zu, ich solle sie auffangen, und schleuderte mir im gleichen Atemzug den roten Ball zu. Ich fing den Ball mit der rechten Hand, und er warf den weißen Ball zur anderen Seite, höher diesmal und ein Stückchen weiter von mir entfernt, so daß ich zwei Schritte machen mußte. Auch den zweiten Ball fing ich und hielt ihn fest. Irgend jemand stellte den Fuß auf meine linke Ferse, während ich noch aus dem Gleichgewicht war, und ich stolperte, fiel aber nicht.

Wieder nickte der Prinzipal und sagte zu den anderen, ohne mich dabei anzusehen: »Er ist schnell genug und bewegt sich geschmeidig; überdies sieht er nach beiden Seiten gut und tritt sicher auf. Und seine Stimme ist zu ertragen. Zwar wird aus ihm kein zweiter Brendan, doch wenn er dazulernt, müßte es reichen.«

Dieses Lob, wenngleich nicht gerade üppig, bereitete mir Freude, was mir wiederum zur Schande gereicht. Doch der Mann hatte irgend etwas an sich, irgendeine Kraft des Geistes, die in mir den Wunsch erweckte, sein Gefallen zu finden. Vielleicht aber, so kommt es mir heute vor, war es nur die Tiefe und Stärke seines Wunsches, die mich antrieb. Männer unterscheiden sich durch die Kraft ihres Wollens. Was dieser Mann wollte, wurde gleichsam sein Reich und seine Speise, und vom ersten Augenblick seines Verlangens an herrschte er darüber und nährte sich davon. Zudem hatten aufgrund der Verkehrtheit unserer Natur die Proben, denen er mich unterzog, in mir das Verlangen geschürt, zu gefallen, obwohl ich mir der Sündhaftigkeit dieses Unterfangens bewußt war.

Jetzt schaute er die Frau an und lächelte leicht – ein Lächeln, das sein Gesicht jung erscheinen ließ. »Wir haben Margaret bei uns aufgenommen, weil Stephen es so wollte, und einen streunenden Köter für Tobias. Warum nicht jetzt einen flüchtigen Priester, der für uns alle von Nutzen sein könnte?«

Er war der Anführer der Truppe, und doch mußte er

die anderen erst überreden. Wie ich noch erfahren sollte, wurde alles, was das Leben dieser Leute als Schauspieler berührte, von gleich zu gleich unter ihnen besprochen.

»Man wird ihn an der Tonsur erkennen«, sagte Stephen. Die Frau gehörte zu ihm; sie war nicht für alle verfügbar, wie ich zuerst angenommen hatte. Ich erkannte es daran, wie sie sich an ihn hielt und seinen Worten lauschte. Doch sie hatte auch Augen für mich, spöttisch zwar, aber so spöttisch nun auch wieder nicht, und so faßte ich auf der Stelle den Entschluß, diese Blicke, sollte ich in die Theatertruppe aufgenommen werden, nicht zu erwidern, um der Sünde zu entfliehen. Außerdem war Stephen gefährlich. »Man wird ihn als Flüchtigen erkennen«, sagte er jetzt und kehrte sein dunkles Gesicht der Reihe nach den anderen zu.

»Ja«, sagte der Bursche in dem weißen Gewand. »Er ist ohne Erlaubnis seiner Oberen unterwegs, sonst würde er nicht versuchen, sich uns anzuschließen. Man könnte ihn in jeder beliebigen Gemeinde festhalten, und dann würden sie dort unser Theater schließen.«

»Ein Hut. Er könnte einen Hut tragen«, sagte der Alte. Er schien überhaupt nicht auf das Gespräch geachtet zu haben; statt dessen schubste er spielerisch den Hund herum, sehr zum Vergnügen des Tieres. »Sein Schopf wird schon bald wieder nachwachsen«, sagte er. »Anders als bei mir.« Grinsend entblößte er sein schlechtes Gebiß und fuhr sich mit einer Hand über das schüttere Haar und die wettergegerbte Kopfhaut. »Er hat das Zeug zum Schauspieler – Priester hin oder her«, sagte er. »Er möchte sich unserer Truppe anschließen; das steht ihm ins Gesicht geschrieben. Und wir brauchen einen sechsten Mann, jetzt, wo der arme Brendan nicht mehr unter uns ist.«

»Wir brauchen sogar dringend einen; das ist ja der springende Punkt«, sagte der Prinzipal. »Wir haben das ›Stück von Adam‹ geprobt, und wir werden es als erstes aufführen, wie wir uns alle einig waren. Aber mit weniger als sechs Leuten geht das nicht, wobei drei von uns ohnehin zwei Rollen spielen müssen. Dieser Mann kam zu uns gleichsam als ein Wink des Schicksals, wie die Tugenden und Laster in einem Maskenspiel. Er kam, als Brendan starb, und das sollten wir uns zunutze machen. Das ist mein Wort als der Spielmeister unserer Truppe, zu dem ich auf den Befehl unseres adeligen Herrn bestimmt bin. Und so werden wir es halten, Leute, wenn keiner etwas dagegen hat.«

Für kurze Zeit herrschte Schweigen; dann nickten sie alle nacheinander, als der Prinzipal sie anschaute. Zu der Frau blickte er nicht hin. Nachdem alle ihrer Zustimmung Ausdruck verliehen hatten, drehte er sich zu mir herum und fragte mich nach meinem Namen. Ich nannte ihn – Nicholas Barber –, und er nannte mir den seinen – Martin Ball – und sagte mir überdies, wie die anderen hießen. Der Hellhaarige wurde nur Straw gerufen, und den Knaben nannten sie Springer, doch ob dies ihre wirklichen Namen waren, weiß ich nicht. Der Alte hieß Tobias. Die Frau sagte, ihr Name sei Margaret Cornwall.

Und so wurde ich mit einem Lied und einem Fangenspiel, wie man es von Kindern kennt, zum Mitglied dieser Truppe von Goliarden gewählt, und ich nahm die Wahl an. Hätte ich mich geweigert und die anderen dort auf der Lichtung zurückgelassen, mit dem toten Brendan samt all seinen Sünden, so könnte ich jetzt wohl wieder Subdiakon sein, erneut versehen mit allen Privilegien, und könnte wieder in meinen Büchern in der Bibliothek der Kathedrale stöbern. Aber sei dem, wie es sei – die Schrecken, die noch immer nächtens zu mir kommen, wären mir ohne Zweifel erspart geblieben.

Kapitel zwei

s ist der schwache Punkt meiner Verteidigung, daß ich Vergebung nur erbitten kann, indem ich die Zwangslage enthülle, in die ich geraten war. Aber diese wiederum war die Folge meiner eigenen Torheit und Sünde. Und so ersuche ich um Nachsicht für einen Fehler, indem ich vorausgegangene Fehler offenbare. Und diesen Fehlern wiederum waren andere vorausgegangen. Es ist eine Aneinanderreihung, deren Ende ich nicht zu sehen vermag und die zurückreicht bis in den Schoß meiner Mutter.

Zunächst war da die Schande, meinem Bischof Kummer zu bereiten, der mir die Tonsur verliehen hatte und immer wie ein Vater zu mir gewesen war; denn dies war nicht das erste Mal, daß ich ohne Erlaubnis verschwunden war, sondern bereits das dritte, und stets war es in der Maienzeit gewesen, wenn das Blut in Wallung gerät. Diesmal war der Grund zwar ein anderer, doch der Aufruhr des Blutes war derselbe; man hatte mich ausgesandt, Sir Robert de Brian als Sekretär zu dienen, einem edlen Ritter und großzügigen Wohltäter, dessen Geschmack in literarischen Dingen jedoch zu wünschen übrig ließ – kurzum, ein recht miserabler Poet, der mir die Aufgabe übertrug, seine

umfangreichen Verse ins reine zu schreiben; und so
schnell ich sie auch kopierte, hatte er bereits wieder
weitere bei der Hand. Das alles nahm ich klaglos hin.
Dann aber beauftragte er mich zusätzlich damit, Pilatos langatmige Version Homers zu transkribieren. Die
Vögel sangen aus voller Kehle, der Weißdorn blühte,
und ich schnürte mein Ränzel und verließ das herr-
schaftliche Haus. Als ich den Schauspielern begegnete, schrieben wir Dezember, und die Blumen des
Frühlings waren längst verwelkt. Mißgeschicke hatten
mich gebeutelt. So hatte ich die heilige Reliquie verloren, die ich seit einigen Jahren bei mir trug und die ich
von einem Kirchenmann erworben hatte, der damals
gerade erst aus Rom zurückgekehrt war. Es war ein
Stück des Segels vom Fischerboot des heiligen Petrus.
Ich verlor es beim Würfelspiel. Und dann, an eben jenem Morgen, als ich die Schauspieler traf, büßte ich
meinen guten Umhang ein; denn ich hatte ihn bei meiner feigen Flucht zurückgelassen. So war ich bis auf die
Knochen durchgefroren, als ich auf die Theatertruppe
stieß, hungrig und von den Schlägen des Schicksals
gebeutelt. Ich wollte wieder zu einer Gemeinschaft
zählen, wollte nicht länger allein sein. Die Truppe der
Schauspieler bot mir Zuflucht, obwohl diese Leute
selbst arm und halb verhungert waren. Dies war mein
wahrer Antrieb. Die Sache mit dem adelsherrlichen
Wappen war nur eine Ausrede vor mir selbst.

Um meine Verwandlung vollständig zu machen,
mußte ich Brendans verdrecktes und übelriechendes
Wams und Untergewand anziehen, und er mußte in
mein geistliches Habit gesteckt werden. Eine andere
Möglichkeit gab es nicht, es sei denn, wir benutzten

die exotischen Kostümteile auf dem Karren. Es war die Frau, die Brendan entkleidete und ihm mein Priestergewand anzog. Die anderen scheuten sich davor; sie wollten nicht einmal dabei zuschauen, obwohl sie doch Männer waren, für die eine Verkleidung etwas Alltägliches darstellte. Ich aber schaute zu, und die Frau verfuhr behende und behutsam mit Brendan, und ihr Gesicht zeigte einen Ausdruck von Freundlichkeit und Güte.

Als sie fertig war, lag Brendan in seinem Priestergewand da, ein Mann, der im Leben ein schlimmer Sünder und voller weltlicher Scherze gewesen war. Und ich stand dort in der Kleidung eines toten Mimen. Doch nun entbrannte plötzlich ein Streit zwischen uns. Martin hatte sich dafür ausgesprochen, den Toten auf dem Karren mit uns zu führen. »Brendan ist ohne Vergebung seiner Sünden gestorben«, sagte er. »Wir müssen ihn in geweihter Erde begraben.«

»Der Klepper ist so schon langsam genug«, meinte Stephen. »Die Straßen sind schlecht, und bald fängt's zu schneien an. Überdies haben wir wegen des gebrochenen Rades schon genug Zeit verloren. Denk daran – man hat uns nach Durham geschickt, damit wir dort zu Weihnachten vor dem Vetter unserer Herrin auftreten. Wir dürfen nicht zu spät kommen, sonst verlieren wir alle Gunst. In einer Woche ist der erste Weihnachtstag. Nach meiner Schätzung werden wir Durham in frühestens fünf Tagen erreichen. Sollen wir fünf Tage mit einem Toten reisen?«

»Der Priester wird eine Bezahlung verlangen«, gab Straw zu bedenken. Mit jenem sonderbaren Ausdruck fieberhaften Eifers blickte er reihum in unsere Gesichter. Später machte ich die Erfahrung, daß er nie für längere Zeit in einem bestimmten Gemütszustand verharrte, sondern durch irgendwelche Antriebe seiner Einbildungskraft geleitet wurde und mal düsterer, mal ausgelassener Stimmung war. »Wir könnten Brendan hier im Wald vergraben«, sagte er. »Hier, zwischen den dunklen Bäumen. Hier würde er gut schlafen.«

»Die Toten schlafen überall gut«, sagte Margaret. Sie schaute zu mir herüber, und in ihrem Blick lag Herausforderung, jedoch keine Arglist. »Unser Priesterlein könnte ja ein paar Worte für ihn sprechen.«

»Margaret hat bei dieser Sache kein Stimmrecht«, meldete Martin sich zu Wort. »Sie gehört nicht zur Truppe.« Er sagte diese Worte direkt zu Stephen, dessen Mädchen sie ja war, und ich hörte – wie gewiß auch die anderen – das Zittern in seiner Stimme, aus dem ein Gefühl sprach, das er kaum zu beherrschen vermochte. Er hatte die rechte Hand zur Faust geballt; die Knöchel waren weiß. »Du würdest ihn hierlassen?« sagte er. Für mich, der ich Martin damals noch nicht kannte, kam dieser Ausbruch von Leidenschaft sehr unvermittelt und heftig; man hätte glauben können, daß nicht nur sein Plan in Frage gestellt wurde, was Brendan betraf, sondern eine für ihn kostbare und geschätzte Sicht der Welt.

Keiner antwortete sofort, soviel Wildheit sprach aus ihm. Dann schien Stephen eine Erwiderung geben zu wollen, doch Martin ergriff wieder das Wort und sprach mit einer Stimme, die tiefer klang als zuvor. »Er war wie wir alle«, sagte er. »Als er noch unter den Lebenden weilte, saß er nie an seinem eigenen Herd oder aß an seinem eigenen Tisch. Topf und Krug braucht er nun nicht mehr, doch in der kühlen Erde soll er eine ordentliche Heimstätte haben, schön tief, und endlich auch ein Dach über dem Kopf.«

»Brendan hatte seine Gewohnheiten; das hätte er selbst nicht abgestritten. Und zuviel Bier zu trinken war eine davon«, sagte Tobias. »Doch ob betrunken oder nüchtern, er spielte den Teufelsnarren besser als irgendwer sonst.«

»Was willst du denn benutzen, um ihm ein Grab zu schaufeln?« Martins Stimme hatte jetzt einen schnippischen Ton. »Adams Spaten und Evas Rechen, die aus dünnem Metall und Holz sind? Der Frost der letzten Tage hat den Boden steinhart gefroren. Wir würden uns bis zur Dunkelheit abmühen, ein Grab auszuheben, und trotzdem wär's nicht tief genug, um die Krähen davon abzuhalten, Brendan die Augen auszupicken.«

»Wir haben Messer«, sagte Stephen.

Er hatte damit gemeint, zum Aufhacken des Erdbodens, doch nun trat eine schreckliche Pause ein. Martin musterte Stephen mit festem Blick, den dieser erwiderte. Dann trat Springer vor, der Knabe, noch ehe einer der Männer etwas sagen konnte. Wenngleich der jüngste von allen, war Springer stets ein Friedensstifter, einer jener Seligen, die dereinst Kinder Gottes heißen werden. »Brendan hat mich gelehrt, auf Stelzen zu gehen und Purzelbäume zu schlagen und die Frau zu spielen«, sagte er. »Wir werden ihn nicht in einem Graben zurücklassen, denn unsere Hoffnung ist in Christus, ihr treuen und redlichen Leute.« Und um uns aufzuheitern, wand er sich die herabbaumelnden Stücke seines Schals um die Schultern und machte Gesten wie eine Frau, die eitel ob ihrer langen Haare ist.

»Wißt ihr noch, wie er mit krummen Knien herumhüpfte?« sagte Tobias. »Er hat so kurze Schritte gemacht, als würde er jeden Augenblick hinfallen.«

»Doch er fiel niemals hin, es sei denn mit Absicht«, sagte Martin. Seine Gefühlsaufwallung hatte sich gelegt, da er jetzt spürte, daß die anderen sich seinem Willen beugen würden. Und er sprach direkt zu mir, schloß mich mit ein in diese Erinnerungen an Brendan. Ich war dankbar; Martin besaß ein gütiges Wesen, das ihn aufmerksam für andere Menschen machte, solange seine Gefühle nicht gestört oder verletzt wurden. »Er trug die Kappe mit den Schellen und den Eselsohren und eine Halbmaske«, sagte er. »Manchmal auch eine Maske mit vier Hörnern, wie die eines Juden.«

Der, den sie Straw nannten, lachte plötzlich – das gleiche schluchzende Lachen, das ich schon einmal von ihm gehört hatte – und schlug sich mit den offenen Handflächen auf die Knie. »Und er hat des Teufels Bier gestohlen und es sich über den Schoß geschüttet, weil er's gar nicht schnell genug in sich hineinkippen konnte«, sagte er. »Und dann ist er mit zusammengepreßten Knien dahingeschlurft, und das Bier tropfte auf den Boden, während der Teufel hin und her sauste und überall nach seinem Krug suchte.«

»Es sah aus, als hätte Brendan sich in die Hose gepißt«, sagte Springer sacht.

»Würd's euch etwas ausmachen, das Lied zu singen, mit dem er den Teufel getröstet hat?« fragte Stephen. Er sprach zu Martin, und ich erkannte, daß sein Stolz diesen Weg zum Frieden entdeckt hatte. »Brendan hat seine eigenen Lieder gemacht«, sagte er. »Er hat sie selbst gedichtet. Als der Teufel traurig war, weil Eva den Apfel zuerst nicht nehmen wollte, sang Brendan ein eigenes Lied, um des Teufels Stimmung zu heben. ›Wenn all die Welt mein eigen wär'‹, so hieß das Lied.«

Springer griff nach seiner Rohrflöte und spielte die Weise, und einer nach dem anderen fiel ein, und dann sangen sie alle zusammen und schauten einander in die Gesichter, während sie in dem kalten Wetter zwischen den kahlen Bäumen standen:

> »Wenn all die Welt mein eigen wär',
> So richtete den Weg ich her,
> Von den Hügeln bis zum Meer,
> Daß Narren darauf reiten ...«

So trauerten sie um Brendan mit seinem eigenen Lied und waren wieder in Harmonie vereint. Ich sehe sie jetzt wieder, ihre Gesichter, während sie sangen, und das schimmernde Licht, das die toten Eichenblätter berührte, und Straws weißes Engelsgewand und das runde Kupfertablett hinten auf dem Karren. Doch am deutlichsten ist mir haften geblieben, wie eigenartig die menschliche Natur sein kann: daß Gefährten wegen einer Meinungsverschiedenheit darüber, auf welche Weise man sich am besten eines armseligen Fleischbrockens entledigen kann, einer gewalttätigen Auseinandersetzung so nahe kommen können – in einer Zeit der Pest und des Blutes wie der unseren, wo

jeder Tag ein Festtag für den Tod ist, wo wir die auf-
getürmten Leichen auf den Straßen geschaut haben,
Kadaver, die einer wie der andere aussahen, verwe-
send auf Karren, zusammengehäuft für Massengrä-
ber. Dies lag zwar schon einige Jahre zurück, doch
nun gab es hier im Norden einen neuerlichen Ausbruch von noch verheerenderer Kraft, und nicht einmal der Winter konnte ihm Einhalt gebieten: Felder
liegen unbestellt, und viele Menschen verhungern; sie
fallen zu Boden und werden in aller Hast in irgendeinem dunklen Winkel verscharrt. Räuberbanden ver-
heeren das Land; Bauern flüchten vor ihren Arbeits-
pflichten gegenüber den Adelsherren; und Soldaten
kehren aus den endlosen Kriegen mit Frankreich zurück – Männer, die von Jugend auf nichts anderes gekannt haben als Mord. In manchen Kirchensprengeln
lebt nicht einmal mehr die Hälfte der Bevölkerung.
Und nur wenige Menschen wissen, wo ihre geliebten
Verstorbenen begraben sind. Und doch gab es diesen
Streit wegen eines armseligen Schauspielers.

Aber jetzt, wie auch später, wurde nur noch wenig
über Brendan gesprochen. Die anderen hatten sein
Epitaph gesungen. Auch fiel kein weiteres Wort darüber, ob Brendan auf dem Karren mitgenommen werden sollte. Er wurde an Ort und Stelle hinaufgehoben.
Man legte ihn zwischen die Masken und Kostüme,
mit einer Seilrolle als Kopfkissen, und bedeckte ihn
mit Stücken von scharlachrotem Tuch, das die Schauspieler dabei hatten, um daraus für den Hintergrund
der Bühne einen Vorhang zu machen. Dann begaben
wir uns auf den Weg. Und so begann mein Leben als
Schauspieler.

Kapitel drei

ährend der nächsten Tage blieb Brendan auf dem Karren, und wir bedeckten ihn mit Brettern und Sacktuch, um ihn vor den Ratten auf den Höfen der armseligen Herbergen zu schützen, in denen wir übernachteten; manchmal auf Stroh in den Stallungen, manchmal alle zusammen auf Schlaflagern in den verwanzten Zimmern von Bruchbuden, die sich Gasthöfe nannten. Martin bezahlte alles aus der gemeinsamen Kasse. Er trug den Geldgürtel stets am Körper und seinen Dolch immer in Reichweite. Die Börse war mager; überdies waren da die Kosten für Brendans noch ausstehendes Begräbnis. Keiner der Schauspieler hatte mehr Geld übrig – außer Tobias, denn er war geizig. Die anderen hatten ihren Anteil an den Einnahmen längst ausgegeben. In diesen Tagen kamen wir durch keinen Ort, der Einwohner genug besaß, daß eine Vorstellung sich gelohnt hätte; die Pest und Plünderungen hatten Dörfer zu Weilern schrumpfen lassen; halb zerstörte Häuser standen leer, und dichter Trümmerschutt bedeckte die Straßen. Es schneite zwar nicht, doch das Wetter war kalt und bewahrte Brendans Leichnam vor der Verwesung.

Die ganze Zeit über nahm Martin mich unermüdlich in die Lehre. Er redete zu mir, während wir dahinzogen. Meist gingen wir dabei alle hinter dem Karren, während abwechselnd einer die Aufgabe übernahm, das Pferd zu führen. Martin erzählte mir von den Eigenschaften, die ein Schauspieler besitzen muß: eine rasche Auffassungsgabe, behende Bewegungen und eine glatte Zunge für Rollen, die nicht ganz fertig geschrieben sind. Er zeigte mir die dreißig Handbewegungen, die alle Schauspieler erlernen müssen, und ließ sie mich üben; fortwährend tadelte er mich wegen meiner Plumpheit und der Steifheit meiner Handgelenke und Schultern. Es muß so natürlich und mühelos aussehen wie jede normale, gewohnte Bewegung der Glieder oder des Kopfes, wenn man die Gesten des Schauspielers vollführt. Wieder und wieder ließ Martin mich die Übungen machen, bis meine Bewegungen geschmeidig genug waren und der Winkel der Hände und die Stellung der Finger so, wie es sein sollte. Bei diesen Übungen verfuhr er so streng mit einem wie in allen anderen Dingen auch. Das kleinste Lob von ihm mußte man sich doppelt verdienen. Er war stolz auf seine Kunst und voller Leidenschaft, wenn er sie verteidigte – bei ihm war alles Leidenschaft. Schon sein Vater war Schauspieler gewesen und hatte ihn dazu erzogen.

Keine Gelegenheit wurde ausgelassen, mich zu unterweisen. Gab es auf unserer Reise eine Unterbrechung, so trieb er mich zum Üben an. Machten wir zu Mittag eine Pause, um einen Brocken Käse mit Roggenbrot und Schweineblutwurst zu essen und ein Dünnbier zu trinken, wurde die Zeit ebenso genutzt wie der Abend, wenn wir unsere ärmlichen Quartiere bezogen. In seinem Eifer als Lehrer schüttelte Martin alle Müdigkeit ab. Er gab mir das Stück von Adam zum Durchlesen – zerfledderte Seiten in schlechter Handschrift –, und ich nahm mir vor, eine anständige Kopie anzufertigen, sobald die Zeit es erlaubte.

Alle halfen mir, jeder auf seine Weise. Und jeder enthüllte dabei zugleich etwas von sich selbst. Straw war von Natur aus ein Mime, und ein sehr begabter obendrein. Er konnte Mann oder Frau sein, jung oder alt, ohne daß er dazu der Sprache bedurfte. Er war allein durch die Lande gezogen, bis Martin ihn auf einem Jahrmarkt gesehen und in die Theatertruppe aufgenommen hatte. Straw war ein seltsamer, leicht erregbarer Bursche, sehr sprunghaft in seinen Stimmungen, und es gab Zeiten, da starrte er nur düster vor sich hin. Einmal stürzte er zu Boden und krümmte und wand sich auf der Erde, und Springer hielt ihn und wischte ihm den Mund, bis er wieder zur Besinnung kam. Dreimal führte Straw mir vor, wie jemand entdeckt, daß man ihn bestohlen hat; er erklärte mir die Wichtigkeit von Kopfbewegung und deutlicher Gebärde wie auch den Zustand des regungslosen Verharrens, wenn das, was der Mime sagen will, in eben dieser stummen Bewegungslosigkeit zum Ausdruck kommt.

Springer gab sein Alter mit fünfzehn Jahren an, war sich aber nicht sicher. Er spielte Frauenrollen und konnte mit hoher Stimme singen, und sein Gesicht war wie Gummi, das er nach Belieben zu verziehen vermochte, und er konnte den Hals verdrehen wie eine Gans, daß man stets darüber lachen mußte, egal, wie oft er es tat. Er hatte ein freundliches Wesen und war zurückhaltend und ohne Bösartigkeit. Er stand Straw sehr nahe, und die beiden verbrachten viel Zeit miteinander. Springer stammte aus einer Familie reisender Spielleute; sein Vater war Akrobat gewesen und hatte den Jungen verlassen, als der noch ein kleines Kind gewesen war. Während wir unseres Weges zogen, zeigte Springer mir am Straßenrand, wie man ein Rad schlug und einen Salto vollführte. Er konnte den Rücken krümmen wie einen Reifen, so daß nur die Fersen und der Kopf den Boden berührten, und aus dieser Stellung heraus schnellte er dann wie eine Peitsche nach vorn und stand wieder aufrecht da. Ich konnte nicht darauf hoffen, es ihm darin gleichzutun, doch die Sprungartistik übte ich, so oft es nur ging. Ich bin flink und leichtfüßig und eignete mir eine gewisse Geschicklichkeit darin an, indem ich mit Straw und Tobias übte, die ein Seil in die Höhe hielten, über das ich hinweghüpfen mußte.

Mir schien, daß Stephen keine so große schauspielerische Kunstfertigkeit besaß wie diese beiden. Es kümmerte ihn nicht so sehr wie Springer und Straw. Doch er war hochgewachsen und besaß eine tiefe Stimme und ein gutes Gedächtnis für seine Texte. Er spielte meist Rollen, die Würde und eindrucksvolles Auftreten erforderten: Gottvater, König Herodes im Zorn, den Erzengel Michael. Mehrere Jahre lang war Stephen Bogenschütze gewesen und hatte im Sold der Familie Sandville gestanden, der Earls von Nottingham – jenes Adelsgeschlechts, dem diese Schauspielertruppe gehörte. Stephen hatte für die Sandvilles geraubt und für sie gekämpft, zuerst gegen Sir Richard Damory und anschließend gegen den Earl von March. Bei einem Scharmützel wurde er von den Mannen des Earls gefangengenommen, und sie trennten ihm das erste Glied des rechten Daumens ab, so daß er fortan nicht mehr zum Bogenschützen taugte und sich nach einem anderen Gewerbe umschauen mußte. Die Verstümmelung wurde auf Geheiß des Earls vorgenommen; dennoch war Stephen ein Bewunderer der Aristokratie und stolz auf seine Teilnahme an den blutigen Unruhen. »Ich kenne Männer, denen hat man die Augen ausgestochen«, erzählte er. »Ich kann noch von Glück sagen.« In einem Beutel am Gürtel trug er ein bronzenes Medaillon bei sich, das den heiligen Sebastian zeigte, den Schutzpatron der Bogenschützen. Es war ein Zeichen des Vertrauens von Stephens Seite, als er mir am dritten Tag dieses Medaillon wie auch seinen verstümmelten Daumen zeigte.

Margaret war seinetwegen bei uns. Sie zankten sich, wenngleich in diesen Tagen weniger häufig, wie man mir sagte, weil sie nicht genug Geld hatten, um sich zu betrinken. Margaret hatte ehedem als Hure gelebt und machte kein großes Geheimnis daraus. Sie besaß eine scharfe Zunge und eine sanfte Hand. An der Schauspielerei nahm sie nicht teil und an den Beratungen, die wir abhielten, in nur sehr geringem Maße. Sie verdiente sich ihren Platz in der Truppe, indem sie für alle die Wäsche wusch und die Sachen flickte und das Essen bereitete, wenn es mal etwas für den Kochtopf gab. Letzteres hing oft von der sechsten Person ab, Tobias, der die Menschheit verkörperte und bei Nebenfiguren Doppelrollen übernahm und alle möglichen untergeordneten Teufel und Hilfsdämonen darstellte. Außerdem konnte er die Trommel und den Dudelsack spielen. Stets betrachtete er die Dinge von ihrer praktischen Seite; deshalb hörte man auch auf ihn. Tobias war unser Mädchen für alles; er kümmerte sich um das Pferd, hielt den Karren so gut instand, wie er konnte, fertigte Drahtschlingen für den Kaninchenfang und holte mit seiner Schleuder mitunter ein Rebhuhn oder eine Wachtel vom Himmel. Geduldig versuchte er, dem Hund beizubringen, Jagdvögel aufzuscheuchen, bis dahin aber ohne Erfolg. Das Tier war guten Willens, doch ohne jeden Verstand. Mich lehrte Tobias, wie man hinfiel, ohne sich dabei weh zu tun. Über die Vergangenheit sprach er nie.

Der Teufelsnarr – die Rolle, die ich von Brendan übernommen hatte – war traditionell zugleich ein Jongleur oder Akrobat, doch konnte ich nicht darauf hoffen, diese Künste in der kurzen Zeit zu erlernen, die mir blieb. Ich tat, was ich konnte, und wann immer sich die Gelegenheit bot, übte ich fleißig, um die anderen nicht zu enttäuschen, vor allem Martin nicht, dem ich es verdankte, daß man mich in die Truppe aufgenommen hatte; außerdem mochte ich ihn. Er war voller Güte und Warmherzigkeit. Und er war beständig, auch wenn er diese Beständigkeit stets zum Erreichen seiner eigenen Ziele und Absichten einspannte. Seine seltenen Lobesworte hütete ich wie einen Schatz und murmelte sie vor mich hin, wenn ich hinter dem Karren ging oder die Reihe an mir war, eine Zeitlang mit Brendan zu fahren, falls die Straße eben war; mitunter murmelte ich Martins Worte sogar in der Nacht, wenn ich wach lag. Ich hängte mein ganzes Herz daran, als Schauspieler Erfolg zu haben.

Ich erfuhr von den anderen, daß Robert Sandville, ihr adeliger Schutzherr, im fernen Frankreich für den König kämpfte. Die Theatertruppe gehörte ihm und war verpflichtet, in der Halle seiner Burg zu spielen, wenn er es befahl, und die Schauspieler wurden auch jedesmal dafür entlohnt. Doch in letzter Zeit waren diese Auftritte selten geworden, und so war die Truppe gezwungen, den größten Teil des Jahres umherzuziehen. Sie hatten zwar Sandvilles Erlaubnis, doch Geld gab er ihnen nicht, wenn sie sich außerhalb seiner Ländereien befanden. Und nun, da ihr adeliger Herr in der Ferne weilte, hatte seine Gattin die Truppe nach Durham geschickt, auf daß sie dort als Weihnachtsgeschenk vor ihrem Vetter, Sir William Percy, auftrete. Die Schauspieler hofften, in Durham großzügig behandelt zu werden. »Falls wir so lange leben«, sagte Stephen düster. Wir hatten wunde Füße, und im Hügelland nördlich von York ging es nur langsam voran.

Und wieder einmal war es Brendan, der unser Geschick bestimmte. Schon am Tag zuvor hatte er übel zu riechen begonnen. Fuhr man bei ihm auf dem Karren, machte sich dies noch stärker bemerkbar; denn das Holpern bewegte seine Leiche unter der Abdeckung aus rotem Tuch, und durch diese Bewegungen stieg der Geruch seines verwesenden Körpers dumpf und unverkennbar in die frostige Luft. Mit jeder Stunde wurde es schlimmer, und wir hatten kein Öl oder eine sonstige Essenz, mit der wir diese Ausdünstungen hätten überdecken können. Es stand zu befürchten, Brendans Verwesungsgestank könne sich, noch bevor wir in Durham eintrafen, auf die Kostüme und Vorhangstücke übertragen, die für die dortige Aufführung gebraucht wurden. Martin rief uns zusammen, um über die Angelegenheit zu beraten, und wir hockten uns am Straßenrand nieder. Das Wetter war rauh; Nebelschwaden zogen sich immer dichter zusammen, und unsere Stimmung war gedrückt.

»Es bringt Unglück, den Gestank des Todes zu tragen«, sagte Straw. Er blickte düster zu dem Haufen, unter dem Brendan lag. »Das wird unser Stück verderben«, sagte er. Straw ließ sich stets rasch entmutigen und hatte schreckliche Angst zu versagen, mehr als die anderen.

»Der Gestank wird nicht leicht herauszuwaschen sein«, sagte Margaret. »Manche Kostüme lassen sich sowieso nicht waschen. Oder kann mir einer sagen, wie man das Gewand des Antichristen waschen soll, das aus Pferdehaar gemacht ist?«

»Es stinkt so schon schlimm genug, auch ohne Brendans Hilfe«, sagte Springer. Es war jenes Kleidungsstück, das er zum Schutz gegen die Kälte wie einen Schal getragen hatte. »Es stinkt nach Kotze«, sagte er. Und er stand auf und schlenderte schlecht gelaunt, was bei ihm höchst selten war, von dannen.

»Bevor wir jemals dorthin kommen«, sagte Tobias, »nach Durham, meine ich, wird Brendan uns überall Ärger bereiten, wo wir uns auch aufhalten.«

»Hättet ihr auf mich gehört«, meinte Stephen, »hätten wir dieses Problem jetzt nicht. Aber noch ist es nicht zu spät. Lassen wir Brendan doch hier zurück, damit er in aller Ruhe vermodern kann, was er trotz unserer Mühen früher oder später sowieso tun wird.«

»Was mit Brendan geschehen soll, haben wir bereits geklärt, als wir schon mal darüber gesprochen haben«, sagte Martin. »Daß er jetzt zu stinken anfängt, ändert nichts daran. Wir müssen ihn nur früher begraben, das ist alles.«

Doch auch diese Worte, mit Martins gewohnter Festigkeit gesprochen, lösten nicht das Problem, und so saßen wir schweigend beisammen, als Springer zurückkehrte. »Da ist eine Stadt«, sagte er. »Da unten, gar nicht weit.« Und er zeigte zur anderen Straßenseite hinüber.

Wir folgten mit den Blicken der Richtung seiner ausgestreckten Hand, konnten aber nichts sehen. »Die Stadt liegt auf der anderen Seite«, sagte Springer, und gemeinsam gingen wir hinüber. Wir stiegen hinter ihm einen kurzen Hang hinauf, der grasbewachsen und von Schafen abgeweidet war. Von der Hanghöhe aus erblickten wir im Westen ein breites, dicht bewaldetes Tal, das von dem geraden Lauf eines Flusses durchschnitten wurde, auf dessen jenseitigem Ufer sich die Dächer einer Stadt erhoben, von Holzrauch umhüllt, und auf einer Anhöhe dahinter der Turm und die Befestigungen einer Burg; der untere Teil war von Nebelschwaden verschleiert, doch die Zinnen und die flatternden Banner waren deutlich zu sehen. Und es kam mir so vor, daß irgendein Hauch von Licht diese Dächer und auch die Türmchen berührte – ähnlich jenem Licht, das erstrahlt war, als die anderen bei Brendans Leichnam gesungen hatten. Ein Blinken war zu sehen, das vielleicht von einer Rüstung hoch oben auf den Mauern herrührte. Eine Zeitlang blickten wir wortlos auf das Schimmern des Wassers zwischen den kahlen Weiden und zu den rauchumhüllten Häusern, die sich dahinter befanden. Und während wir so schauten, ertönte plötzlich der Klang von Glocken, sehr leise, wie ein Erschauern in der Luft.

Es lag eine Fügung darin, genau wie damals, als ich auf die Schauspieler gestoßen war. Worin der Unwissende nur Zufall sieht, erkennt der Weise den Plan. Springer hatte sich von uns entfernt, übellaunig, eine Seltenheit bei ihm. Er hatte einer Anwandlung nachgegeben, die Straße zu verlassen und den Hang hinaufzusteigen ... Und dort war die Stadt, die Burg, und die Glocken läuteten. Keiner von uns kannte auch nur den Namen des Ortes. Ein Glücksgeschenk also. Doch mit einem Geschenk kann auch die Absicht verfolgt werden, Böses zu tun. Das Urteil darüber, ob dieses Geschenk der Stadt zum Schlechten oder zum Guten war, überlasse ich denen, die meine Worte bis zu Ende lesen.

Wir faßten auf der Stelle einen Entschluß: Wir würden von der Straße abweichen, zu der Stadt hinfahren und dafür sorgen, daß Brendan dort bestattet wurde. Dann würden wir das Stück von Adam aufführen, um unsere Börse ein wenig zu füllen. Martin zählte stets die Tage mit, und nach seiner Schätzung fiel auf den heutigen Tag das Fest des heiligen Lazarus, so daß die Leute dem Müßiggang frönen konnten. Trotzdem würde uns noch Zeit genug bleiben, Durham innerhalb der vorgegebenen Frist zu erreichen.

Die Stadt lag etwa drei Meilen entfernt an einer Straße, die sanft abfiel. Als wir uns ihr ein gutes Stück genähert hatten, hielten wir am Rande hinter den Bäumen, um uns ungesehen auf unseren Einzug in die Stadt vorzubereiten. Wir gaben dem Pferd Hafer und Wasser und befreiten es eine Zeitlang von der Deichsel, so daß es für die harte Arbeit, die nun vor ihm lag, frische Kraft schöpfen konnte: Das Tier mußte mehr als nur Brendans Leichnam durch die Straßen der Stadt ziehen.

Die Kostüme, in die wir uns kleideten, gehörten nicht zusammen in ein einziges Stück; sie wurden lediglich nach dem Gesichtspunkt ausgewählt, möglichst viel Aufsehen zu erregen. In der Mitte des Karrens wurde eine freie Fläche geschaffen, wo der hochgewachsene Stephen als Gottvater in einem langen weißen Gewand Aufstellung nahm, mit einer vergoldeten Maske, die sein Gesicht vollständig bedeckte, und einer dreifachen Krone auf dem Haupt, ähnlich der des Papstes, jedoch aus Papier, das mit Hilfe von Leim steif gemacht und überdies rot bemalt war. Neben ihm befand sich Martin, gekleidet als die Schlange vor der Verdammung, als sie noch in Eden lebte, mit gefiederten Schwingen und einer lächelnden Sonnenmaske.

Wir anderen schritten an der Seite oder hinter dem Karren, Springer im Gewand einer Jungfrau, an der Taille gegürtet; dazu trug er eine Perücke, die mit Safran gelb gefärbt war. Straw schritt als Herr von Welt dahin, in einer weißen Halbmaske, einem Überwurf mit herabbaumelnden Ärmeln sowie einer spitzen Haube. Tobias ging als Menschheit, das Gesicht unbedeckt, in einer schlichten Hemdbluse und mit einer Mütze auf dem Kopf. Was mich betraf, so gaben sie mir das Pferdehaargewand des Antichristen und eine gehörnte Teufelsmaske; dazu bewaffneten sie mich mit einem hölzernen Dreizack, mit dem ich bei unserem Einzug in die Stadt um mich stechen sollte, während ich gleichzeitig sabberte und zischte. Es war meine erste Rolle.

Wir legten Brendan hinten auf den Karren und häuften unsere Kleider über ihn; obenauf kam die kupferne Donner-Platte. Dann behängten wir das Gefährt mit den roten Vorhängen und befestigten rote Rosetten hinter den Ohren des Pferdes. Margaret führte das Tier, langsam und gleichmäßig, damit Gott und die Schlange nicht das Gleichgewicht verloren. Auch sie war prächtig gekleidet, wenngleich ihr blaues Kleid mit den Schlitzärmeln schon ziemlich abgetragen war, und ihr Haar war gekämmt und hochgesteckt. Als wir die Stadt erreichten, machten wir aus unserem Einzug ein Schauspiel – nicht nur für die Augen, auch für die Ohren; Dämonen und Engel wetteiferten mit Musik. Springer spielte seine Rohrflöte und die Schlange eine Viole, während die Menschheit auf einer Trommel den Takt schlug und Gott die Intervalle mit einem Tamburin vorgab. Um diese himmlischen Klänge zu übertönen, hatte man mich mit einer Bratpfanne und einer Schöpfkelle behängt, womit ich ein Heidenspektakel vollführte, und Straw trug einen Stock, mit dem er die Kupferplatte bearbeitete, unter der Brendan lag, und auf diese Weise Donnergrollen erzeugte. Dann und wann, wenn Harmonie und Mißklang sich im heftigsten Widerstreit befanden und der Ausgang des Kampfes fraglich war, hob Gott die rechte Hand, die Innenfläche nach außen gekehrt und die Finger leicht gekrümmt, in einer Geste, die Stille gebot, und schlagartig verstummte der Lärm der Dämonen.

Solcherart zwischen Ordnung und Chaos hin und her wechselnd – während der dürre Klepper zur Musik den Kopf hochwarf und die Hufe so lebhaft bewegte, wie er es vermutlich durch Gewöhnung erlernt hatte, und der Hund, der hinten am Karren festgebunden war, vor Aufregung laut bellte –, in solcher Weise also paradierten wir durch die Straßen der Stadt, bis wir zum Marktplatz kamen, an dem das Wirtshaus stand.

Was mich betraf, so war ich heilfroh, als wir endlich dort anlangten. Das Gewand aus Haar lag heiß und eng an meinem Körper, und die Maske aus zurechtgepreßtem und geleimtem Papier war dick und ließ mir kaum Luft zum Atmen. Durch die Augenlöcher konnte ich nur wenig sehen, und nach den Seiten hin war mir die Sicht völlig versperrt. Und ich durfte nicht vergessen, mit dem Dreizack zu stoßen und dabei zu zischen, während die Himmelsmusik dazu spielte; auch mußte ich mit Pfanne und Schöpfkelle bereit sein, sobald Straw auf der Kupferplatte das Signal gab; überdies mußte ich Gott im Auge behalten, um in genau dem Moment zu verstummen, wenn er die Hand hob. Ich war verwirrt von dem lautstarken Getöse und den Gesichtern der Zuschauer, soweit ich sie hie und da in den Blick bekam: Manche starrten, manche lachten, und manche standen mit offenem Mund da und schrien so laut, daß es von dem Heidenspektakel, den wir selber veranstalteten, nicht mehr zu unterscheiden war. In diesem Augenblick dämmerte mir – und es war eine Lektion, die ich in den darauffolgenden Tagen immer wieder aufs neue lernen sollte –, daß der Schauspieler immer in seinem eigenen Spiel gefangen ist, wobei er jedoch dafür sorgen muß, daß die Zuschauer es nie merken; sie müssen stets glauben, er wäre frei. Und so besteht denn die große Kunst des Schauspielers nicht darin, zu enthüllen, sondern zu verhüllen.

Zu dem Durcheinander in meinem Kopf gesellte sich das Gefühl, daß meine Maske und das alte, verfilzte Pferdehaargewand bereits nach Brendans Verwesung stanken. Mir kam der Verdacht, daß die Maske und das Gewand möglicherweise unmittelbar neben Brendan gelegen hatten, und ich fragte mich, ob auch die anderen diese Vermutung hegten. Wir mußten Brendans Geruch verbergen, so, wie wir seinen Leichnam verborgen hatten. Wir brachten den Tod in die Stadt; soviel ist gewiß. Der Tod fuhr mit uns auf dem Karren; er war dort, inmitten unserer Parade und unserer Musik, während wir das gaffende Volk umschmeichelten, auf daß es zu uns käme und seinen Obolus entrichtete. Gewiß war auch, daß der Tod in dieser Stadt schon auf uns wartete; denn er vermag zur selben Zeit an verschiedenen Orten zu sein. Und wenngleich ich durch Gottes Gnade wieder aus dieser Stadt herauskam, so wartet der Tod noch immer auf mich. Doch die Zeit hat nichts dazu getan, die Erinnerung daran verblassen zu lassen – an den Lärm bei unserem Einzug in die Stadt, an die engsitzende Maske und an das übelriechende Gewand des Antichristen. Und an die Furcht vor Verwesung.

Kapitel vier

ür fünf Pence mieteten wir auf dem Hof des Wirtshauses einen Schuppen mit angrenzendem Kuhstall, in dem wir unsere Habseligkeiten aufbewahren und auch schlafen konnten. Fünf Pence waren ein ziemlich stolzer Preis für ein solches Quartier, doch mit weniger wollte der Wirt sich nicht zufriedengeben. »Warum sollte ich mit einer Bande von Schauspielern um Pennies feilschen?« sagte er, wischte mit den Händen über seine schmierige Schürze und gab sich den Anstrich eines Mannes, der über ein so unerhörtes Ansinnen erhaben ist. »Im Stall stehen Kühe, sonst hätte ich sechs Pence verlangt.«

Der Wirt war ein untersetzter Kerl mit niedriger Stirn, und eines seiner Augen schien nach innen zu blicken. Er verachtete uns und scheute sich nicht, dies auch zu zeigen, obwohl er mit Gewinn rechnen konnte, da wir unser Stück ja im Hof seines Wirtshauses aufführen wollten. Doch er gehörte zu jenen Menschen, die auftrumpfen, wenn sie sich überlegen fühlen, so, als müßten sie ihre Geringschätzung rechtfertigen. »Wenn ihr den Schuppen nicht nehmt, dann nehmen ihn halt andere«, sagte er. »Warum sollte ich mit fahrendem Volk herumfeilschen, wo ich doch dabei bin, Gemächer für den Herrn Richter zu bereiten, der von York herkommt und jede Stunde mit seinem Gefolge hier eintreffen wird?«

Martin schwieg, blickte dem Wirt jedoch mit Eiseskälte ins Auge. Er hatte seine Engelsmaske abgenommen, trug aber noch die Flügel. Ich hatte meine Maske aus Furcht aufbehalten; denn hätte ich sie abgenommen, wäre ja meine Tonsur zu sehen gewesen. Nun beobachtete ich durch die Augenlöcher, wie Springer und Straw Blicke wechselten und wie Straw mit den Augen schielte, um den Wirt nachzuäffen, wobei er sich die Hände an einer nicht vorhandenen Schürze abwischte, freilich auf eine Weise, daß die Hände sich ebenso überkreuzten wie seine Blicke – eine Geste, die besonders komisch wirkte, weil Straw ja noch als Herr von Welt kostümiert war. Zum Glück bemerkte der Wirt nichts von alledem. Ich wollte ihn fragen, weshalb der Richter zu einer solchen Jahreszeit hierherkam, und vielleicht hätte ich es trotz der Maske, die einen beim Sprechen stark behinderte, auch getan; doch der Wirt ließ uns stehen, um einen Blinden zu verjagen, der zum Betteln auf den Hof gekommen war. Er hatte ein zerlumptes kleines Mädchen dabei, das an die Mauer gepinkelt hatte.

Als der Wirt zurückkam, einigten wir uns auf fünf Pence, und Martin bezahlte. Der Schuppen war kahl und mit nacktem Fußboden aus Erde, doch es war trocken im Inneren, das Dach war dicht, und es gab eine Tür aus Holz mit einem eisernen Riegel und einem Vorhängeschloß. Das war wichtig für uns; denn wir hatten Diebe zu gewärtigen. Das gesamte Vermögen der Theatertruppe steckte in den Kostü-

men und Masken und jenen Gegenständen, die wir
brauchten, um die Bühne auszugestalten. Diese Sachen hatten sich über die Jahre hinweg angesammelt;
manche waren selbst gemacht, andere gekauft, und
wieder andere hatten die Schauspieler sich, soweit ich
wußte, auf dieselbe Weise angeeignet, gegen die wir
uns jetzt schützen mußten.

Wir zogen unsere Kostüme aus und luden alles
vom Karren, einschließlich Brendans, den wir in seinem Umhang aus Vorhangstücken mit vereinten
Kräften in den Schuppen trugen, wo wir ihn in einer
Ecke ablegten. Hier drinnen, wo es nach Dung und
Stroh und zertrampelter Erde roch, machte seine An-
wesenheit sich nicht allzu deutlich bemerkbar.

Auf dem Hof des Wirtshauses herrschte rege Be-
triebsamkeit, denn unentwegt kamen und gingen
Leute. In der Mitte des Hofes standen schwatzend ein
paar Soldaten mit Brustharnischen, und bei den Torbögen auf der Hofseite, wo sich das Wirtshaus befand, waren ein altes Weib mit einem Tablett voller
Knöpfe und zwei junge Frauen mit grünen Vierecken
auf den Ärmeln, die sie als Huren kenntlich machten.
Der Blinde und das kleine Mädchen waren auch wieder da. Aus den oberen Zimmern riefen Gäste laut
nach Bedienung, und ein Diener ging über den Hof zu
der Treppe, die hinauf zur Galerie führte. Auf der anderen Seite des Hofes versuchte ein Knecht, ein Reit-
pferd in den Stall zu führen, einen schwarzen Zelter,
doch das Tier war überaus nervös und von dem Lärm
und Trubel in Unruhe versetzt; es bäumte sich auf
und scheute vor Hindernissen, die außer ihm niemand sehen konnte, und seine Hufe schlugen Funken

aus den Pflastersteinen. Quer über den Sattel war ein Turnierschild festgeschnallt; das Wappen darauf zeigte eine zusammengeringelte Schlange sowie breite blaue und silberne Streifen. Ein barhäuptiger Knappe mittleren Alters, der unter einem braunen Überwurf ein Hemd aus dünnem Kettengeflecht trug, kam herbei, redete auf das Pferd ein und beruhigte es. Der Mann war schmutzig und staubig von der Reise, und auf dem Brustteil seines Überwurfs war ein Wappen mit den gleichen Streifen in den gleichen Farben wie auf dem Schild: blau und silbern. Ich hörte, wie er dem Wirt zurief, Wein für ihn und den Ritter, dem er diente, nach oben zu schicken.

Für mich war dies alles wie eine öffentliche Aufführung. Ich empfand keinerlei Beziehung zu dem, was ich sah, weil niemand wußte, was ich war. Ich wußte es ja selbst nicht. Ein flüchtiger Priester ist immer noch ein Priester, doch ein Schauspieler, der noch nie in einem Stück mitgewirkt hat – was ist der? Jetzt, ohne Maske, konnte ich atmen und auch sehen. Doch ich befand mich abseits, gleichsam in einem anderen räumlichen Bereich, wie es bei einem Zuschauer stets der Fall ist. Und ich fragte mich, ob auch diese Leute, die sich scheinbar nach Belieben auf dem Hof umherbewegten, sich in Wahrheit nur so und nicht anders verhalten konnten und nur vorgaben, frei zu sein, so wie wir es getan hatten, als wir in dieser Stadt Einzug hielten.

Dann ging Martin, mit Tobias als Zeugen, um über den Todesfall Bericht zu erstatten und mit dem Priester alles Notwendige zu regeln. Für uns andere blieb genug zu tun. Brendan stellte uns weiterhin vor Probleme. In meiner geistlichen Kleidung konnte er nicht zur Kirche gebracht werden, und nackt konnten wir ihn auch nicht dorthin schaffen. Er mußte wieder in seine eigenen Kleider gesteckt werden – und erneut übernahm Margaret diese Aufgabe und verfuhr dabei so sanft wie beim erstenmal. Das Priestergewand wurde über einen Balken gehängt, um ihm wieder Frische zu verleihen, so gut das noch möglich war; es war jetzt zu einem Bestandteil unserer gemeinsamen Theatergarderobe geworden. Inzwischen trug ich die lange Hemdbluse und das ärmellose Wams der Menschheit sowie eine wollene Kappe, von Stephen ausgeborgt, die viel zu groß für mich war und mir über die Augen rutschte.

Wir waren gerade so weit fertig, als der Stallknecht kam und Stroh und Sackzeug für unsere Betten brachte. Es war erst mitten am Nachmittag, doch schon begann das Licht des Tages zu verblassen. Stephen und ich standen an der Tür des Schuppens. Ich bin von Natur aus wißbegierig, und das Reden fällt mir leicht. Ich fragte den Stallknecht über den Knappen und den Mann aus, dem dieser diente.

»Die beiden übernachten hier«, sagte der Knecht. Er war jung, mit rundem Gesicht, und in seiner Miene war deutlich zu lesen, wie wichtig er sich nahm, weil er etwas wußte, was wir nicht wußten. »Sie sind heute von Darlington hierhergeritten; das ist ein ganz schön weiter Weg«, fuhr er fort. »Der Ritter hat ein Lehen am Tees, soviel ich gehört habe. Entweder sind sie arm oder geizig. Der Knappe hat mir nur einen Penny gegeben.«

»Ein Penny ist kein schlechter Lohn dafür, einen

Gaul beim Kopf zu halten«, sagte Stephen spöttisch. »Ich tu' das manchmal stundenlang und krieg' überhaupt nichts dafür.«

Doch der Knecht gehörte zu jenen Menschen von begrenztem Verstand, die alles wörtlich nehmen. »Es war ja nicht nur das eine Tier«, sagte er mit aufsteigendem Zorn. »Da war ja auch noch das Schlachtroß, das in den Stall mußte. Eins von den Biestern, die einen an die Wand drücken und zerquetschen können, als wäre man eine Fliege, und bei denen man höllisch aufpassen muß.«

»Stimmt schon, ein Penny ist wenig«, sagte ich. »Vielleicht ist das Lehen klein. Warum sind die beiden denn hier?«

»Weil sie beim Turnier mitmachen wollen, nehme ich an«, erwiderte der Stallknecht. »Es sind noch sechs Tage bis zum Stephanstag. Unser Herr hat nach Rittern in vielen Teilen des Landes geschickt. Der aus Darlington, der bei uns wohnt, gehört wahrscheinlich zu denen, die von Turnier zu Turnier ziehen und von den Preisgeldern leben. Aber hier kann er sich keine großen Hoffnungen auf einen Preis machen, wo doch Sir William beim Turnier dabei ist, der Sohn unseres Herrn und eine Zierde des Rittertums. Noch nie ist er aus dem Sattel gestoßen worden.«

»Wer ist eigentlich dein Herr?«

»Was?« sagte der Knecht, und auf seinem schlichten Gesicht spiegelte sich Erstaunen ob unserer Unwissenheit. »Lord Richard de Guise natürlich, zu dessen Baronie diese Stadt und alle Ländereien östlich von hier bis zum Meer gehören. Im ganzen Land ist er berühmt dafür, daß er den Bedürftigen Almosen gibt und Übeltäter bestraft und ein gottesfürchtiges Leben führt – so Leute wie euch würde er nicht mal in seine Burg lassen.«

Also war es seine Burg, die wir am Morgen von der Straße aus gesehen hatten. Vor meinem inneren Auge erschien wieder das Bild: die dicht gedrängten Häuser in ihrer Hülle aus Rauch, die Befestigungen und die Fahnen dahinter, die empor zum Licht ragten, und das Blinken von Metall hoch oben auf der Brüstung.

Der Stallknecht war schon im Begriff, sich abzuwenden, als ich aus purer Neugier eine Sache ansprach, die mir nicht mehr aus dem Kopf gegangen war, seit der Wirt sie erwähnt hatte: »Tja, mit dem Turnier und wo ihr überdies den hohen Richter erwartet, werdet ihr wohl eine Menge zu tun haben.«

Das Licht schwand jetzt mit jedem Augenblick rascher; Fackeln wurden angezündet und in Halterungen an den Mauern im Hof gesteckt, und auch oben in den Zimmern des Wirtshauses sah man die ersten Lampen aufleuchten. Der Fackelschein schuf Wellenmuster aus Licht und Schatten auf dem dunklen Mauerwerk und tanzte über das feuchte Pflaster des Hofes. Hinter mir konnte ich das Atmen der Kühe hören. »Was sucht der überhaupt hier?« fragte ich. »Was führt den Richter in den Tagen vor Weihnachten aus einem großen Ort in so einen kleinen Flecken?«

Das Gesicht des Stallknechts war im Schatten gewesen, doch als er sich abwandte, fiel ganz kurz Licht darauf, und ich sah, daß seine Miene sich verändert hatte: Sie war abweisend geworden. »Was weiß ich«, sagte er. »Die Gerichtsverhandlung hat schon stattgefunden. Ich kann jetzt nicht länger bleiben; ich werde nach oben gerufen.«

»Besser, als nach unten gerufen zu werden.« Diese Bemerkung, begleitet von einem glucksenden Lachen, kam von Straw, der unversehens aus dem Inneren des Schuppens hinter uns aufgetaucht war. Man hatte drinnen eine Fackel angezündet, und um sein zerzaustes Haar erstrahlte ein heller Heiligenschein.

»Was für eine Gerichtsverhandlung?« fragte ich. »Ist denn irgendein Verbrechen geschehen?«

Der Stallknecht zögerte; augenscheinlich schwankte er zwischen Vorsicht und dem genußvollen Gefühl, derjenige zu sein, der Bescheid wußte. »Gott sei's geklagt, ja«, sagte er schließlich. »Thomas Wells wurde ermordet. Vorgestern hat man ihn auf der Straße vor der Stadt gefunden. Die Tochter von Roger True wurde vom Sheriff für schuldig erklärt und soll nun gehängt werden.« Er sprach die Namen so aus, als müßte jeder sie kennen.

»Der Kerl wird die Frau betrogen haben«, sagte Margaret, als könnte es nur diesen einen Grund geben. Auch sie hatte sich zu uns an der Tür gesellt. »Bestimmt hat er ein falsches Spiel mit ihr getrieben.«

»Aber wenn die Frau bereits schuldig gesprochen wurde«, fragte ich den Knecht, »weshalb kommt dann der Richter mit seinem Stab hierher?«

Er gab keine Antwort darauf, sondern schüttelte nur den Kopf und entfernte sich rasch von uns, eilte unter den Torbögen hindurch und verschwand im Wirtshaus.

»Das ist aber eine flinke Rechtsprechung in dieser Stadt«, sagte Straw. »Vor zwei Tagen erst wurde der

Mann auf der Straße gefunden, und schon hat man der Frau den Prozeß gemacht und sie verurteilt.«

Wir sprachen dann nicht weiter über diese Angelegenheit, und ich glaubte, daß wir mit diesem Mord nichts mehr zu tun haben würden; doch ich sollte mich irren.

Dann kamen Martin und Tobias zurück, und was sie uns zu sagen hatten, hatte jeden auf seine Weise betroffen: Tobias machte einen abwesenden Eindruck und schien eher seinen Hund im Kopf zu haben als sonst etwas, wohingegen Martins Gesicht weiß war vor Wut. Der Priester, berichtete er, ein fetter und träger Kerl mit schwerer Zunge – eine bezeichnende Herabsetzung aus dem Mund eines Mannes, dessen Bewegungen so geschickt waren wie seine Redeweise –, dieser Priester habe für Brendans Beisetzung vier Shilling verlangt. Sie hatten den Geistlichen zuerst in der Kirche gesucht und dort einen Mann angetroffen, der Stechpalmen für das Weihnachtsfest schnitt; dieser hatte ihnen dann beschrieben, wo der Priester wohnte. Eine junge Frau hatte die Tür geöffnet.

»Sein Liebchen«, sagte Tobias.

»Die Hure eines Gottesmannes«, sagte Margaret und warf verächtlich den Kopf zurück. »Sie war bestimmt nicht wie eine Haushälterin gekleidet, jede Wette.«

Das war mehr, als wir alle für möglich gehalten hatten. Einen Shilling hatte der Priester für das Grab verlangt, zwei Pence für den Totengräber und zwei Shilling und zehn Pence für sich selbst.

»Der Lohn eines Arbeiters für zwei Wochen.« Straw wischte sich mit einem zerlumpten Ärmel über die glitzernden Stoppeln auf seinen Wangen. »Bloß dafür, daß der Pfaffe vor einem Loch im Boden irgendwas murmelt, und für den Klumpen Lehm, mit dem es dann zugestopft wird.«

»Das hat unsere Gemeinschaftsbörse wieder mal kräftig gebeutelt«, sagte Martin. »Jetzt bleiben uns noch achtzehn Pence und ein halber Penny.«

»Hast du etwa eingewilligt?« fragte Stephen. Er gehörte zu den Menschen, die stets nörgeln und quengeln. Nun richtete Martins Zorn sich auf ihn.

»Fängst du schon wieder an zu kritteln?« Wenn er wütend war, mußte man auf der Hut vor ihm sein. Er konnte seinem Zorn weder durch Gesten noch durch Geschrei Luft machen – seltsam für einen Mann, der nicht nur sämtliche Gebärden vorgetäuschter Gefühle beherrschte, sondern auch jenes Gefühl des Schauspielers, das durchs Vortäuschen echt wird. Doch unmittelbar empfundene Gemütsbewegungen waren für ihn wie ein Leiden, das er bekämpfen mußte. Er besaß keine Ausdrucksmöglichkeit dafür, nur das Zeichen der völligen Unbewegtheit. Und hinter dieser Stille – nur eine Winzigkeit dahinter – lauerte die Gewalt.

»Wir waren uns doch schon einig, bevor wir hierherkamen«, sagte Springer. »Weißt du das denn nicht mehr, Stephen?«

»Was den Preis angeht, hatten wir keine Grenze festgesetzt«, sagte ich und schaltete mich zum erstenmal in die Debatte ein, was mein gutes Recht war, wie ich fand. »Genau so, wie es zutrifft, daß *ignorantia iuris non excusat*, so gilt dies auch für den Preis, *pretium*; dies ist ein sehr wichtiges Prinzip in ...«

»Ich wußte gleich, daß wir über kurz oder lang einen Löffel Latein zu schlucken bekommen«, sagte Stephen und musterte mich finster. Doch ich war nicht beleidigt, denn ich erkannte, daß diese Ablenkung ihm guttat, ja, daß sie notwendig gewesen war. Und im gleichen Augenblick begriff ich überdies, daß sämtliche Mitglieder der Theatertruppe Rollen spielten, auch wenn sie ganz unter sich waren und niemand ihnen zuschaute. Jeder hatte seinen eigenen Text, und es wurde von ihm erwartet, daß er ihn sprach. Wäre dem nicht so, ließe sich gar kein Gespräch führen, weder unter uns noch irgendwo sonst auf der weiten Welt. Vielleicht war diese Rollenverteilung irgendwann einmal festgelegt worden: Martin, der Fanatische; Springer, der Zaghafte und Liebevolle; Stephen, der Streitsüchtige; Straw, der Schwankende und Unberechenbare; und schließlich Tobias mit seinen Sinnsprüchen und der Stimme des gesunden Menschenverstandes. Wann diese Rollen einst verteilt worden waren, war längst in Vergessenheit geraten. Und nun hatte auch ich meinen Part in dieser Theatertruppe übernommen. Auch ich hatte meinen Text zu sprechen. Meine Rolle bestand darin, den Moralapostel zu spielen, meine Sprüche mit Latein zu würzen und alles ins Abstrakte zu wenden, so daß Straw die Nase rümpfen und in spöttischer Zustimmung weise nicken und Stephen böse dreinblicken und Springer lachen konnte und Martins Zorn besänftigt werden. Die einzige Person, die keine Rolle spielte, war Margaret; sie besaß weder eine Stimme draußen, vor dem Publikum, noch eine Stimme drinnen in unserer Runde.

Langsam nahm Martin den Blick von Stephen. »Diese Würmer, die sich von der Allgemeinheit nähren«, sagte er, »sie wissen von den Lehren der Kirche so wenig wie von Sitte und Anstand. Sie wissen nur, wie man während einer Beichte schläft, wie man eine Flasche leert und ausstehende Gelder eintreibt. Und damit sie das besser bewerkstelligen können, arbeiten sie Hand in Hand mit den Adeligen und sorgen dafür, daß das einfache Volk nicht von der Scholle loskommt.«

Seine Worte waren beleidigend für die Kirche, doch ich erhob keinen Protest. Um die Wahrheit zu sagen: Da ich nun einmal den Beruf des Schauspielers ergriffen hatte, wollte ich es darin auch zum Erfolg bringen, und wenn ich mich von den anderen ausschloß, war dies ein sicheres Mittel, an meinem Ziel zu scheitern. Der Zeit zu dienen ist ein Zeichen der Weisheit, wie Tobias es vielleicht ausgedrückt hätte, und die Zeit hatte mich zu einem Mann der Lieder und nicht der Predigten gemacht.

Außerdem, was Martin über Priester in ländlichen Gemeinden gesagt hatte, trifft in hohem Maße zu – zumindest für eine große Zahl von Geistlichen. Viele sind ungebildet und nicht imstande, einen Text zu erläutern. Sie leben in offenem Konkubinat und lassen sich von den Leuten für ihre Dienste entlohnen. In einigen Gemeinden verteilt der Priester die heilige Hostie nur, wenn er zuvor mit Geld oder in Naturalien bezahlt wurde.

Was Martins anderen Vorwurf betraf – daß die Priester den adeligen Herren dabei helfen, dafür zu sorgen, daß ihnen die Arbeitskraft des gemeinen Volkes erhalten bleibt –, so schwieg ich auch dazu; doch es sind die Kaufleute und Händler im Unterhaus, welche die Gesetze erlassen, um die Löhne niedrig zu halten und die Leute daran zu hindern, ihre Dienste anderen Herren anzubieten. Männer werden ergriffen und als Flüchtige gebrandmarkt – auf der Stirn, damit alle es sehen können –, bloß weil sie das Land ihres adeligen Herrn ohne Erlaubnis verlassen haben. Aber nicht die Kirche macht diese Gesetze. Natürlich trifft es zu, daß die heilige Kirche dem fahrenden Volk mißbilligend gegenübersteht und alles daransetzt, daß die Menschen seßhaft werden. Denn wo Genüge ist, da ist Festigkeit, und wo Festigkeit ist, da ist Glaube, *ubi stabilitas ibi religio.*

Wie gesagt, machte ich mich nicht zum Fürsprecher der Geistlichkeit. Und keinesfalls wollte ich den hiesigen Priester in Schutz nehmen, der soviel Geld von uns verlangte; denn wir würden alle gleichermaßen unter seiner Gier leiden. Andererseits wußten die anderen, daß auch ich Geistlicher war, und mein Schweigen würde sie stutzig machen, und damit sie mich nicht für einen Feigling hielten, sagte ich: »Priester sind in ihrem Wesen genauso vielfältig wie andere Menschen. Sie sind so unterschiedlich wie Schauspieler auch.«

Nun meldete Tobias sich zu Wort, zum erstenmal seit seiner Rückkehr. »Bei den Menschen aller Stände und Berufe gibt es Gute und Schlechte«, sagte er, »und sie alle werden gebraucht, weil aus ihnen die Welt zusammengesetzt ist. Da wir gerade von Priestern sprechen – es hat in der Stadt einen Mord gegeben. Eine Frau ist dieser Tat verurteilt worden, und

es war ein Mönch, der sie zum Verhör herschaffen
ließ.«

Martin stürzte sich auf diese Geschichte, als
bräuchte er den Themenwechsel. »Wir haben gehört,
wie man vor der Kirche darüber gesprochen hat«,
sagte er. Seine Stimme klang leise, und in seinen Augen lag ein verträumter Ausdruck, als würde er in die
Vergangenheit blicken, von tiefen Gefühlen durch-
drungen. »Der Mönch ist der Beichtvater des Barons;
er wohnt bei ihm und den Seinen in der Burg. Er ist
Benediktiner.«

Diese Worte fallen mir jetzt wieder ein. Und ich
weiß auch noch, wie Martin aussah, als er dies sagte,
erschöpft von der Kraft seines Zornes. Ich erinnere
mich auch noch an den Schein des Fackellichts auf
dem Stroh, auf dem wir saßen. Ich konnte hören, wie
die Kühe sich bewegten und atmeten. Der Geruch,
der von ihrem Mist und ihrem durchtränkten Stroh
aufstieg, lag stechend im Stall und vermischte sich
mit dem dunklen Gestank von Brendan in seiner
Ecke. Margaret saß mit gespreizten Beinen da und
flickte einen Riß in Adams Kittel; ihr Gesicht war
dem Licht zugewandt. Die gespreizten Frauenbeine
unter dem Rock brachten mein Inneres in Aufruhr,
und ich betete still zum Herrn, daß er mich nicht in
Versuchung führen möge. An Haken und Nägeln an
den Wänden des Schuppens hingen unsere Masken
und das Zeug für den Vorhang und unsere Kostüme,
die Schwingen der Schlange, der Hut des Papstes und
die Schulterstücke des Narren, während das Pferdehaargewand wie eine riesige Fledermaus von einem
der Querbalken herabbaumelte. Der Schuppen war in

einen fremdartigen Ort verwandelt worden. Die Kupferplatte lehnte an einer Wand, und das Fackellicht bewegte sich in Wirbeln darüber hinweg, als würde die Oberfläche Farben miteinander verschmelzen, das Blau und Gold und Rot von Evas Perücke und ihren Glasperlen, die nebeneinander hingen. Meine Sicht wurde von diesen wogenden Farben und Spiegelungen und dem verschwommenen Rauch der Fackel getrübt.

»Wir haben mit dem Stallknecht über die Sache gesprochen.« Straw schaute mit unstetem Blick in die Runde; sein wirres Haar schimmerte im Licht. »Er wollte nicht gern darüber reden«, fuhr er fort, »obwohl er sehr gesprächig war, was andere Dinge betrifft.«

»Es war Raub«, sagte Tobias. »Man fand das Geld im Haus der Frau. Der Mönch hat es entdeckt.«

»Für so was haben Mönche immer eine gute Nase«, sagte Stephen.

Dann hatten wir keine Zeit mehr, das Gespräch weiterzuführen. Wir mußten uns umkleiden und uns für die Aufführung des Stücks von Adam vorbereiten. Und ich war nervös; ich spürte eine Anspannung in der Brust, und in meinem Kopf war für andere Gedanken kein Platz mehr. Doch der Schatten dieses Verbrechens lag bereits über uns, obwohl ich es zu diesem Zeitpunkt noch nicht wußte. Er liegt heute noch auf mir.

Kapitel fünf

ie Schwierigkeiten, welche dieser Tag brachte, waren noch nicht vorüber. Als wir die Vorbereitungen trafen, unser Stück aufzuführen, kam zum Klang von Trommeln und Dudelsäcken eine Gruppe fahrender Spielleute zum Wirtshaus gezogen und nahm im Hof sogleich jenen Bereich an der Mauer in Beschlag, der sich gegenüber dem Eingangstor befand – der beste Platz. Martin, der bereits den kurzen weißen Kittel des Adam vor dem Sündenfall trug, trat aus dem Kuhstall hinaus und sah, daß an der Mauer schon ein Bär angebunden war und daß Seiltänzer ihre Matten ausbreiteten und ein Muskelmann Ketten von einem Handkarren lud. Für einige Augenblicke stand Martin mit bloßen Beinen in der Kälte und starrte auf die Szene, als wolle er seinen Augen nicht trauen. Dann bewegte er sich rasch auf die Ankömmlinge zu. Ich folgte ihm in Begleitung Stephens, der bereits das lange Gewand Gottes trug. An Zahl waren wir den anderen deutlich unterlegen – sie hatten auch noch einen Feuerschlucker dabei, der bereits damit beschäftigt war, sein Kohlenbecken zu entfachen, und eine Familie von Akrobaten.

Die fahrenden Spielleute reisten in Gruppen, und

sie treten vor Publikum auf, wo immer sich die Gelegenheit dazu bietet, in großen Sälen, auf Turnieren und Wettkämpfen für Bogenschützen, auf Jahrmärkten und Marktplätzen. Was das angeht, sind sie wie die Schauspieler, doch im Unterschied zu uns haben die fahrenden Akrobaten und Gaukler keinen Prinzipal; was sie tun, stiftet keine Gemeinschaft, und sie können sich jederzeit zusammentun und wieder auseinandergehen.

Da es bei den fahrenden Spielleuten keinen Sprecher gab, war es für Martin schwer, jemanden zu finden, mit dem er sich darüber streiten konnte, wem der Platz an der Mauer zustand. So richtete er sein Hauptaugenmerk auf die Akrobaten, da sie eine einzige Familie waren – Mann und Frau und zwei fröstelnde Knaben mit geschorenen Köpfen. Martin sagte dem Mann, der Platz sei schon besetzt, wobei er zuerst einen verbindlichen Tonfall anschlug, mit dem sichtlichen Bemühen um eine friedliche Lösung. Doch der Mann begann zu zetern, und die Frau unterstützte ihn mit schriller Stimme, und auch der Muskelmann ließ seine Ketten mit lautem Gerassel auf die Pflastersteine fallen und kam auf uns zugetrottet, weil er erkannt hatte, was vor sich ging. Der Mann war sehr groß, größer und schwerer noch als Stephen und von gewaltiger Körpermasse, wenngleich das meiste davon Fett war. Er war kahlköpfig und sehr häßlich, und er trug einen Kupferring in einem Ohr. Als er näher kam, schnaufte er wie ein Ringer und hob die Hände, als wollte er Martin in einen Klammergriff nehmen. Ich glaube, es war kein Ernst, sondern eher eine Drohung, um uns Angst einzujagen, doch als der Muskelmann noch zwei Schritte von uns entfernt war, machte Martin einen Ausfall und trat nach ihm, wobei er sich leicht zur Seite drehte, so daß sein Fuß den Leib des Muskelmannes zuerst mit der Ferse traf und sehr hoch für einen Tritt aus dem Stand. Martin erwischte den Mann auf der linken Seite unterhalb des Herzens. Der Muskelprotz fiel zwar nicht zu Boden, krümmte sich jedoch schwer nach vorn und rang nach Luft; alle konnten sein Schnaufen hören.

Welchen weiteren Verlauf die Schlägerei genommen hätte, weiß ich nicht. Stephen, von Natur aus ein Haudrauf, hätte weitergemacht. Martin hatte eine Faust erhoben und hätte wahrscheinlich hingelangt, solange der Vorteil noch auf seiner Seite war. Dann aber erschien der Wirt in Begleitung eines stämmigen Hausgehilfen und erklärte, der Platz an der Mauer gehöre uns, weil es uns so versprochen worden sei und auch weil wir den Schuppen und den Stall im Hof gemietet hätten und weil er dafür Geld von uns bekäme, während er von den fahrenden Spielleuten nichts bekommen würde; überdies wisse er, daß er bei Leuten wie ihnen keine Einkünfte zu erwarten habe, da sie ja keinen Eintritt verlangten, sondern einen Hut im Publikum kreisen ließen – was wir übrigens auch taten, wenn wir unsere Bühne nicht räumlich abgrenzen konnten, so wie es hier möglich war, da man nur durch einen Eingang auf den Hof gelangen konnte.

Die Seiltänzer rollten ihre Matten wieder ein, und die Akrobaten murrten. Der Muskelmann ging zu seinem Karren zurück, wobei er uns verfluchte und

Rache schwor. Der Wirt, welcher die Gunst der Stunde erkannte, verlangte nun ein Viertel unserer Einnahmen dafür, daß er uns den Hof zur Verfügung stellte und weil er überdies unsere Rechte verteidigt habe.

Das Blut war aus Martins Gesicht gewichen, wobei ich nicht wußte, ob der Streit mit den Spielleuten oder die Forderungen des Wirts der Grund dafür waren – Martin war in Geldsachen ebensoleicht erregbar wie in allen anderen Dingen. Ich rechnete damit, daß er lauthals protestieren würde, doch die heftige Erregung, die sein Inneres erfüllte, lähmte ihn für den Augenblick, wie es bei manchen Menschen der Fall ist, und stumm und mit weißem Gesicht stand er da.

Inzwischen hatten sich die anderen genähert, und die Wirkung zeigte sich bei jedem auf andere Weise. Springer, bereits im Kostüm der Eva, mit runden und angstvollen Augen unter der flachsfarbenen Perücke, versuchte uns von einem Streit abzulenken, indem er eitel umherstolzierte und sich spreizte wie ein Pfau. Straw war sprachlos; ich glaube, weil er Martin in solchen Augenblicken sehr nahe war. Straws Wesen zog die Gefühle der anderen wie ein Magnet an; sie sammelten sich in seinem Inneren, und die Hülle seines Körpers war zu dünn für sie. Jetzt starrte er vor sich hin, die Arme vor Erregung um den Leib geschlungen, als friere er – was seltsam anzusehen war, da er bereits das Gewand und die Schwingen der Schlange vor dem Sündenfall trug. Tobias, der Martin besser kannte als irgend jemand sonst, legte ihm einen Arm um die Schultern und redete mit ruhiger Stimme auf ihn ein. So lag es denn an Margaret, sich mit dem Wirt auseinanderzusetzen. Er werde keinen Penny mehr bekommen, als er verlangt habe, erklärte sie; schließlich hätten wir uns bereits auf den Preis für die Benutzung des Schuppens und des Hofes geeinigt. Der Wirt erwiderte in der ruhigen und gelassenen Art eines Menschen, der sich vollkommen im Recht wähnt, er habe ja nicht wissen können, daß die Örtlichkeiten sehr begehrt seien und daß es auch noch andere darauf abgesehen hätten.

An diesem Punkt konnte ich mich nicht mehr zurückhalten. Dieser betrügerische Kerl war zu allem Überfluß auch noch ein Narr in Sachen Logik – ein Mangel, über den ich nicht einfach so hinweggehen kann. »Es liegt im Wesen aller Vereinbarungen, daß die beteiligten Parteien eine verbindliche Auffassung von *posse* als auch von *esse* haben«, sagte ich zu dem Wirt. »Ein Versprechen, das von vorübergehenden Umständen abhängt, ist, sofern diese Umstände nicht ausdrücklich genannt werden, gar kein Versprechen, sondern bloßer Schwindel und Betrug. Würde jeder sich so verhalten wie Ihr, dürfte man keiner Abmachung mehr trauen.«

Seine einzige Antwort lautete, daß ich ein geschwätziger Narr sei. Am Ende jedoch erklärte er sich mit zwei Pence Anteil an jedem Shilling einverstanden. Er würde einen seiner Leute am Eingang zum Hof postieren, sagte er, damit dieser die Betrunkenen und die stadtbekannten Unruhestifter fernhalte; doch der wirkliche Grund, den Mann abzustellen, bestand darin, das von uns eingenommene Geld im Auge zu behalten. Wäre dieser Dieb von einem Wirt seinerzeit der Besitzer des Stalles von Bethlehem gewesen, hätte er von Josef und Maria die letzte, kleinste Münze herausgepreßt, selbst für den elenden Verschlag, in dem Jesus das Licht der Welt erblickt hatte. Judas, so heißt es, sei in derselben Nacht geboren worden ...

Wir hatten dieser Sache wegen Zeit verloren und mußten uns jetzt beeilen – das Publikum kam bereits auf den Hof. Und je mehr Zeit verstrich, desto größer wurde meine Angst vor dem Versagen. Bei Einbruch der Dunkelheit hatten wir Fackeln an der Mauer angebracht, so daß die Leute uns von Licht umrahmt sehen würden – Geschöpfe aus Flammen. Das war Martins Einfall gewesen. Im Augenblick waren nur zwei Fackeln angezündet, an der Mauer in der Mitte der Bühnenfläche. Der Baum des Schicksals stand bei der Mauer, und an einem seiner Zweige hing ein Apfel aus Papier. Wir mußten den Schuppen als Garderobe benutzen und würden daher im Laufe der Vorstellung immer wieder durch die Reihen des Publikums hindurchgehen müssen.

Als alles bereit war, kam Martin als Adam zwischen den Leuten hervor, um den Prolog zu sprechen. Er schritt heran und stand da, die zwei brennenden Fackeln direkt hinter sich. Über seiner Kleidung trug er einen schwarzen Umhang. Während wir im Schuppen warteten, vernahmen wir seine klare Stimme:

> »Ich bitt' Euch, schenkt mir Aug' und Ohren
> Und seht, wie Eden ward verloren
> Durch des Satans Trug und List ...«

Ich spähte um die Tür des Schuppens herum und beobachtete Martin, wie er dastand, die flackernden

Flammen im Rücken. Vom Publikum erklangen Gespräche und Gelächter, aber nicht sehr viel. Die Leute waren nicht gerade in großer Zahl erschienen, das sah man auf den ersten Blick; der Hof war nicht einmal zur Hälfte gefüllt. Ich trug das Kostüm für die erste meiner Rollen, die eines Hilfsdämons: eine gehörnte Maske, eine rote, gegürtete Hemdbluse sowie einen Schwanz, ein Stück Seil mit einem Dorn aus Eisen am Ende. Ich hatte einen Teufelsdreizack bei mir, der dazu diente, die Verdammten auf dem Höllenrost zu drehen. In diesem ersten Teil des Stückes brauchte ich kein einziges Wort zu sprechen; ich mußte nur Satan zur Hand gehen und Vorstöße ins Publikum unternehmen und dabei zischen und mit meinem Dreizack fuchteln, um Angst und Schrecken zu verbreiten. Ich hielt das für einen glücklichen Umstand, da ich mich auf diese Weise daran gewöhnen konnte, den Blicken des Publikums ausgesetzt zu sein, bevor meine bedeutsamere Rolle als Teufelsnarr an der Reihe war.

Nachdem Martin seine Verse gesprochen hatte, trat er rasch aus dem Licht, huschte zur entferntesten Ecke der Bühnenfläche und legte sich dort nieder. Von seinem dunklen Umhang bedeckt, daß selbst das Gesicht verborgen war, schien er wahrhaftig zu verschwinden. Auch dies war seine Idee gewesen; es war ihm eingefallen, als wir zum erstenmal gesehen hatten, wie die Fackeln in die Halterungen in der Mauer gesteckt worden waren. Was wirkungsvolle Effekte betraf, war Martin höchst einfallsreich und den anderen immer ein Stückchen voraus.

Jetzt war es an der Zeit für Stephen, als Gottvater in

Erscheinung zu treten und langsam und majestätisch durch die Reihen der Zuschauer zu schreiten. Um die Wirkung seines Auftritts zu steigern, ging er auf sechs Zoll hohen Stelzen, die unter seinem Gewand an den Beinen festgeschnallt waren. Des schwankenden Gangs wegen hat das Schreiten eines Stelzengehers etwas Majestätisches an sich; es strahlt irgend etwas Steifes, Gemessenes aus, so, wie Gott vermutlich unter den Menschen daherschreiten würde; der streitsüchtige Stephen sah mit seiner vergoldeten Maske und seiner dreifachen Krone wahrhaftig wie der König des Himmels aus, während er vom Licht zum Dunkel schritt und wieder zurück, wobei er seinen Monolog sprach:

»Ich, Gott, in meiner großen Herrlichkeit,
In dem kein Anfang ist, kein Ende dräut,
Der ewig war und ist für alle Zeit,
Schöpfer des Himmels und der Erde weit,
Gebiete nun, es werde Licht ...«

Nun war Tobias an der Reihe. In seiner ersten Rolle als Hilfsengel, mit der Perücke, der Halbmaske und den Flügeln, die er sich vorübergehend von der Schlange geliehen hatte, kam er mit einer Flamme durch die Reihen des Publikums hindurch und entzündete sämtliche Fackeln an der Mauer, so daß sich eine Flut von Licht über alles und jeden ergoß. Gott schritt nunmehr im Licht seiner Schöpfung dahin, und in der Ecke konnte man einen dunklen Haufen sehen: Adam.

»Erschaffen sei der Mensch nach unserm Bilde,
Mit Leib und Seel' von unserm Odem milde;
Über die Tiere alle, zahm' und wilde,
Er der Herrscher sei ...«

Adam kroch unter seinem Umhang hervor und rieb
sich die Augen. Man sah seine wohlgeformten Beine,
die allerdings von einer Gänsehaut überzogen waren.
Und jetzt erschien Straw in Gestalt der Schlange vor
der Verdammnis – mit den Flügeln, die er in aller Hast
von Tobias übernommen hatte, und einer runden,
lächelnden Sonnenmaske. Er schritt durch die Zuschauermenge und sang dabei ein leises, gurrendes
Lied, wie es die Frauen am Spinnrad singen. Durch
dieses Lied wurde Adam in den Schlaf gelullt, was
allerdings einige Zeit in Anspruch nahm; denn sobald die Schlange beim Gesang innehielt, fuhr der
beinahe schon schlafende Adam ruckartig empor,
was die Schlange mit Ungeduld erfüllte, und sie
wandte sich zum Publikum, um das Zeichen der Ungeduld zu machen, indem sie die Hände mit empor-
gereckten Fingern bis in Schulterhöhe hob und den
Kopf langsam und steif von Seite zu Seite drehte.
Während die Leute das Bemühen der Schlange
verfolgten, Adam zum Schlaf zu verleiten, näherte
Eva sich leise an der Seite des Hofes, den Kopf in ein
dunkles Tuch gehüllt. Als Adam endlich schlief,
schwankte Gott auf seinen Stelzen nach vorn, hob
den rechten Arm und machte das Zeichen der Zauberei, indem er die Hand im Gelenk drehte, worauf Eva
ihr Tuch fallen ließ und in gelber Perücke und weißem Umhang in den helleren Bereich der Bühnen-

fläche trat und damit geboren ward. Auch ihre Beine waren bloß. Beim Publikum rief sie durch ihre Eitelkeit, ihre gezierten Gesten und ihren Knabenhintern ein geiles Gelächter hervor, während sie vor Adam auf und ab stolzierte, wenn Gott gerade mal nicht hinschaute. Als dieser sich schließlich zurückzog, um sich zur Ruhe zu begeben, begann eine Art Fangenspielen zwischen Adam und Eva; er griff mit plumpen Fingern nach ihr, und sie wich ihm aus.

Nun war es an der Zeit für mich, dem Satan zu folgen, der von Tobias in demselben roten Gewand gespielt wurde, das auch dem Herodes als Kostüm diente; dazu trug Tobias eine äußerst abstoßende Maske in Gelb und Rot mit vier Hörnern. Ich zischte, fuchtelte mit dem Dreizack und machte Ausfälle gegen das Publikum, wobei ich meinen dornenbewehrten Schwanz auf und ab wippen ließ. Diese Darbietung vollführte ich mit viel Energie und Schwung, und sie zeitigte auch einige Wirkung – eine Reihe von Zuschauern zischte zurück, ein Kind begann laut zu weinen, und die Mutter des Kleinen warf mir Schimpfworte an den Kopf. Ich wertete dies als Erfolg, meinen ersten als Schauspieler. Dann aber wurde mir wieder bewußt, daß die Zahl der Zuschauer eher kläglich war und daß dies auch den anderen nicht entgangen sein dürfte.

Schließlich war es Zeit, in den Schuppen zurückzueilen, um in die Maske und den buntgescheckten Anzug des Teufelsnarren zu schlüpfen und das Tamburin zu nehmen; denn der Satan zieht sich grollend in die Hölle zurück, als Eva sich anfangs weigert, die Frucht zu nehmen, und er muß deswegen besänftigt werden. Ich spürte die Feindseligkeit des Publikums, als ich vorbeiging. Ein Mann versuchte gar, mir die Dämonenmaske vom Gesicht zu reißen, doch ich wich ihm aus. Trotz der abendlichen Kälte schwitzte ich.

Im Schuppen befand sich nur Gott, der auf dem Stroh saß und Bier trank. Er machte einen niedergeschlagenen Eindruck und redete kein Wort mit mir. Es brauchte kaum mehr als eine Minute, mich des Dämonenkostüms zu entledigen und das Gewand des Narren samt Schulterstücken, Kappe und Schellen anzuziehen. Doch diese kurze Zeit genügte, daß ich mir wieder Brendans Gesellschaft unter dem Haufen Stroh in der Ecke bewußt wurde. Die Maske, die ich jetzt trug, war gänzlich weiß – ein volles Gesicht mit einem langen Nasenstück, das wie der Schnabel eines Vogels aussah. Ich schüttelte die Schellen und schlug das Tamburin, während ich zwischen den Zuschauern hindurch zurück zur Bühnenfläche ging. Jetzt war ich eine andere Gestalt; die Leuten haßten mich nicht. Sie betrachteten mich jetzt als Spaßvogel, nicht als Dämon. Während ich so durch die Reihen des Publikums ging und meine Schellen schüttelte und die Zuschauer lächeln sah, wurde mir deutlich, was alle Schauspieler irgendwann einmal sehr genau erfahren: wie schnell bei den Menschen Zuneigung und Haß wechseln und wie sehr die Leute sich von Täuschung und Verkleidung beeinflussen lassen. Mit einer gehörnten Maske und einem hölzernen Dreizack entfachte ich die Furcht vor dem Höllenfeuer in ihnen. Zwei Minuten später, wenngleich dasselbe ängstliche Geschöpf, das ich zuvor gewesen war, diesmal jedoch mit Narrenkappe und weißer Maske, war ich ihre Hoffnung auf Gelächter.

Doch entdeckte ich auch die Gefahr der Verkleidung für den Schauspieler. Eine Maske verleiht die schreckliche Gabe der Freiheit; man vergißt sehr leicht, wer man ist. Und dies verspürte ich nun, dieses Entgleiten der Seele, was mich um so mehr verwirrte, als mein Körper so eingeengt war – die Maske ließ nur wenig Licht an meine Augen, und nach den Seiten konnte ich überhaupt nichts sehen. Dicht vor mir erblickte ich durch die schmalen Schlitze die verzierte und furchteinflößende Maske des Satans, und ich vernahm die sonderbar fern und hohl klingende Stimme von Tobias, der sein Schicksal und seinen Verlust beklagte.

> »Einst lebt' ich der Geister Paradies,
> Durch meiner Sünde Fall verlor ich dies.
> Nun Mann und Weib als Gottes Gaben
> Das ird'sche Paradies zum Wohnen haben.
> Und dennoch will's mir nicht gelingen,
> Mit List den Menschen Leid zu bringen ...«

Ich hatte Brendans Lied gelernt, und ich trug es jetzt vor und schüttelte das Tamburin im Takt dazu und sang so lieblich, wie ich nur konnte, um den Teufel zu besänftigen. Zuerst zitterte meine Stimme vor Angst, was einiges Gelächter hervorrief. Doch als ich weitersang, wurde die Stimme fester und kräftiger, und die Angst fiel von mir ab. Wenn Furcht stirbt, wird Wagemut geboren. Ich beendete das Lied, doch statt die Zeilen zu sprechen, die ich gelernt hatte, machte ich das Drei-Finger-Zeichen in Tobias' Richtung, um diesem zu bedeuten, daß ich meine eigenen Worte sprechen würde.

> »Wenn all die Welt dein eigen wär',
> Dann wärst du aller Dinge Herr,
> Das Leben wäre dein ...«

Es war der Narr, der den Teufel – mit der Welt als Preis – in Versuchung brachte; eine Umkehrung der Rollen. Etwas Neues. Tobias, dem einige Augenblicke zum Überlegen geblieben waren, antwortete seinerseits mit eigenen Worten.

> »Wenn all die Welt mein eigen wär',
> Dann würden alle Weiber hier
> Dem Teufel hörig sein ...«

Während er diese Worte sprach, machte er die beidhändige Geste des Kopulierens. Statt stehenzubleiben, veranlaßte mich irgendein innerer Antrieb, Tobias zu umkreisen und nun den gelernten Text zu sprechen, wobei ich mich zu erinnern versuchte, welche Bewegungen des Körpers und der Hände dazu geprobt worden waren. Tobias, wenngleich er nicht gewußt hatte, daß ich mich so verhalten würde, gab dem Ganzen einen komischen Anstrich, indem er sein Gesicht mit der gehörnten Maske herumdrehte, um dem Geklingel meiner Schellen zu folgen, nur daß er dabei stets in die falsche Richtung schaute und jedesmal erschreckt tat, wenn meine Stimme von einer anderen Stelle aus ertönte. Das Publikum lachte,

und ich stimmte in dieses Gelächter über den Teufel
ein und zeigte mit der vorgestreckten Hand auf ihn
und stolperte und fiel auf jene Weise, wie man es
mich gelehrt hatte, doch stauchte ich mir beim Sturz
leicht den linken Ellenbogen, und das Gelächter
wurde noch stärker und klang süß in meinen Ohren,
das will ich nicht leugnen. Als ich mich so drehte,
daß ich ins Licht schaute, war ich für einige Augenblicke benommen und konnte nichts sehen, und das
Gelächter hallte in mir nach ...

Kapitel sechs

ch hatte das Gefühl, daß mein erster Auftritt als Schauspieler ein Erfolg gewesen war. Doch später, als ich mit den anderen beisammen saß, ließ ich mir von meinem Hochgefühl nichts anmerken, denn die Stimmung der Gefährten war düster. Wir hatten Margaret die Aufgabe übertragen, am Eingangstor Aufstellung zu nehmen und das Geld zu kassieren. Sie hatte einen Shilling und elf Pence eingenommen; davon hatte der Wirt einen Anteil von drei Pence und drei Viertelpenny eingestrichen. Die Miete für den Schuppen betrug fünf Pence. Überdies war unser triumphaler Einzug in die Stadt zuviel für den Karren gewesen; ein Rad war verbogen und mußte gerichtet werden. Diese Arbeit überstieg Tobias' handwerkliche Fähigkeiten; er meinte, die Kosten für das Rad würden mindestens drei Pence betragen. Somit blieb uns weniger als ein Shilling in der Kasse, und wir waren sechs Personen und ein Pferd. Und zu Weihnachten rechnete man in Durham fest mit unserem Erscheinen.

Es war ein klarer Abend und sehr kalt. Die Pflastersteine im Hof waren bereits von Reif überzogen, der wie Seide glänzte, wo das Licht hinfiel. Martin gab jedem von uns zwei Pence. Springer holte das Kohlenbecken hervor und machte ein Feuer mit dem Holz, das wir auf dem Karren mitgebracht hatten. Straw, in eine Decke gehüllt, kauerte sich dicht neben die Flammen. Tobias trug noch immer das Satansgewand und saß mit dem Hund auf dem Schoß da. Von Brendan redete niemand. Als das Geld verteilt war, machten sich Stephen und Margaret davon.

Wir anderen unterhielten uns ein wenig über das Stück. Straw, der sich selbst nicht leiden konnte, machte seine Person für den dürftigen Publikumszuspruch verantwortlich und versuchte nun, den anderen die Schuld daran in die Schuhe zu schieben. Bedrückt saß er da, die Arme um die Knie geschlungen, und tat seine Meinung kund, daß Gott bei seinem Auftritt gar kein Ende habe finden können und daß Satan zu harmlos gewesen sei. »Es war nicht genügend Schwung dabei«, sagte er. »So lange können die Leute nicht zuhören.«

»Sie können sehr wohl zuhören, wenn sich das Zuhören lohnt«, entgegnete Tobias, den diese Kritik an seiner Schauspielkunst erboste. »Immer wollt ihr alles mit einer einzigen Geste sagen«, erklärte er, »dabei ist es das Zusammenwirken von Wort und Gebärde, die ein Spiel ausmachen. Doch heute abend war es nicht unsere Schuld; die Akrobaten haben uns das Publikum weggenommen.«

»Die Eva kann ohne Worte gespielt werden«, sagte Springer. Er hatte sich neben Straw gesetzt, und sie teilten sich die Decke. »Und so habe ich's gemacht.«

»Die Eva, ja«, sagte Martin. »Und der Adam ebenso. Sie sind ja auch keine Figuren, sie sind bloß ein Mann und eine Frau. Gott und der Teufel aber, die brauchen Worte.« Im Fackelschein wirkte sein Gesicht hager und abgezehrt. Die hohen Jochbögen und die schmalen Augen verliehen ihm das Aussehen eines Wolfes; und die Art und Weise, wie er sich vorbeugte und die Schultern gegen die Kälte hochzog, verstärkte diesen Eindruck. Mir fiel auf, wieviel Einsamkeit und Strenge er ausstrahlte – zwei Eigenschaften, die sich bei ihm untrennbar vermischten. Er hatte die Last des Mißerfolgs unserer Truppe zu tragen; dennoch war er entschlossen, unsere Ansichten richtigzustellen und seinen eigenen Standpunkt zu verdeutlichen. »Gott und der Teufel sind Verkörperungen«, sagte er. »Gott ist ein Richter, und Satan ist ein Advokat. Doch Recht zu sprechen und Recht zu verlangen erfordern zwei unterschiedliche Arten der Sprache. Und erst dieser Unterschied macht richtiges Theater aus – wenn man nur jemanden finden kann, der imstande ist, die richtigen Worte dazu zu schreiben.«

»Stimmt, da ist was dran«, sagte Straw, dessen Ansichten stets den Empfindungen des Augenblicks entsprangen und sich entsprechend schnell änderten.

Springer fielen langsam die Augen zu, als die Hitze des Feuers ihn zu durchdringen begann. Müdigkeit glättete sein schmales Gesicht. »Was können Worte schon bewirken?« sagte er. »Gott und der Teufel wissen doch beide, wie die Geschichte ausgeht.« Er redete langsam, wie ein verschlafenes Kind. »Und die Leute wissen es auch«, sagte er.

»Sie wissen, wie die Geschichte ausgeht«, wiederholte Martin, und auch er sprach langsam. Zuerst hätte man seine Bemerkung als Spott auffassen können, doch seine Augen waren wie erstarrt, und sein Gesicht hatte einen leicht erstaunten Ausdruck angenommen, als wäre ihm soeben eine Erleuchtung gekommen.

Er wollte schon weiterreden, doch ich ließ ihn nicht zu Wort kommen, weil es mich ärgerte, daß er von unserem Vater im Himmel als von einem begrenzten Wesen sprach; dies versetzte mich um so mehr in Zorn, als ich ein Anhänger der Lehre des großen Franziskaners William von Ockham bin, daß Gott außerhalb der Möglichkeiten des menschlichen Begreifens existiert, in vollkommener Freiheit und Machtfülle. »Keine Worte können uns Gottes Wesen näherbringen«, sagte ich. »Unsere Sprache ist die des Menschen, wir selbst haben die Regeln dafür aufgestellt. Wer glaubt, die menschliche Sprache könnte uns zur Erkenntnis der göttlichen Natur führen, begeht die Sünde des Hochmuts. Und so von der Person Gottes zu sprechen, wie du es getan hast, ist ein Verstoß gegen das erste Gebot.«

Der seltsam entrückte Ausdruck war aus Martins Gesicht verschwunden. Er schaute mich geradezu mitleidig an, als hätte ich ihn überhaupt nicht begriffen. »Wir reden von *Schauspielen*, Bruder«, sagte er. »Und die Kirche hat als erste Gott zu einem Schauspieler gemacht. Vor dem Altar haben die Priester Gott gespielt, und sie tun es noch immer, wie sie auch Christus und seine heilige Mutter und andere spielen, um unserem Verständnis nachzuhelfen. Als Schauspieler kann Gott seine eigene Stimme haben. Doch die Stimmen anderer kann er nicht annehmen. Der Vater der Lügen hat mehr Vorrechte, denn er kann mit der Zunge der Schlange sprechen.«

»Es ist sündhaft, von Gott zu reden, als wäre er nicht mehr als eine Stimme unter vielen.«

Er lächelte über meine Empörung, doch in diesem Lächeln lag kein Spott. Es war träge und legte sich langsam auf sein Gesicht, was gar nicht zu seiner sonst so angespannten Miene paßte. »Auf irgendeine Weise müssen wir dem Publikum schließlich Gott zeigen, wenn wir ihn in einem Stück auftreten lassen«, sagte er. »Betrachten wie ihn einfach als mächtigen Edelmann, als Herrn über riesige Ländereien. Adam und Eva sind seine Pächter und ihm zu Dienst verpflichtet. Doch sie erfüllen ihre Gehorsamspflichten nicht und begehren ihr Pachtland als eigenen Besitz. Wenn Gott ihnen alles gewährt, was sie begehren, hat er kein Mittel mehr, mit dem er strafen kann, und was ist dann von seiner Macht übrig?«

Das war noch unerhörter, und ich stand auf, doch wieder lächelte Martin, hob die rechte Hand in Gottes Geste des Schweigengebietens und sagte: »Du hast deine Sache heute abend gut gemacht, Nicholas, wenn man bedenkt, daß es dein erster Auftritt war. Zum Schluß bist du zwar übel gestürzt, doch den Satan mit seinen eigenen Worten zu bedrängen war ein kühner Einfall. Deine Gesten waren klar und deutlich, und du bist gewandt um den Teufel herumgeschritten. Das haben wir alle so empfunden.«

Diese Worte ließen mich die Meinungsverschiedenheit vergessen, und ich spürte, wie mein Herz vor Freude schwoll. Daß Martin mich mit Interesse beobachtet hatte und daß ihm aufgefallen war, was ich getan hatte, war mir noch wichtiger als das Lob selbst. Er verstand es, sich beliebt zu machen, selbst durch seine Gotteslästerungen. Dabei betrachtete er sich gar nicht als gotteslästerlich – nicht, wenn er über die Schauspielerei sprach. Für ihn war das Leben auf der Bühne klar getrennt vom Leben außerhalb, das seine eigenen Regeln hatte, was Verhalten und Sprache betraf: Regeln, denen sich alle Menschen zu beugen hatten, ob stark oder schwach, ob von hohem oder niedrigem Rang. Damals erkannte ich nicht die Gefahr, welche dieser Ansicht innewohnt; möge der Herr mir meine Dummheit vergeben.

Stille senkte sich über uns, als wir uns nun in der Wärme des Feuers entspannten. Ich dachte an unser Stück von Adam und an jenen Garten, den unsere ersten Eltern der Versuchung durch Satan wegen verloren hatten. Im Unterschied zu den meisten anderen weiß ich, wo sich dieser Garten befindet. In der Bibliothek der Kathedrale von Lincoln, wo ich das Amt eines Subdiakons ausgeübt hatte, gibt es eine Landkarte, welche die Lage des Gartens zeigt: Er befindet sich am äußersten östlichen Rand und ist durch einen riesigen Berg vom Rest der Welt praktisch völlig abgetrennt. Gott pflegt den Garten noch heute und geht manchmal abends darin spazieren. Inzwischen ist der Garten leer und wartet darauf, daß die Heiligen ihn wieder in Besitz nehmen. Ich fand es immer merkwürdig, daß ein solcher Garten leer sein kann, und wie wunderschön es doch sein muß, sich dort der Gesellschaft der Gebenedeiten zu erfreuen, zwischen Wohnstätten aus Jaspis und Kristall umherzuwandeln und durch Haine zu schlendern, in denen alle Arten von Bäumen und Blumen wachsen, wo Vögel aus nimmermüden Kehlen singen, wo es tausend

Düfte gibt, die nie vergehen, und wo Flüsse über funkelnde Klippen und Sandbänke strömen, die heller glänzen als Silber. Nie kommt Kälte dorthin noch Wind, noch Regen. Es gibt keinen Kummer dort, keine Krankheit und keinen Verfall. Der Tod selbst kann jenen hohen Berg nicht überschreiten. Und das alles hatten wir auf dem Hof eines Wirtshauses dargestellt – mit einem Baum, der aus einer Holzplatte ausgesägt war, und einem rot angemalten Apfel aus Papier, und für kurze Zeit hatten Menschen das alles tatsächlich fürs Paradies gehalten. Ich habe sagen hören, daß der Berg, hinter dem der Garten liegt, so hoch ist, daß er die Sphäre des Mondes berührt, doch fällt es schwer, dies zu glauben, da ja eine Mondfinsternis die Folge sein müßte ...

Ich war fast eingeschlafen, als Martin sich erhob und zu mir kam und mich bat, einen Spaziergang mit ihm zu machen, wobei er so leise sprach, daß keiner der anderen ihn hören konnte. Ich erhob mich unverzüglich.

»Nach einem Auftritt kann ich nicht still sitzen oder es längere Zeit an einer Stelle aushalten«, sagte er, als wir den Hof des Wirtshauses überquerten. »In Gedanken bin ich noch zu sehr mit unserer Vorstellung beschäftigt, und die Anspannung im Kopf überträgt sich auf den Körper. Unsere Arbeit ist nun einmal nicht von der Art, daß sie einem die Glieder schwer macht und den Schlaf bringt; es sei denn, man ist wie der arme Springer, der zwar Angst hat, aber keine Nerven und der erst fünfzehn Jahre ist und noch im Wachstum begriffen. Heute abend ist es besonders schlimm bei mir, des Geldes wegen.«

Eine Zeitlang schlenderten wir durch die Straßen der Stadt. Es waren nicht viele Leute unterwegs. Der Frost ließ den Schlamm hart werden. Es war ein dunkler Abend, kein Stern war zu sehen – der klare Himmel, den wir noch vor einiger Zeit gehabt hatten, war völlig verschwunden. Wir hatten eine Laterne an einem Stock dabei, und nur ihr hin und her schwankendes Licht erhellte unsere Umgebung. Ich konnte Schnee in der Luft riechen und spürte, wie sich in der Finsternis die Schneewolken zusammenballten und den Abend noch dunkler und dräuender machten. Wir gelangten zu einer kleinen Schenke: ein einziger schäbiger Raum mit Bänken und Binsenmatten auf festgestampfter Erde. Das Licht war trüb, und der Rauch biß uns in die Augen, doch in der Stube brannte ein Feuer, an dem man Platz nehmen konnte.

Wir tranken dünnes Bier und aßen gesalzenen Fisch – das einzige, was die Schenke zu bieten hatte. Martin blieb zuerst stumm und starrte in die Flammen. Als er schließlich sprach, ging es wieder um Schauspielerei, und er redete so leise, als hätte er Lauscher zu fürchten – alles, was sein Gewerbe betraf, hütete er mit größter Eifersucht. »Mein Vater war Schauspieler«, sagte er. »Er starb an der Pest, als ich in Springers Alter war. Wenn wir in den Städten gespielt haben, kamen die Leute in Scharen zu uns. Heutzutage können uns ein paar Gaukler und ein Tanzbär die Hälfte der Zuschauer fernhalten. Wir sind nur zu sechst. Bei unserer Aufführung in Durham, vor dem Vetter unserer Herrin, können wir das Stück von Adam und das Stück von Christi Geburt spielen, weil wir beide geprobt haben. Falls uns Zeit genug zur

Vorbereitung bleibt, können wir überdies die Stücke von Noah, vom Zorn des Herodes und den Traum vom Weib des Pilatus bringen.«

Er hob den Kopf und blickte mir mit tiefem Ernst ins Auge. »Wir sind nur zu sechst«, sagte er noch einmal. »Was können sechs Leute tun? Alles, was wir besitzen, paßt auf einen Karren. Und immer mehr kommen die großen Schauspielzyklen in Mode, die von den Gilden aufgeführt werden – überall, wo viele Menschen leben, von Schottland bis nach Cornwall. In Wakefield, zum Beispiel, oder in York werden dieser Tage zwanzig Stücke aufgeführt, von Luzifers Fall bis zum Jüngsten Gericht, und das geht eine ganze Woche lang. Aber dort kann man sich auf den Reichtum der Gilde stützen, und der sind die Kosten ziemlich egal, weil die Aufführungen zum Ruhm ihrer Stadt beitragen. Wie sollen wir da mithalten?«

Seine Augen hatten sich geweitet, und er sprach sehr lebhaft, doch auf seinem Gesicht lag ein Ausdruck der Abwesenheit, als wären die Worte, die er sagte, gar nicht der eigentliche Gegenstand seines Interesses. »Da können wir nicht mithalten«, wiederholte er. »In Coventry habe ich gesehen, wie Jesus mit Hilfe eines Flaschenzuges aus der Grabeshöhle auferstanden und dann in den Himmel aufgefahren ist, an dem von unsichtbaren Schnüren Wolken hingen. Ich habe eine Enthauptung des Täufers gesehen, wobei der Darsteller mit Hilfe von Licht und Falltüren gegen eine Puppe ausgetauscht wurde, und das so geschickt, daß die Zuschauer nichts bemerkten und aufschrien, als sie einen kopflosen Leichnam sahen. Und als ich das Publikum beim Anblick eines von Ochsenblut

triefenden Strohbündels kreischen hörte, da wußte
ich, was die Stunde geschlagen hat. Die Zeiten für
kleine Wandertruppen, die mit Maskenstücken durch
die Lande reisen, sind vorüber. Wir haben hart gearbeitet und unser Bestes gegeben, und wir sind er-
fahrene Schauspieler – doch hier sitzen wir nun und
trinken schales Bier. Zwischen hier und Durham
haben wir kaum mehr zu erwarten als hin und wieder
eine Mahlzeit aus Bucheckern mit unserem eigenen
Rotz als Soße, falls es Tobias nicht gelingt, mit einer
Schlinge ein Kaninchen zu fangen, was bei diesem
kalten Wetter nicht leicht ist. Nein, Bruder, wir müssen eine andere Möglichkeit finden. Die anderen
schauen auf mich; ich bin der Prinzipal.«

Er nickte schwerfällig, wobei er mich ansah, doch
seine Miene hellte sich auf. »Was Springer sagte, da
ist etwas dran, auch wenn er fast im Schlaf gesprochen hat«, fuhr er fort. »Die Geschichte vom Sündenfall ist eine alte Geschichte. Die Leute wissen, wie sie
ausgeht. Aber nehmen wir einmal an, es wäre eine
neue Geschichte?«

»Eine neue Geschichte über unsere Eltern im Paradies?«

»Dieser Mord, von dem du gesprochen hast«, sagte
er. »Als wir auf dem Weg zum Priester waren, haben
wir etwas darüber gehört.«

Ich besitze manchmal die Gabe, Dinge vorherzuse-
hen, wie ich bereits am Anfang sagte. Manchmal wissen wir nicht, daß wir auf etwas warten, bis das Erwartete eintrifft. Und mit diesen Worten Martins traf
es ein; was er sagte, hätte eigentlich eine Überraschung für mich sein müssen, war es aber nicht. Und

in diesem Augenblick, in dieser armseligen Schenke, überkam mich zum erstenmal Erschrecken, als ich das Licht auf seinem Antlitz sah, das Licht der Kühnheit. »Der Stallknecht vom Wirtshaus hat davon gesprochen«, sagte ich. »Ich hätte nicht gedacht, daß du dieses Gerede überhaupt beachtet hast.«

»O doch«, sagte er. »Es gehört zu unserem Beruf, auf solche Dinge zu achten. Die ich gehört habe, waren alles Frauen. Sie sprachen mit gedehnten Stimmen, wie die Weiber es tun, wenn sie bei einer schlimmen Sache einer Meinung sind und wenn es ihnen Spaß macht, sich einig zu sein.« Er riß die Augen auf, zog die Mundwinkel herab und ahmte das Geschwätz der Frauen nach, wobei seine Stimme kaum lauter war als Gemurmel: »Ja-a-a, sie hat immer einen so schicklichen Eindruck gemacht, wer hätte so etwas von ihr gedacht, sie hatte doch gar keine Augen für Männer ... na ja, Nachbarinnen, welcher Mann hätte sie auch schon gern zur Frau?« Er hielt inne und musterte mich mit ernstem Blick. »Alle Stimmen sagten dasselbe«, sagte er. »Wie ein Chor. Nun frag' ich dich – weshalb sollte ein Mann diese Frau nicht zum Weibe haben wollen?«

»Na, wo sie doch eine solche Tat begangen hat ...«

»Nein«, sagte er, »die Frauen haben sich über die Zeit vor dem Mord unterhalten. Vielleicht ist sie häßlich; vielleicht ist sie eine Hexe.«

Ich wollte nicht darüber sprechen, doch sein Wille war stärker und beherrschte den meinen – damals und auch später. Seine Begeisterung, der Ausdruck von Interesse auf seinem Gesicht bezwangen mich. Und ich nährte dieses Interesse noch mit den Brosamen, die er mir selbst gegeben hatte. »Der Beichtvater des Barons hat das Geld gefunden«, sagte ich. »Er hat es im Haus der Frau entdeckt.«

»Nicht in ihrem Haus«, sagte Martin, »sondern in dem Haus ihres Vaters. Sie ist eine junge Frau und noch ledig. Sie hat kein Haus.«

»Woher weißt du das?« fragte ich ihn, doch er zuckte nur leicht mit den Schultern. Der Abort draußen auf dem Hof verströmte einen durchdringenden Gestank. Die Männer, die den Abtrittsdünger holten, waren auf ihrer Runde noch nicht hier gewesen. Ich war mit einem Mal müde und ängstlich, wußte aber nicht, wovor ich mich fürchtete. Ich mußte plötzlich an das Gesicht des Stallknechts denken, als er sich aus dem Schatten ins Licht gewandt hatte.

»Ich habe mit der Frau des Priesters gesprochen, während ich auf ihn wartete«, sagte Martin. »Tobias ist draußen geblieben, weil der Köter bei ihm war, den er so liebt.«

»Du hast ...?«

»... ihr ein paar Fragen gestellt, ja.«

Ich wartete einen Augenblick, aber er schwieg. Doch selbst jetzt ließ die Sache mir keine Ruhe mehr. »Wie dem auch sei«, sagte ich, »es ist seltsam und ungewöhnlich, daß eine Frau ohne Hilfe eines Dritten auf diese Art und Weise einen Mann ermordet.«

»Auf welche Art und Weise? Wir wissen doch gar nicht, wie der Mord verübt wurde.«

»Auf offener Straße, wollte ich damit sagen. Gut möglich, daß eine Frau einen Mann aus Zorn oder Eifersucht tötet und dafür einen Zeitpunkt wählt, da der Mann nicht auf der Hut ist.«

»Es war kein Mann. Es war ein Knabe von zwölf Jahren.«

Darauf hatte ich keine Antwort. Thomas Wells war also noch ein Kind gewesen. Doch wenn man kleine Steinchen aus einem Mosaik entfernt, wird das Gesamtbild dadurch nicht weniger häßlich. Es traf allerdings zu, daß eine Frau ein Kind leichter ermorden konnte als einen Mann ... Martin hatte die Frau des Priesters anscheinend eingehender befragt, als ich gedacht hatte.

Jetzt lächelte er und begann, in der Zeichensprache zu mir zu reden, was er oft tat und stets wie aus heiterem Himmel, um mir Übung zu verschaffen. Er machte die geschlängelten Zeichen für ›Tonsur‹ und ›Bauch‹: gemeint war der Mönch. Dann folgten die raschen, abgehackten Zeichen für ›Dach‹ und ›Wände‹ und darauf das Zeichen für ›dringende Frage‹, wobei der Daumen und die beiden ersten Finger der linken Hand zusammengelegt wurden und die Hand sich unter dem Kinn rasch vor und zurück bewegte – ein Zeichen, das jenem für ›Essen‹ sehr ähnelt, nur daß der Daumen in diesem Fall nach oben gereckt und der Ellenbogen ausgestreckt ist und daß die Bewegungen ein wenig langsamer sind.

Was hatte der Mönch in dem Haus gesucht?

Er wartete und legte den Kopf weit in den Nacken, um so die Dringlichkeit der ›Antwort‹ zu untermalen. Zu meinem Bedauern muß ich gestehen – die Wahrheit zwingt mich dazu –, daß ich den Hals ein Stück nach vorn reckte, um ›Interesse‹ zu bekunden, während ich zugleich mein Bestes gab, mit der Zunge die raschen Bewegungen der ›Lüsternheit‹ zu vollführen, wobei ich jedoch mit der trommelwirbelartigen Geschwindigkeit, wie ich sie bei Straw beobachtet hatte, bei weitem nicht mithalten konnte.

Martin lachte darüber. Er schien jetzt in sehr guter Stimmung zu sein. »Aber für Männer hatte sie keine Augen«, sagte er, »sofern wir den werten Damen glauben dürfen.« Und er preßte die Lippen zusammen und legte die rechte Hand an die Wange, was ›Erröten‹ bedeutet; dann vollführte er mit beiden Händen eine Bewegung, als wollte er sich ein Kopftuch umbinden, wie es der Darsteller der Keuschheit in einem Maskenspiel zu tun pflegt.

Mehr sprachen wir an diesem Abend nicht über die Angelegenheit. Und weil Martin zum Schluß gelacht und die Sache in einen Scherz verkehrt hatte, wurde meine Angst überlagert. Was die Leidenschaft betraf, die ich bei ihm gespürt hatte, die Bereitschaft zur Übertretung gesteckter Grenzen, so fanden sich dafür schlüssige Erklärungen, wie mir schien. Martin war über den spärlichen Besuch unserer Vorstellung enttäuscht, und unsere Armut machte ihm zu schaffen. Mit diesem Gedanken versuchte ich meine Ängste zu beschwichtigen. Doch ich kannte Martin noch nicht richtig; ich wußte noch nicht, daß bei ihm stets alles ernst gemeint war. Vielleicht war das der Grund dafür, daß er an diesem Abend mich zu seinem Begleiter ausgewählt hatte: weil ich noch nicht so vertraut mit seinem Wesen war, so daß er frei heraus sprechen konnte, ohne seine wahren Absichten zu enthüllen. Heute bin ich sicher, daß seine Pläne an jenem Abend bereits feststanden.

Ich weiß es aus dem, was ich heute über Martin

weiß; zum damaligen Zeitpunkt hegte ich noch keinen Verdacht, auch wenn da schon dieses Vorgefühl gewesen war. Mit Hilfe unseres Gedächtnisses ist es nicht schwierig, aufeinander folgende Ereignisse der Vergangenheit sinnfällig zu rekonstruieren. Doch die Angst, die Menschen wie mich erfüllt, läßt sich nicht so leicht ermitteln; denn sie bewegt sich in Sprüngen, vorwärts und wieder zurück, und entzündet sich an immer neuen Dingen. Die Furcht, die ich in der Schenke angesichts der Macht des menschlichen Verlangens empfand, einer Macht zum Bösen oder zum Guten, verspüre ich noch heute. Das Wesen der Macht ist stets gleich, nur die Masken, die sie trägt, sind verschieden. Die Masken der Machtlosen sind ebenfalls verschieden. Ich weiß noch, was an jenem Abend zwischen uns gesprochen wurde, und ich kann mich an den wechselnden Ausdruck auf Martins hagerem Gesicht erinnern. Er hatte bereits vollbracht, was er stets mit erschreckender Leichtigkeit konnte: Er war von der Idee zur Absicht und von der Absicht zur Durchführung gelangt, als gäbe es keinerlei Vorhang dazwischen, nicht einmal einen Nebelschleier.

KAPITEL SIEBEN

ir alle wohnten Brendans Beerdigung bei, sogar der Hund, den Tobias an einem zerkauten Stück Seil hielt. Ich hatte zuerst mit dem Gedanken gespielt, nicht mitzugehen, weil wir während der Beisetzung gezwungen sein würden, die Köpfe zu entblößen, und ich hatte ja noch immer die zerzauste Tonsur aus meinem anderen Leben. Margaret fand die Lösung des Problems, die sich als ziemlich einfach erwies, wenngleich keiner von uns anderen darauf gekommen war; wir hatten uns auf den Gedanken konzentriert, daß ich irgendeine Art von Kopfbedeckung tragen sollte. »Wir werden ihn kahlscheren«, sagte Margaret in jenem ausdruckslosen Tonfall, den sie immer benutzte, wobei sie den Mund halb geschlossen hielt, so daß die Worte als eine Art Gemurmel hervorkamen, ohne daß ihr Gesichtsausdruck sich änderte. Margaret hatte lange, harte Zeiten hinter sich; sie hatte körperliche Erniedrigungen erlitten und war jetzt nicht mehr bereit, der Welt irgend etwas Überflüssiges zu bieten. Dennoch besaß sie äußerst geschickte und sanfte Hände, wie ich wußte, denn ich hatte ja schon beobachtet, wie sie mit dem armen Brendan verfahren war. So wurde ich denn mit Stephens Rasiermesser

und Wasser aus der Pumpe auf dem Hof kahlgeschoren, ohne daß ich auch nur einen Kratzer abbekam.

»Und falls irgendwer nach dem Grund fragt, sagen wir ihm, daß es wegen des Kopfgrinds ist«, erklärte Springer. Als ängstliche und friedfertige Seele hatte er stets Begründungen und Entschuldigungen im Sinn, und er wußte, daß es eine gute Ausrede war, weil er als Kind selbst unter dieser Krankheit gelitten hatte und von einem Barbier geschoren worden war.

Die Kirche befand sich am Hang eines Hügels. Vom Friedhof aus konnte man über das bewaldete Tal hinwegschauen, durch das der Fluß verlief, bis hin zum kargen Hochland in der Ferne, das einen schwachen Hauch vom Licht des Meeres aufwies – von dort aus fiel das Land zur See hin ab. Es war ein Land der niedrigen Hügel und der weiten Täler. Die Bäume waren jetzt kahl, bis auf die hartnäckigen, rotbraunen Eichenblätter. Die von Adlerfarn bewachsenen Hänge am gegenüber liegenden Ufer des Flusses hatten die Farbe von Rost. Alles war still – es war ein windloser Tag. Der Himmel über uns war dunkel und von Schnee geschwängert.

Brendans letztes Kostüm war das Leichentuch eines Armenbegräbnisses. Einen Sarg gab es nicht. Wir beobachteten, wie sein Körper von Martin und Stephen in die Erde hinabgelassen wurde, um dort auf das Jüngste Gericht zu warten, dessen Ankunft nun nicht mehr lange dauern kann. Unsere Hoffnungen und Gebete für Brendan galten auch uns selbst: Wir baten den Herrgott, daß Brendan, obgleich seine sterbliche Hülle nunmehr endgültig der Verwesung anheimfiel, dereinst wieder in Herrlichkeit gekleidet sein möge, wenn die Gräber sich auftun, um die Toten freizugeben.

Der Rauhreif, der mit der Nacht gekommen war, war inzwischen von den Spitzen der Grashalme verschwunden, und sie zeigten sich in einem dunkleren Grün. Auf dem Friedhof gab es so etwas wie eine Gezeitenmarke des Todes: ein langgestreckter Wellenkamm, wo die Opfer der Pest des Sommers in einer gemeinsamen Grube bestattet waren. Der Schwarze Tod ist nach einer Art Schonzeit, die ungefähr ein Dutzend Jahre währte, in diese nördlichen Gefilde zurückgekehrt. Der Tod ist ein Nimmersatt, und wieder einmal können wir jetzt auf jedem Friedhof sehen, wie diese Flutlinie langsam höherkriecht. Auf der anderen Seite, an der Mauer der Apsis, wo das Gras geschützt hatte wachsen können und dem Frost entkommen war, weideten die vier Schafe des Priesters. Hinter der Pestgrube befand sich ein einzelnes frisches Grab, sehr klein, ein Kindergrab mit einem geteerten Kreuz aus Holz. Dahinter, über den Bäumen des Tales, sah ich, wie sich mit trägem Schlag seiner Schwingen ein Reiher erhob.

In einem hastigen Näseln sprach der Priester den letzten Segen, und noch während er dies tat, begann es dicke, weiche Flocken zu schneien, die mitten in der Luft schwebten und dann zur Seite trieben, als wollten sie sich vorsichtig einen Landeplatz suchen, an dem sie keinen Schaden nahmen. Bei der ersten Berührung mit dem Schnee machte der Priester sich in unziemlicher Eile auf den Rückweg zur Kirche. Sein Geld hatte er bereits in der Sakristei erhalten. So gab es jetzt, während der Schnee immer dichter fiel, nichts mehr zu tun, außer zuzusehen, wie die ersten Schaufeln Erde über Brendan gedeckt wurden, und sich dann auf den Rückweg zum Wirtshaus zu machen.

Doch Martin kam nicht gleich mit uns. Er verweilte noch, und ich sah, wie er zu dem Totengräber ging und mit ihm sprach. Während wir den Weg hinabschritten, der um den Friedhof herum zum Kirchentor führte, ließ ich mich zurückfallen, trennte mich von den anderen, überquerte das gefrorene Gras und ging die Pestgrube entlang bis zu dem kleinen Grab. Die Erde war frisch ausgehoben. Auf dem Kreuz stand kein Name; zweifellos war noch keine Zeit gewesen, Buchstaben in das Holz zu schnitzen. Wann, hatte der Stallknecht gesagt, hatte man den Jungen gefunden? Vorgestern, am Morgen. Die Rechtsprechung in dieser Stadt geht flink vonstatten, hatte Straw gemeint. Die Beseitigung des Opfers offenbar nicht minder. Aber vielleicht war es ja das Grab eines anderen ... Für kurze Zeit stand ich da und sah zu, wie der Schnee die Erde auf dem Grab dunkel färbte. Ich versank in einen geistigen Zustand, wie er Scholaren vertraut ist: aufmerksam und abwesend zugleich, als würde man sich mit einem fehlerhaften oder unvollständigen Text auseinandersetzen. Es kommt häufig vor, daß einem die wirkliche Absicht des Verfassers ganz von selbst aufgeht, wenn man ohne Fragen wartet. Zögernd, behutsam, wie dieser erste Schnee.

Als ich mich wieder zu den anderen gesellte, befand ich mich noch immer in diesem Zustand. An der überdachten Kirchhofspforte warteten wir auf Martin. Ich stand ein kleines Stück entfernt von den anderen, gerade noch unter dem Dach, auf der Seite, die zur Straße hin lag. Ohne besonderen Grund trat ich ein paar Schritt nach vorn und blickte in Richtung der Stadt. Der Schnee wirkte wie eine Nebelschicht, und für einen Augenblick schien es nichts anderes zu geben als diesen weißen Schleier; im nächsten Moment waren dunkle Schatten darin zu sehen, die sich langsam den Hügel hinaufbewegten: Es waren zwei Reiter, und bei ihnen war ein großes schwarzes Tier, dessen Haupt sich so hoch erhob wie die ihren, und es hatte rote Augen, und über seinem Kopf bewegte sich ein Schemen in Rot, dunkelrot vor dem Weiß des Schnees, und ich erkannte dies als den feurigen Atem des Tieres. Ich wußte auch, was für ein Tier es war und von welcher Art die Reiter, und ich bekreuzigte mich und stöhnte laut auf in meiner Furcht; denn das Tier erschien ganz und gar unerwartet, so daß meine Seele nicht vorbereitet war.

Als die anderen mein Stöhnen hörten, umringten sie mich, und auch sie schauten die Straße hinunter, doch was sie sagten – falls sie überhaupt etwas sagten –, weiß ich bis heute nicht. Ich sah nur, daß Springer auf die Knie sank und dann, einen Augenblick später, auch Stephen. Meine Beine zitterten, doch ich fiel nicht zu Boden. So gut ich konnte, kämpfte ich gegen die Lähmung an, die mich ob meiner Furcht befallen hatte; denn, wie Christus sagt: Wer überwindet, dem soll kein Leid geschehen von dem andern Tode, und er wird eingehen in das Neue Jerusalem. Ich wußte überdies, daß die Zeugen der Offenbarung, welche von dem Tier aus dem Abgrund getötet wurden, später in den Himmel emporgestiegen waren. Doch waren sie fest im Glauben geblieben, und ich nicht.

Sie kamen mit einem steten Schritt näher, und es kostete all meinen Mut, ihnen ins Gesicht zu blicken und zu beten, daß ich von dem Übel erlöst werden möge. Doch noch während das Vaterunser über meine Lippen kam, sah ich, daß die wogende rote Gestalt sich über dem Haupt des vorderen Reiters befand und unveränderlich über ihm blieb, während er sich vorwärtsbewegte; es war eine Art Zelt oder Baldachin. Und dann hörte ich Tobias' Stimme sagen, daß es sich um einen Ritter mit Knappen und einem Schlachtroß handle, und ich sah, wie Stephen sich aufrappelte und sich erbot, Springer auf die Beine zu helfen, als hätte sein Tun von Anfang an einzig dem Ziel gegolten, ihm diesen Dienst zu erweisen.

Tobias' Worte erwiesen sich als zutreffend. Was ich für Augen gehalten hatte, waren rote Scheuklappen, welche dem Tier Blicke zur Seite verwehrten. Und gleich darauf sah ich, daß an seiner Flanke eine lange Turnierlanze festgeschnallt war, die vorn und hinten ein Stück vorstand. Und über dem Kopf des vorderen Reiters war eine Überdachung aus irgendeinem rotem Stoff, vielleicht aus Seide, sehr dünn und nunmehr durchnäßt; das trübe Licht drang hindurch und fiel auf das bleiche Gesicht des Reiters. Sein Roß war ein schwarzer Zelter, der den Kopf hob und schnaubte, sobald der Schnee ihn berührte. Der hintere Reiter hielt das Haupt gesenkt, und die lange Zierfeder an seinem Hut fiel ihm tief in die Stirn, doch als sie alle näher kamen, erkannte ich in ihm den Knappen, der am Abend zuvor geholfen hatte, das widerspenstige Pferd – den besagten Zelter – in den Stall des Wirtshauses zu führen. Der Knappe ritt eine graue Stute

und führte das Schlachtroß an einem kurzen Strick.
Letzteres war ein gewaltiges Ungetüm – jenes Tier,
über das der Stallknecht sich beklagt hatte – und
gleichfalls von schwarzer Farbe. Der Schild lag auf
dem vorderen Sattelbaum, und wieder sah ich das
Wappen mit der zusammengeringelten Schlange und
den breiten blauen und silbernen Streifen. Doch das
wirklich Sonderbare an dem Ritter war das viereckige
Stück Seide über seinem Kopf, das ich für den Flam-
menatem gehalten und das mir einen solchen Schrek-
ken eingejagt hatte, daß mir das Herz noch immer
heftig gegen die Rippen pochte. Das Seidenviereck
schien eigens für diesen Ritter gefertigt worden zu
sein; es ruhte auf Stangen, welche in Laschen steck-
ten, die am Bauchgurt des Pferdes befestigt waren,
zwei vorn und zwei hinten, und sein vorderer Rand
hing in Fransen herunter, so daß der Ritter weitge-
hend vor dem Schnee geschützt war, den der Wind
ihm ins Gesicht wehte. Die Seide war dunkel von
Nässe und warf einen rötlichen Schatten, und innerhalb dieses Schattens saß der Ritter aufrecht auf seinem Roß, prächtig gewandet wie für einen Besuch –
er trug ein Barett aus rotem Samt und einen ärmel-
losen roten Überrock, wie sie zur Zeit in Mode sind,
welcher vorn offen stand, so daß man die hochge-
schlossene weiße Hemdbluse sehen konnte. Der
Mann war jung, und sein Antlitz war ruhig unter seiner schmucken Kopfbedeckung. Auf der linken Seite
seines Gesichts lief eine lange Narbe von unterhalb
der Schläfe bis zum Kiefer hinunter. Als er an uns vor-
überritt, glitt sein Blick rasch und gelassen über uns
hinweg, und wir senkten die Köpfe. Dann waren sie

an uns vorbei und ritten in demselben gleichmäßigen
Trott den Hügel hinauf. Ich trat auf den Fahrweg und
schaute ihnen nach, und der Schnee stach mir kalt in
die Augen. Von irgendwo über uns stieg Rauch in die
Höhe. Mir schien, als könnte ich die Befestigungen
der Burg ausmachen, doch konnte ich mir bei dem
Schnee und dem Rauch nicht sicher sein. Ritter und
Knappe verschmolzen mit dem Dunst aus Rauch und
Schnee und entschwanden meinen Blicken.

Die Menschen reagieren verschieden auf die Furcht.
Ich versuchte, die meine durch Reden zu verbergen.
»Bestimmt reiten sie zur Burg hinauf«, sagte ich. »Im
Wirtshaus habe ich gehört, daß ein zehntägiges Tur-
nier stattfindet. Es dauert bis zum Stephanstag. Noch
nie habe ich einen Ritter unter so einem Dach aus
Stoff reiten sehen.«

»Ich auch nicht«, sagte Tobias und spuckte auf den
Weg. »Er hatte Angst, der Schnee könnte seine Kappe
verschandulieren. Bei denen ist das ganze Leben nur
Schau und Schein.«

Straw ließ sein seltsames Lachen hören, das immer
wie ein Schluchzen klang. »Unseres etwa nicht?«
sagte er. »Sie sind genau wie wir. Sie sind fahrendes
Volk.« Auch Straw hatte sich gefürchtet, wie mir sein
erleichtertes Lachen verriet. »Alles, was sie brauchen,
führen sie mit sich, genau wie wir«, sagte er.

Springer war der einzige von uns, der zugab, daß er
Angst gehabt hatte – vielleicht, weil ihm die Angst ein
stetiger Begleiter war. »Eine Zeitlang dachte ich, der
Antichrist käme die Straße herauf«, sagte er. »Ich bin
lieber Schauspieler und bring' Menschen zum Lachen,
als daß ich von Ort zu Ort ziehe und andere aus dem

Sattel stoße.« Mit leichten Bewegungen seiner Schultern und des rechten Arms, der Blick starr und die Brauen furchtsam in die Höhe gezogen, ahmte er einen ängstlichen Ritter bei einem Turnier nach. Es war komisch, weil er damit zugleich seine eigenen Ängste schauspielerte, wie auch die Ängste von uns anderen, und alle lachten, ausgenommen Stephen, der sich nicht minder gefürchtet hatte als wir anderen, dies jetzt aber zu verbergen suchte, indem er sein Mißfallen über unseren Mangel an Respekt bekundete.

»Sie verstehen zu kämpfen«, sagte er. Als ehemaliger Bogenschütze hatte er Ritter in der Schlacht gesehen, wir anderen hingegen nicht. Und Stephen war ein unermüdlicher Fürsprecher des Adels; wie ich vermute, lag es an einer naturgegebenen Verehrung seinerseits für die Reichen und Mächtigen. Vielleicht war dies auch der Grund dafür, ging es mir plötzlich durch den Sinn, daß Stephen auf seinen Stelzen und mit dem vergoldeten Gesicht in seiner Rolle als Gottvater so überzeugend war. »Ein halber Zentner Panzerplatten«, sagte er und musterte Springer mit düsterer Mißbilligung. »An einem heißen Tag ist das, als würde man den Kopf in einen Backofen stecken. Die Ritter werden vom Morgengrauen bis zur Abenddämmerung zu Pferde kämpfen, ganz gleich, was für ein Wetter der Herrgott ihnen schickt. Ich habe Rittersleute gesehen, die an einem halben Dutzend verschiedener Stellen verwundet waren und vom Blut geblendet und die noch immer Hiebe austeilten. Du, Springer, du könntest nicht einmal das Schwert eines Ritters heben, geschweige denn damit zuschlagen.«

»Wenn sie nicht sehen konnten, wohin sie mit dem

Schwert gehauen haben, wär's wohl besser für sie gewesen, nach Hause zu gehen«, meinte Straw. »Denn wer blindlings um sich hackt, ist für die eigenen Leute eine ebenso große Gefahr wie für den Feind. Und sie sind ja wirklich eine Gefahr für jeden.« Er mochte zwar wechselhaft und schwankend in seinen Gedanken und Stimmungen sein und leicht umzustimmen; doch wenn Springer angegriffen wurde, stand er ihm stets bei. »Warum, um alles in der Welt, sollte Springer ein Schwert erheben wollen?« fuhr er fort. »Es verwundert mich, daß du die Ritter so hoch in den Himmel hebst, wo doch einer von ihnen dir den Daumen abgehackt hat.«

Dieser Hinweis auf seine Verstümmelung war kränkend für Stephen und hätte vielleicht zu einem Streit geführt, doch in diesem Augenblick kehrte Martin zurück, und wir machten uns gemeinsam auf den Weg den Hügel hinunter, die Köpfe gegen den Schnee gesenkt.

Im Wirtshaus angelangt, schien Martin einen Anfall von Verschwendungssucht zu erleiden: Es gab dicken Erbseneintopf und Hammelfleisch und Mehlpudding und Butter zum Brot und gutes Bier. Selbst der Hund wurde mit einem Festmahl aus Brotbrocken bedacht, die in die Suppe getunkt waren, und Tobias gab ihm einen Hammelknochen. Die Rechnung belief sich auf elf Pence, so daß uns wirklich nur noch herzlich wenig übrigblieb.

Stephen und Tobias machten sich daran, den Karren zu beladen, doch Martin hielt sie auf. »Da wäre noch eine Sache zu besprechen«, sagte er. »Laßt uns ein Feuer machen – Holz ist noch genug da.«

Wir stellten das Kohlenbecken an die Tür, die wir offen ließen. Dann setzten wir uns drinnen im Halbkreis nieder und blickten auf das Feuer und hinaus in den Hof des Wirtshauses. Der Schnee fiel ohne Unterlaß und bedeckte die Pflastersteine mit Weiß. Flocken trieben durch die Türöffnung herein und zischten im Feuer. Als wir dort auf dem Stroh kauerten, den Blick in die hellen Flammen gerichtet, fühlten wir uns herrlich satt und zufrieden. Um uns herum waren der Dampf trocknender Kleidungsstücke, der Geruch von Stroh und Kuhmist und der scharfe Gestank des Pferdes.

Er begann damit, daß er uns sagte, was wir bereits zur Genüge wußten: Die Einnahmen waren kläglich gewesen, wir hatten nur noch sehr wenig Geld, und wir waren noch immer mehrere Tagesreisen von Durham entfernt, wo der Vetter unserer Herrin uns zum Weihnachtsfest erwartete, auf daß wir zur Unterhaltung seiner Gäste auftraten. Wie viele Tage wir noch unterwegs sein würden, war schwer zu sagen; der Schnee würde die Reise auf den Straßen schwieriger machen denn je. »Und wir haben kaum genug Geld, um das Essen für zwei Tage zu bezahlen«, sagte er – immer wieder kam er auf unsere Armut zu sprechen.

»Weshalb waren wir dann beim Hammelfleisch so freigebig?« wollte Springer wissen. Es war eine kindische Frage, denn er hatte den Preis sehr genau gekannt, war aber gierig auf das Fleisch gewesen. Jetzt, mit vollem Bauch, gab er sich vorwurfsvoll.

»Wir müssen in guter Verfassung bleiben«, sagte Martin. Ich glaube, er hatte das Geld absichtlich ausgegeben, damit uns keine Wahl mehr blieb. Jetzt beugte er sich vor und wärmte die Handflächen am Feuer; es sah seltsam aus, so, als würde er Kräfte sammeln, um einen Satz nach vorn zu tun. Wieder bemerkte ich irgend etwas Wolfsartiges an ihm. Doch nur das sündige und trügerische Herz eines Menschen konnte seinem Gesicht den Ausdruck gegeben haben, den es jetzt zeigte; angetrieben von seiner Idee, überlegte er noch immer, wie er sie uns am besten schmackhaft machen konnte.

»Mir ist da eine Möglichkeit für uns eingefallen«, sagte er. »Wir könnten etwas tun, das die Akrobaten nicht können. Doch dazu müßten wir noch eine Weile in dieser Stadt bleiben.«

»Was redest du um den heißen Brei herum?« Für einen Augenblick wirkte Stephens dunkles Gesicht ausdruckslos; dann sah ich, wie er die Brauen zusammenzog. »Was hast du mit uns vor?« fragte er.

Noch einmal blickte Martin in die Runde, wenn auch nur kurz. Seine Miene war jetzt ruhig und ernst. »Leute«, sagte er, »wir müssen den Mord spielen.«

Diese Worte ließen die Welt in Stille versinken; so zumindest kam es mir vor. Wir gaben nicht den leisesten Laut von uns, und unsere Körper waren regungslos. Auch das Klappern von Hufen und die Geräusche von Stimmen draußen auf dem Hof klangen gedämpft – oder ich wurde für einen Augenblick taub für diese Laute. Wenn Stille die Welt umhüllt, gibt es stets ein leises Geräusch, das dann lauter wird: Ich konnte das Wispern und Seufzen des Schnees hören, und dieser Klang war in mir und außer mir.

Es war Tobias, der mit seiner Stimme die Geräusche in die Welt zurückbrachte. »Den Mord spielen?« fragte er. Auf seinem Gesicht lag ein Ausdruck der Verwirrung. »Was meinst du damit? Meinst du die Ermordung des Jungen? Wer spielt denn Dinge, die auf der Welt geschehen?«

»Die Sache war aus und vorbei, nachdem sie geschehen war«, sagte Straw. Er hielt für einen Moment inne und schaute mit seinen vorstehenden, unstet blickenden Augen in die Ecken des Schuppens. »Das ist Narretei«, fuhr er fort. »Wie können Menschen etwas spielen, das nur ein einziges Mal geschehen ist? Wo sind die Worte dafür?« Und er hob beide Hände und vollführte die Geste für ›heilloses Durcheinander‹, indem er mit den Fingern wedelte.

»Die Frau, die den Mord begangen hat, lebt noch«, sagte Margaret. »Und weil sie noch lebt, ist sie selbst in dieser Rolle. Sie gehört der Frau; niemand sonst kann sie übernehmen.«

Ich hatte Margaret noch nie über etwas reden hören, das die Schauspielerei betraf, doch Martin wies sie nicht zurecht; er war zu sehr auf das Gespräch konzentriert. »Weshalb sollte das irgendwas ausmachen?« sagte er. »Kain hat Abel getötet. Auch das war Mord. Auch das war eine Geschichte, die nur einmal geschehen ist, nur ein einziges Mal. Trotzdem können wir sie spielen, und wir spielen sie oft. Wir zeigen auch, wie es geschehen ist, indem wir einen gesprungenen Krug unter Abels Gewand stecken, um das Knacken seiner Knochen nachzuahmen. Weshalb sollten wir nicht den Mord spielen können, der hier in der Stadt begangen wurde, wo wir uns doch hier befinden?«

Tobias schüttelte den Kopf. »Weil es kein Zeugnis

darüber gibt«, sagte er. »Nirgends steht über diesen Mord etwas geschrieben. Die Geschichte von Kain und Abel dagegen steht in der Bibel.«

»Tobias hat recht«, sagte ich. Ich konnte nicht schweigen, obwohl meine Wortmeldung bedeutete, gegen Martin Partei zu ergreifen. Sein Vorschlag war sündhaft und erfüllte mich mit Angst, und was das anging, gab es einen Unterschied zwischen mir und den anderen: Sie waren bloß überrascht, weil die Idee neu war, doch in ihrem Inneren bekümmerte die Sache sie nicht, ausgenommen vielleicht Tobias – obwohl es später allen so ergehen sollte. »Was in der Heiligen Schrift steht, ist von Gott gegeben«, sagte ich. »Die Geschichte von Kain und Abel wird erst durch die Weisheit des Allmächtigen vollständig. Es ist nicht bloß die Geschichte eines Mordes, sondern sie wird fortgeführt bis zur Bestrafung. Und der Mord und die Strafe sind im Willen des Schöpfers mit eingeschlossen.«

»Das gilt auch für diesen Mord. Das gilt für alle Morde auf der Welt«, sagte Springer, und auf seinem schmalen Gesicht – dem Gesicht des ewigen Waisen – lag bereits das Licht von Martins Idee.

»Stimmt«, sagte ich, »aber der Mord in dieser Stadt hat keine höhere Moral. Es ist keine von den Geschichten, die Gott uns gegeben hat, auf daß wir daraus lernen. Gott hat uns nicht ihren Sinn enthüllt; demnach hat sie keine Bedeutung. Was hier geschah, ist bloß ein Tod. Schauspieler sind wie andere Menschen. Sie müssen sich danach richten, welchen Sinn Gott den Dingen verleiht; sie dürfen sich nicht einfach selbst eine Bedeutung ausdenken. Das ist Ketze-

108

rei. Das ist die Quelle all unseren Übels. Es ist der Grund dafür, daß unser erstes Elternpaar aus dem Paradies geworfen wurde.«

Doch als ich in die Gesichter ringsum blickte, erkannte ich bereits, daß meine Darlegungen nicht auf fruchtbaren Boden fielen. Es mag sein, daß der eine oder andere Furcht hatte, doch war es nicht die Furcht, Gott zu beleidigen, sondern die Furcht vor der Freiheit, die Martin uns darbot: der Freiheit, alles auf der Welt zu spielen ... Ja, er bot uns die ganze Welt an; in der Enge des Stalles spielte er für uns den Teufel. Und welcher Lohn uns im Diesseits winkte, brauchte er nicht näher zu erklären; wir konnten alles schon deutlich sehen: Die Leute würden sich drängen, um ›ihren‹ Mord auf der Bühne zu erleben, und sie würden zahlen. Am Ende entschied unsere geldliche Not die Angelegenheit zu Martins Gunsten – dies und die Eigenart der Schauspieler, stets an ihre Rollen zu denken und daran, wie sie ihnen am besten gerecht werden können; die zwar die Worte des Spielleiters vernehmen, jedoch nur selten an die Bedeutung als Ganzes denken. Hätten diese Leutchen hier genau das getan, hätten sie gesehen, was ich, der in höherem Maße daran gewöhnt war, Schlußfolgerungen zu ziehen, jetzt sah und wovor ich zitterte: Wenn wir allen Dingen selbst einen Sinn verleihen, wird Gott uns zwingen, auch unsere Fragen selbst zu beantworten. Er wird uns in der Leere zurücklassen, ohne den Trost seines Wortes.

»Was hier geschehen ist, hat keine Bedeutung. Es ist bloß ein Tod«, sagte ich noch einmal, obwohl ich wußte, daß es ein sinnloses Unterfangen war. »Es war nicht genug Zeit, um den Sinn zu erkennen, den Gott dieser Sache verleiht.«

»Menschen können Dingen selbst einen Sinn verleihen«, sagte Tobias. »Das ist keine Sünde; denn wenn wir Menschen Dingen eine Bedeutung geben, geschieht dies stets nur für begrenzte Zeit, und es kann sich ändern.«

Ja, es war Tobias, klug und ausgeglichen, der Darsteller der Menschheit, der sich nun als erster auf Martins Seite schlug, wenngleich er ihm vorhin als erster widersprochen hatte. Die anderen folgten seinem Beispiel.

»Gott kann doch nicht wollen, daß wir verhungern, während wir darauf warten, daß er uns den Sinn des Ganzen enthüllt«, sagte der arme Springer – er kannte den Hunger nur zu gut.

»Wir werden am Straßenrand sterben, bevor wir erfahren, welchen Sinn Gott dieser Sache verleiht«, sagte Straw. Er machte das Zeichen des Sensenmannes, eine weit ausholende, schwungvolle Bewegung von rechts nach links mit nach oben gekehrter Handfläche. »Der Tod wartet nicht darauf, daß Dinge einen Sinn bekommen«, sagte er. »Ob Schwert oder Strick oder Pest, für ihn ist alles gleich.«

Stephen beugte sich vor, und die Flammen des Feuers erhellten sein dunkles, grüblerisches Gesicht. »Es ist nicht so sehr die Frage nach Sinn und Bedeutung«, sagte er. »Da gibt es ein Kind, eine Frau, einen Mönch ...« Er hielt inne, suchte angestrengt nach Worten. »Da ist nur eines«, fuhr er schließlich fort, »und das ist sonderbar. Es gibt keine Figuren.«

»Für alles läßt sich eine Form finden«, sagte Martin. »Erkennst du das denn nicht? Wir alle haben schon bei jenem Spiel mitgewirkt, in dem wir denjenigen, der vom rechten Weg abweicht, als ›Jedermann‹ oder als ›Menschheit‹ oder als den ›König des Lebens‹ bezeichnen. Und denen, die um seine Seele kämpfen, geben wir die Namen ›Tugend‹ und ›Laster‹. Also machen wir ihn zu einer Figur, die stellvertretend für alle steht. In jeder Seele findet die gleiche Schlacht statt, in der unseren wie in der jener Frau, die Thomas Wells beraubt und ermordet hat. Es ist eine sehr alte Form des Schauspiels und diejenige, die am längsten überdauern wird.«

Martin benutzte seine Darlegungen, um vom Besonderen auf das Allgemeine zu schließen, was zwar in der Logik erlaubt sein mag, aber niemals in einem Diskurs über die Moral. Doch traf es zu, was er über die Form des Schauspiels sagte. Seit tausend Jahren – seit der *Psychomachia* des Prudentius – gibt es die Geschichte vom Kampf um die Seele.

»Wir könnten es als Moralität aufführen«, sagte er, »als Maskenspiel.«

Springer hauchte auf seine Finger, wohl mehr aus Gewohnheit als aus irgendeinem anderen Grund, denn so nahe beim Feuer war uns nicht sonderlich kalt. »Aber wir haben keine Worte dafür«, sagte er. »Es gibt einige Reden von den Engeln und Dämonen, die wir gebrauchen könnten, doch ich habe sie nicht so gut im Gedächtnis, daß ich ohne Hilfestellung auskäme.«

»Ich auch nicht«, sagte Straw. »Und zum Einstudieren wird nur wenig Zeit bleiben.«

»Wir könnten es ja als eine Art Gebärdenspiel aufführen und dazu Verse aus dem Stegreif sprechen. Es muß sich ja nicht reimen«, sagte Martin. »Schließlich haben wir so etwas schon öfters gemacht. Das Stück wird nicht länger als eine halbe Stunde dauern, vielleicht noch weniger.« Im Gefühl, die Schlacht siegreich geschlagen zu haben, sprach er jetzt voller Zuversicht. »Anschließend führen wir das Stück von Christi Geburt auf«, sagte er. »Beide Stücke werden sehr gut zueinander passen – ein Kind, das aus Habgier getötet wird, und ein Kind, das geboren wird, um für unsere Sünden zu büßen. Denkt nur an das Geld, das wir einnehmen werden, Leute, denkt nur daran. Wir werden dafür sorgen, daß der Hof von Zuschauern überquillt.«

Er blickte uns an, wartete auf Zustimmung. Niemand widersprach ihm. Auch ich nicht, doch schlug ich die Augen nieder, weil ich wußte, daß dieses Unternehmen gottlos war. Wir würden die Körper noch lebender Menschen vereinnahmen und unseren Gewinn aus dem vergossenen Blut eines Kindes ziehen.

»Wir werden es das ›Stück von Thomas Wells‹ nennen«, sagte Martin. Eine Pause trat ein; dann sprach er wieder, doch seine Stimme hatte sich völlig verändert. »Komm«, sagte er. »Wärme dich, mein Guter.«

Ich blickte auf, um festzustellen, zu wem er sprach. In der Luft, die über dem Kohlenbecken zitterte, hüpften und tanzten Schneeflocken in wildem Wirbel. Sie schienen nicht herunterzufallen, sondern in der wabernden Luft zu wogen und einen schimmernden Schirm zu bilden. Und in diesem Schimmer war ein weißes Mondgesicht mit offenem, lächelndem Mund, als hätten die Schneeflocken sich dort zu einem Klumpen zusammengeballt. Ich sah, wie sich die Lippen leicht bewegten, als müßten die Worte erst gekaut werden, bis sie weich genug waren, daß man sie aussprechen konnte. Eine enge, zerlumpte Kapuze umschloß das Gesicht. Der spärliche Bart des Mannes war feucht, und feucht glänzten auch seine Wimpern. Ich hatte dieses Gesicht eines Schwachsinnigen schon einmal gesehen, konnte mich aber nicht erinnern, wo es gewesen war. Er war gekommen, sich an unserem Feuer niederzukauern.

»Er möchte uns etwas sagen«, meinte Tobias. »Was ist denn, guter Freund?«

Wieder bewegten sich die Lippen, aber diesmal kamen Worte aus dem Mund, weich und verschwommen zwar, doch deutlich genug, um zu verstehen, daß der Mann den Namen des Knaben nannte. »Thomas Wells«, sagte er und blickte uns über die glühenden Holzscheite des Feuers an. »Sie haben Thomas Wells gefunden.«

Als er dies sagte, dachte ich bei mir, er könnte ein Dämon sein, und mir war, als ob ich unter seiner Kapuze die Umrisse von Hörnern ausmachen könnte. Mir stockte der Atem in der Kehle, und ich sagte irgend etwas, kann mich jedoch nicht mehr erinnern, was ich sprach. Springer zuckte zurück. »Der Herrgott beschütze uns alle«, sagte er und bekreuzigte sich.

»Es ist ein Bettler, der manchmal auf den Hof des Wirtshauses kommt«, sagte Margaret in ihrem ausdruckslosen, murmelnden Tonfall. »Ich habe ihn auch schon draußen auf der Straße gesehen«, fügte sie hinzu. »Was ist denn, guter Mann?«

»Sie haben ihn gefunden, bevor die Engel kamen«, sagte der Fremde. »Früh am Morgen haben sie ihn heimgebracht. Robert Moores Sohn und der Jüngste von Simon, dem Schmied, und John Goody, der Junge, der die Schafe hütete – die alle haben die Engel zuerst gefunden.«

»Was meinst du damit?« fragte Martin. »Waren da noch andere? Wer hat ihn gefunden? Wer hat Thomas Wells gefunden?«

»Jack Flint hat ihn gefunden.« Die Augen des Schwachsinnigen glänzten hell. Sein Mund war eine Pfütze voller Speichel. »Sünden sind wie Steine«, sagte er. »Aber Kinder sind leicht genug, daß sie fliegen können. Mit diesen Augen hab' ich sie gesehen.« Er hob eine Hand, die Innenfläche nach vorn gekehrt und die Finger gespreizt, und hielt sie für einen Augenblick vor sein lächelndes Gesicht, wie um die Augen vor Strahlen zu schützen, die zu hell waren, als daß er sie ertragen konnte; doch zugleich versuchte er, zwischen den Fingern hindurchzuspähen, um sich den Anblick nicht entgehen zu lassen. »Ich schaute über die Häuser«, sagte er. »Die Engel haben gesungen, als sie die Kinder davontrugen. Das Licht hat meinen Augen weh getan. Ich hab' zu Jane Goody gesagt, daß ihr Kind bei den Engeln im Himmel ist, aber es hat sie nicht getröstet. Überall hat sie nach dem Kind gesucht.«

»Du bist eine mitleidige Seele, du Ärmster«, sagte Tobias und stand auf, um dem Mann etwas von dem Brot zu geben, das noch übrig war. Doch die Bewegung war zu plötzlich, und der Mann zuckte in seiner gehockten Stellung zurück und stand auf. Binnen eines Augenblicks war er verschwunden, und da waren nur noch die wabernde heiße Luft über dem Feuer und die rieselnden Schneeflocken und das Schaben der Schaufeln auf den Pflastersteinen, als man den Hof vom Schnee befreite.

»Weg ist er«, sagte Martin. »Dieser Flint, von dem der Bursche sagte, daß er den Knaben gefunden hat ... Wir müssen herausfinden, soviel wir nur können. Wenn wir diese Geschichte als Stück aufführen wollen, müssen wir alle Begleitumstände kennen. Wir sollten getrennt durch die Stadt gehen und mit den Leuten reden – aber als Fremde. Wir dürfen nicht den Eindruck erwecken, daß wir damit irgendein Ziel verfolgen.«

»Die Leute werden wissen, daß wir Schauspieler sind«, sagte Straw. »Sie werden uns wiedererkennen.«

»Nein, werden sie nicht, denn die meisten von uns waren maskiert. Außerdem haben die Leute uns bei Fackelschein gesehen, und der verändert das Aussehen eines Gesichts«, meldete Stephen sich zu Wort, und seine Miene hatte sich jetzt ebenso aufgehellt, wie ich es zuvor bei Springer gesehen hatte. Martins Einfall verbreitete sich unter uns wie ein Licht.

»Wir werden uns in der Stadt umtun und sehen, was wir erfahren können«, sagte er jetzt. »Wenn wir die Glocken zur Abendandacht läuten hören, kommen alle umgehend hierher zurück und berichten einander, was sie herausgefunden haben. Dann werden wir darüber sprechen, wie wir unser Schauspiel gestalten, und überlegen, wie wir die Rollen verteilen. Anschließend machen wir zu Fuß einen Umzug durch die Stadt, mit Fackeln, jeder in seiner Rolle, und rufen den Leuten zu, was wir vorhaben. Dann – soweit die Zeit es noch erlaubt – proben wir das Stück, so daß wir unsere Rollen beherrschen. Morgen ist Markttag; da wird die Stadt voller Menschen sein.«

Letzteres mußte Martin zuvor schon herausgefunden haben, noch ehe er uns seinen Plan erläutert hatte. »Worüber hast du mit dem Totengräber gesprochen?« wollte ich wissen. Die Frage kam so schnell über meine Lippen, daß ich gar nicht wußte, ob ich sie wirklich stellen wollte.

»Was?« Für einen Augenblick wirkte er bestürzt, als hätte ich ihn bei irgend etwas ertappt.

»Heute morgen, als du zurückgeblieben bist.«

»Ich habe ihn gefragt, ob er die Leiche des Knaben gesehen hat. Er sagte, er hätte sie nicht gesehen, weil er ja nicht durch eine Kiste aus Holz hindurchschauen könne. Also fragte ich ihn, wer die Kiste gemacht hat, und er sagte, daß es in der Stadt drei Zimmerleute gebe; einer von denen müsse es wohl gewesen sein. Und dann hab' ich ihn noch gefragt, ob er mir sagen könne, wer für die ganze Arbeit bezahlt habe. Aber er sagte, er wüßte es nicht.«

»Also hast du die Idee mit dem Stück schon vorher gehabt?«

Er blickte mich fest an. »Ich habe schon seit Jahren mit dem Gedanken gespielt, Geschichten aus unserem Leben zu Schauspielen umzuarbeiten. Ich glaube, so werden in künftigen Zeiten die Stücke entstehen.«

Zum damaligen Zeitpunkt hielt ich dies für eine aufrichtige, wenn auch nicht vollkommen ehrliche Antwort und sagte mir, daß zwischen Aufrichtigkeit und Ehrlichkeit immerhin die Hoffnung auf eine neuerlich gefüllte Geldbörse lag. Martin nahm jetzt den Blick von mir und sagte zu den anderen: »Also dann – sind wir einer Meinung?«

Eine Zeitlang schwiegen wir. Dann gaben wir alle, einer nach dem anderen, unsere Zustimmung, Tobias als erster, ich als letzter. Die Kühnheit unseres Vorhabens überwältigte mich. Ich sah Furcht und Erregung auf den Gesichtern um mich herum. Wir setzten alles auf einen Wurf. Und dann war da noch das Licht, das von Martin kam und in dem wir alle gebadet wurden. Heute glaube ich, daß es der Hochmut des Geistes war, der ihn leitete, und das ist noch schlimmer als die Liebe zum Geld. Denn durch den Hochmut werden nur Fackeln angezündet, die immer mehr Feuer entfachen. Das Harz eines schlechten Astes läßt seine Flamme heller erstrahlen, und eine Zeitlang mag es so aussehen, als würde dies die Dunkelheit erhellen; doch nur allzu schnell ist das Holz aufgezehrt, und die Welt, die dann bleibt, ist noch dunkler als zuvor. Trotzdem gab ich meine Zustimmung, obwohl ich mich zuerst dagegen ausgesprochen hatte. Diese Gemeinschaft von Schauspielern war für mich eine Zuflucht, und ich wollte nicht ausgestoßen werden. Und dann waren da Martins Gesicht und seine Stimme. Er überzeugte uns nicht, sondern steckte uns mit seinem Gefühl an. Es war, als hätten wir einander mit Licht angesteckt ...

Ich brachte nichts mehr gegen seine Pläne vor; es wäre ohnehin zwecklos gewesen. Vielleicht hatte er recht mit seinen Bemerkungen über die Natur des Schauspiels und die Schauspielerei der Zukunft. Er gehörte zu jenen Menschen, die ohne Schwanken

nach vorn schauen können, und er hegte keinen Groll
gegen spätere Zeiten, da er nicht mehr auf der Welt
sein würde, und eben deshalb war sein Blick unge-
trübt. Vielleicht werden im Laufe der Zeit in allen
menschlichen Gemeinschaften Veränderungen vor
sich gehen. Daß es so sein kann, sehen wir am Bene-
diktinerorden, in dem die Brüder sich nicht mehr an
die Regel ihres Gründers halten, sondern in die
Fremde reisen, so wie der Mönch, der die gestohlene
Geldbörse gefunden hatte, Beichtvater des Barons
war und bei den adeligen Herrschaften in der Burg
wohnte. Wir sehen es auch am Ritterstand. Als wir
dort rings um das Feuer saßen, nachdem die Entschei-
dung gefallen war, dachte ich wieder an jenen Ritter,
wie er auf dem Rücken seines Pferdes langsam durch
den Schneefall den Hügel heraufkam, den roten Atem
der Bestie über seinem Kopf. Ich hatte den Reiter für
den Tod gehalten, weiß jetzt aber, daß es sein eigener
Tod war, den er gleichsam mit sich führte. Ich erinnerte mich an sein blasses Gesicht, seinen furcht-
losen Blick, an die lange Narbe auf seiner Wange und
an das weibische Viereck aus Seide, das seine prächtigen Gewänder vor der Berührung mit dem Schnee
schützen sollte. Die Ritter sind ein Stand, der tötet; sie
werden von Kindheit an im Gebrauch von Waffen
und im Austeilen schlimmer Wunden unterwiesen.
Doch wenn wir unseren Vätern glauben oder den
Vätern unserer Väter, so hatte dieses Üben einstmals
einen Zweck, wie das Proben bei den Schauspielern
einen Zweck hat. Und so, wie es die Bestimmung des
Teufelsnarren ist, den Teufel zu beschwichtigen, was
ihm Freiheiten für seine Possen verschafft, so war es

die Bestimmung eines Ritters, die Schwachen vor der Unterdrückung durch die Macht zu schützen und für Christus im Heiligen Land zu kämpfen; und das wiederum gab dem Ritter die Freiheit, den Tod zu bringen, sowie das Recht auf eigenen Grund und Boden. Vielleicht aber sagen die Väter unserer Väter nur, was sie zuvor von ihren Vätern gehört hatten, und es mag sein, daß die Ritter diese Rolle niemals gespielt haben; vielleicht hatte es die Kirche nur ausgestreut, um es sich auf diese Weise leichter zu machen, oder der König behauptete es, um eine Erklärung dafür zu haben, daß er den Rittern Ländereien übertrug. Die Ritter waren da, und deshalb mußte man ihnen irgendeine Aufgabe zuteilen. Doch wie dem auch sei: Falls sie einst eine Rolle zu spielen gehabt haben, so gilt das heute nicht mehr, nicht einmal in der Schlacht – es ist das gemeine Volk, das die Schlachten gewinnt, die Bogenschützen und die Pikeniere, wie es sich in unseren Tagen deutlich gezeigt hat, wogegen die Ritter und ihre Streitrosse in Blut schwimmen und gemeinsam abgeschlachtet werden. Und deshalb wenden sie sich den Turnieren zu. Sie putzen sich heraus, um im Spiel zu töten, so wie auch dieser Ritter sich herausgeputzt hatte.

Kapitel acht

ir hielten uns an Martins Plan. Ich verbrachte meine Zeit hauptsächlich zwischen den Ständen um das Marktkreuz und in einer Schenke in der Nähe. Zwar hatte es zu schneien aufgehört, doch die Wolken waren noch immer zum Bersten voll Schnee. So geschickt ich konnte, versuchte ich die Gerüchteküche anzuheizen, stets darauf bedacht, niemanden merken zu lassen, daß ich ein Fremdling in der Stadt war. In dieser Hinsicht hatte Martin sich geirrt; sobald ich Unkenntnis verriet, verstummten die Leute oder wandten sich von mir ab, so wie der Stallknecht es getan hatte. Es gab da irgend etwas, eine Furcht oder ein Mißtrauen, das die Leute am Reden hinderte – zum Beispiel, als ich einen Eierverkäufer fragte, ob die Frau, die des Mordes schuldig gesprochen war, das Verbrechen gestanden habe. Für einen Augenblick musterte der Verkäufer mich mit einem halbherzigen Lächeln, als hätte ich einen altbekannten Scherz gemacht. Dann wurde sein Gesicht verschlossen, und ungehalten wandte er den Blick ab.

Dennoch fand ich einiges heraus. Die bedeutsamste Feststellung war zweifellos, daß die Frau am Abend des Mordtages in der Nähe der Straße gesehen worden war – man war allgemein der Ansicht, der Knabe sei des Abends oder irgendwann im Laufe der Nacht getötet worden. Es gab da jemanden, der die Frau ziemlich nahe an jener Stelle der Straße gesehen hatte, an der man später den Knaben fand, und dieser Jemand war der Benediktiner, der am Morgen darauf zu dem Haus gegangen war und dort das gestohlene Geld gefunden hatte.

Dies erzählte ich den anderen, als wir wieder in dem Schuppen versammelt waren. Die Dunkelheit senkte sich bereits hernieder. Wie zuvor saßen wir um das Feuer herum, doch war es diesmal ein klägliches Feuer, und wir mußten sehr sparsam mit dem noch vorhandenen Brennmaterial umgehen, da wir kein Geld hatten, neues zu kaufen – unsere Barschaft war fast völlig aufgezehrt, nachdem wir für die nächste Nacht die Miete für den Schuppen bezahlt hatten.

Als neuestes und unbedeutendstes Mitglied der Theatertruppe mußte ich als erster berichten, was ich herausgefunden hatte. Ich begann mit jenen Informationen, die inzwischen wahrscheinlich jedem von uns bekannt waren; die besonderen Erkenntnisse hob ich mir für den Schluß auf. Der Knabe, Thomas Wells, war zwölf Jahre alt gewesen und ziemlich klein für sein Alter. Er hatte nur selten gelächelt, weil der trunksüchtige Mann, mit dem seine Mutter zusammenlebte, ihn häufig verprügelt hatte. Sein leiblicher Vater war entweder tot oder fortgegangen.

»Der Vater stolzierte eines schönen Morgens davon«, sagte Springer. Er saß im Schneidersitz, doch durch eine ruckartige Bewegung des Körpers und das Vorschieben erst der einen, dann der anderen Schulter ahmte er einen Mann nach, der frisch und fröhlich dahinschritt. »Er zog in einen Krieg, heißt es. Das hat man von meinem Vater auch gesagt, aber ich hab's nie geglaubt.«

»Die Leute sind arm«, sagte Stephen. »Der Mann ist dem Baron de Guise zum Dienst verpflichtet. Er hat ein kleines Stück Land unter dem Pflug, nicht mehr als drei Hektar.«

»Aber das Geld fürs Bier kann er aufbringen«, sagte Martin. »An dem Tag, als der Junge starb, war er betrunken. Betrunken und streitsüchtig. Am Ende hat der Wirt sich geweigert, ihm noch etwas auszuschenken.«

»Werden wir das spielen?« fragte Springer mit geweiteten Augen. »Wenn er nun auf dem Hof ist, unter den Zuschauern?«

»Der Teufel soll den Burschen holen – wir werden das Stück aufführen«, sagte Stephen. »Falls er sich mit mir anlegt, wird er's bereuen.«

»Der Kerl hat versucht, so zu tun, als wäre er nicht betrunken, damit der Wirt ihm doch noch Bier ausschenkte. Er nimmt all seine Kraft zusammen.« Straw streckte sich und hielt mit Mühe das Gleichgewicht, doch sein Kopf zitterte bei der Anstrengung, nüchtern zu wirken. Dann überkam ihn plötzlich ein Zittern, und dieses Zittern war nicht gespielt. Es war kalt im Schuppen, doch ich wußte, daß Straw Angst hatte.

»Der Wirt wartet«, sagte Martin. »Der Mann kann sich nicht mehr geradehalten; die Beine werden ihm weich wie Pudding.« Und er spielte uns beides vor, zuerst den mißtrauischen Blick des Wirts und dann das Zusammensinken des Mannes, und es war sehr komisch.

»Die Leute hatten ihre Kuh verkauft«, sagte ich, als das Gelächter geendet hatte. »Sie müssen wirklich arm sein, daß sie im Winter eine Färse verkaufen. Ihr Heu war vom Regen verdorben, und sie hätten das Tier nicht bis zum Frühjahr durchfüttern können. Das Geld, das der Junge bei sich trug, war der Erlös für die Kuh. Sie müssen das Tier irgendwo außerhalb der Stadt verkauft haben ...«

»Das Vieh wurde sechs Meilen von hier verkauft«, sagte Tobias, »in einem Dorf mit Namen Appleton, das am Rande des Sumpflands liegt. Der Mann und die Frau sind dort geblieben und haben in einer Schenke getrunken. Jedenfalls hat der Mann getrunken, und die Frau ist bei ihm geblieben. Was sie von dem Geld noch retten konnte, gab sie dem Jungen zur Aufbewahrung und schickte ihn damit nach Hause.«

»Aber er kam nie dort an«, sagte Martin. »Er wurde am Nachmittag gesehen, zwei oder drei Meilen die Straße hinunter, und zwar von jemandem, der am Rand des Waldes Anmachholz sammelte.«

»Man fand den Knaben eine halbe Meile vor der Stadt«, sagte Stephen, »dort, wo die Straße unterhalb des Gemeindegrundes verläuft. Ich bin dort gewesen und hab's mir angeschaut. Der Weg ist dort schmal. Zur einen Seite reicht der Wald bis nahe an den Wegesrand; auf der anderen Seite liegt Brachland, das in Richtung des Gemeindegrundes ansteigt. Das Haus, in dem die Frau wohnte, befindet sich am Rand des Gemeindelandes, ein kleines Stück näher bei der Stadt.«

»Sie hat dort mit ihrem Vater gewohnt, einem Weber«, sagte Straw. »Warum hat man nicht auch ihn festgenommen, wo doch das Geld in dem Haus gefunden wurde?«

Darauf wußte niemand eine Antwort.

»Der Beichtvater des Barons hat die Frau gesehen«, sagte ich. »Dieser Benediktiner.« Ich hielt inne und genoß das Gefühl, das man empfindet, wenn man etwas Bedeutsames mitzuteilen hat. Ich war aufgeregt; das waren wir alle. Aufgeregt und ängstlich. Diese Dinge waren tatsächlich geschehen, und jetzt ließen wir sie mittels unserer Worte noch einmal geschehen, so, wie wir es später mit unseren Körpern tun würden. »Er sah sie an jenem Abend auf dem Gemeindegrund. Sie befand sich unweit der Straße, an jener Stelle, wo der Knabe gefunden wurde.«

»Was hat sie dort getan?« fragte Stephen. »Hat sie dort auf Thomas Wells gewartet? Vielleicht hatte sie ihn kommen sehen. Das Gelände steigt dort an; man kann ein gutes Stück die Straße hinunterschauen.«

»Weshalb sollte die Frau auf Thomas Wells gewartet haben?« fragte ich.

»In diesem Fall hätte ja auch der Mönch den Knaben gesehen«, sagte Martin. Sein Gesicht zeigte wieder einen Anflug jenes entrückten Ausdrucks, so wie damals, als er uns zum erstenmal seine Idee dargelegt hatte. »Allem Anschein nach war der Holzsammler die letzte Person, die Thomas Wells lebend gesehen hat. Und der Mann befand sich ungefähr drei Meilen von der Stelle entfernt, an der man den Jungen fand.«

»Das wird der Grund dafür sein, daß der Mönch zu dem Haus ging«, sagte Margaret, die sich nun das erste Mal zu Wort meldete. »Er hat die Frau unweit der

Stelle gesehen, an der man die Leiche entdeckte. Als der Junge gefunden wurde, fiel dem Mönch wieder ein, daß er die Frau dort gesehen hatte, und er ging zu dem Haus, wo er dann das Geld fand.«

Wenn wir uns an irgend etwas zu erinnern versuchen, ist es immer schwierig, sich auf genau jenen Zeitpunkt zu besinnen, an dem Dinge sich veränderten, eine Strömung heller oder dunkler wurde, Worte oder Blicke die Stimmung umschlagen ließen. Was mich angeht, so weiß ich noch, daß der Schatten sich in dem Augenblick niedersenkte, als Margaret sprach. Ich weiß noch, wie das Licht sich mit einem Male rötete, als wir am Feuer beisammen saßen, so, als würde der letzte schwache Schein der Flammen um uns herum verstreut, während draußen die Dunkelheit dichter wurde, und wir waren dieselben Menschen und dennoch anders. In diesem Augenblick erkannten wir, daß diese Geschichte nicht so einfach war, wie wir angenommen hatten. Die drei Dinge, die den Mönch betrafen und die zuvor für alles eine Erklärung zu bieten schienen – daß er die Frau gesehen hatte und daß er vom Tod des Knaben erfahren und das Geld gefunden hatte –, warfen mehr Fragen auf, als sie beantworteten.

»Vielleicht haben noch andere die Frau gesehen«, sagte Martin bedächtig. »Auf jeden Fall ist der Grund und Boden dort Gemeindeland. Es könnte ein Dutzend Erklärungen dafür geben, daß die Frau dort war – und das hätte der Mönch gewußt.«

»Wie kam es eigentlich, daß der Mönch dort auf der Straße war?« fragte Tobias.

Stille breitete sich aus, und dann schluckte Straw

und lachte, und sein Lachen klang laut in dem Schuppen. Er war stets sehr empfänglich für Stimmungen, mehr als jeder andere von uns; immer war er leicht erregbar und unstet wie eine Wetterfahne, die sich bald in diese, bald in jene Richtung dreht. »Wahrscheinlich war er in irgendeinem Auftrag des Barons dort draußen«, sagte er.

Ich versuchte, mir das Gesicht des Mönchs vorzustellen, den ich nie gesehen hatte; ich versuchte, ihm Gestalt zu verleihen. Statt dessen stellten sich andere Gesichter ein: das von Martin, erleuchtet von seiner Idee; das käsige Gesicht des Geistesschwachen, als er die Namen der verschwundenen Kinder nannte; das hochmütige, narbige Gesicht des Ritters, als er unter seinem Baldachin an uns vorbeiritt. Mochte der Mönch auch im Auftrag des Barons unterwegs gewesen sein – er hatte es dennoch geschafft, eine Frau zu bemerken, die für einige Augenblicke auf dem Gemeindegrund zu sehen gewesen war, und sich an sie zu erinnern ...

»Wie wurde Thomas Wells ermordet?« Die Frage schien buchstäblich aus unserer Mitte aufzusteigen, und für einen Moment war schwer zu sagen, wer sie gestellt hatte. Es war Tobias gewesen, der Pragmatiker unter uns, der Vernunftmensch. »Auf welche Weise ist er zu Tode gekommen?« fragte er jetzt, und in seiner Stimme lag Ungeduld.

»Wir wissen noch nicht ...«, setzte Martin an.

»Er wurde erwürgt«, sagte Margaret. »Thomas Wells wurde erwürgt.«

Wir schauten sie an, wie sie so dasaß, die stämmigen Beine unter dem unscheinbaren braunen Rock gespreizt. Sie hatte ihr blondes Haar durchgekämmt und mit einem roten Band zusammengebunden.

»Woher weißt du das?« fragte Stephen, dem das Recht zustand, sie als erster zu fragen.

»Ich habe diesen Mann gefunden, diesen Flint«, sagte sie und reckte Stephen das Kinn entgegen – ein Ausdruck von Trotz, wie er sich oft in ihren Bewegungen zeigte. »Das ist der Mann, der die Leiche des Knaben entdeckt hat. Er ist Witwer, ein sehr sanfter Mann. Er lebt allein.«

Für einige Augenblicke herrschte Schweigen in unserer Runde. Niemand wollte wissen, auf welche Weise Margaret diesem Flint die Auskunft entlockt hatte. Dann fragte jemand – ich glaube, es war wieder Stephen –, ob die Tat mit einem Strick begangen worden sei, und Margaret verneinte dies; der Mörder habe dem Knaben mit bloßen Händen das Leben genommen.

»Flint hat die Druckstellen gesehen, die von den Daumen stammten«, sagte sie. »Die Zunge hing dem Jungen heraus. Ansonsten lag er fein ordentlich auf dem Rücken am Straßenrand, abseits der Spur, auf der die Karren fahren.«

»Ein Junge von zwölf Jahren«, sagte Martin. »Der hätte doch um sein Leben gekämpft. Die Frau muß kräftig sein.«

»Vielleicht ist sie aus einem Versteck hervorgestürzt und über ihn hergefallen«, sagte Springer und blickte sich im Schuppen um, als könnte dieses Versteck hier drinnen sein.

Stephen schüttelte den Kopf. »Da draußen gibt es kein Versteck, das sich nahe genug an der Straße befindet. Das Waldgelände liegt unterhalb, und die Bäume stehen dort recht licht.«

»Vielleicht ist sie mit ihm tiefer in den Wald gegangen?«

»Weshalb sollte er mit ihr gehen?« fragte Tobias. »Und falls der Junge es getan hat, und die Frau hat ihn im Wald ermordet – weshalb hätte sie ihn dann wieder zur Straße schleifen sollen?«

Darauf wußte niemand eine Antwort, und wieder breitete sich Schweigen aus. Dann hob Martin den Kopf und schüttelte sich leicht, als wollte er ein Bild vertreiben, das ihm vor dem inneren Auge stand. »Das also ist die Geschichte«, sagte er, »jedenfalls, soweit wir sie kennen. Der Mann und die Frau gehen mit dem Jungen in das Dorf Appleton und verkaufen dort ihre Kuh. Der Mann fängt zu trinken an. Die Mutter gibt dem Jungen das Geld – nehmen wir an, in einer Börse – und trägt ihm auf, sofort damit nach Hause zu gehen und unterwegs mit niemandem zu sprechen. Der Junge macht sich auf den Weg, kommt aber nie zu Hause an. Ungefähr drei Meilen vor der Stadt wird er auf der Straße von einem Mann gesehen, der Holz sammelt. Die Frau wird auf dem Gemeindegrund gesehen, unweit der Stelle, wo der Junge später gefunden wird. Der Beichtvater des Barons sieht sie dort – dieser Mönch, der im Auftrag seines Herrn unterwegs ist. Sonst hat niemand die Frau gesehen. Das war am späten Nachmittag; der Einbruch der Dunkelheit war nicht mehr fern. Aber erst früh am nächsten Morgen wird der Knabe von diesem Flint gefunden. Der Junge wurde erwürgt, und von einer Geldbörse ist nirgends etwas zu sehen.«

Er hielt inne und schaute Margaret an. »Was hat dieser Flint dort eigentlich getrieben?« fragte er.

»Er war zu dem Pferch unterwegs, in dem er seine Schafe hält«, erwiderte sie. »Er hat den Jungen über den Rücken seines Maultiers gelegt und ihn in die Stadt gebracht.«

»Später, am gleichen Morgen, erfährt der Mönch von dem Mord. Er macht sich auf den Weg zu dem Haus, in dem die Frau wohnt, und nimmt einige von den Leuten des Barons als Zeugen mit; so vermute ich jedenfalls. Er findet die Geldbörse. Das Mädchen wird ins Gefängnis gebracht. Am nächsten und am übernächsten Tag wird ihr im Gericht des Sheriffs – letztendlich dem Gericht des Barons – der Prozeß gemacht, und sie wird verurteilt. Das Urteil ist ergangen, aber gehängt ist sie noch nicht.«

Er schwieg einen Augenblick und starrte vor sich hin. Dann sagte er leise: »Dafür muß es irgendeinen Grund geben. Alles andere wurde mit sehr großer Eile betrieben, sogar die Bestattung des Jungen. Gestern schon kam er unter die Erde, kaum zwei Tage, nachdem man ihn gefunden hat. Uns kann das allerdings nur recht sein. Solange die Hinrichtung noch nicht stattgefunden hat, werden die Leute sich mehr für unser Stück interessieren. Wir werden es im Schatten des Galgenbaumes aufführen.«

So etwas konnte nur von Martin kommen; es lag eine Art Zielstrebigkeit darin, wie sie von uns allen nur ihm eigen war. In seinem Inneren gab es Widersprüche, die mir noch heute ein Rätsel sind. Wenn es darum ging, seinen Willen durchzusetzen, schob er alles andere beiseite – und das ist gottlos, ganz gleich,

130

wer es tut. Martin war kein frommer Mann, und doch besaß er sehr viel Feingefühl, und wer ihm Vertrauen schenkte, konnte sich stets auf ihn verlassen.

»Vielleicht versucht man, die Frau zu einem Geständnis zu bewegen, um ihres Seelenheils willen«, meinte Springer.

»Ich habe herauszufinden versucht, ob sie schon ein Geständnis abgelegt hat«, sagte ich. »Doch der Kerl, den ich gefragt habe, hielt es für einen Scherz und gab mir keine Antwort. Und aus York kommt ein Richter in die Stadt; schon gestern abend wurde im Wirtshaus mit seinem Eintreffen gerechnet. Vielleicht wartet man deshalb.«

»Jedenfalls ist dieser Richter bestimmt kein Gast des Barons«, sagte Tobias, »sonst würde er in der Burg Quartier beziehen.« Er zögerte einen Augenblick; dann fuhr er fort: »Da ist noch eine Sache ... Sie betrifft zwar nicht diesen Mord, aber mir ist wieder der Name John Goody zu Ohren gekommen, der im gleichen Alter war wie der ermordete Junge, wie es scheint.«

»Was meinst du mit ›wieder‹?« Stephen hob seine dichten Augenbrauen. »Ist dieser Name schon einmal gefallen?«

»Heute morgen«, meinte Springer. »Es war heute morgen. Er gehörte zu denen, die der arme, einfältige Bursche genannt hat, der zu uns ans Feuer kam. Er sprach davon, Engel gesehen zu haben und Dinge, die zu hell für seine Augen waren.« Während er redete, hob Springer die rechte Hand, um die Gebärde nachzuahmen, die der Bettler gemacht hatte: die Handfläche nach außen gedreht, die Finger gespreizt und das

Gesicht dahinter verborgen, wobei er durch diesen Schirm hindurchspähte, als gäbe es ein blendendes, verführerisches Bild zu sehen. »Er hat zwar wirres Zeug geredet, aber gewiß nicht, was die Namen betrifft«, sagte er. »Die waren deutlich zu verstehen.«

»Wir haben auch ohne dies genug zu tun«, entgegnete Martin. In seiner Stimme lag Ungeduld; doch ich hatte nicht den Eindruck, daß diese Worte seine Empfindungen vollständig wiedergaben. Allerdings hatte er recht: Wir hatten wirklich einiges zu tun. Wir mußten unseren Umzug durch die Stadt machen und unsere Aufführung ankündigen, wenn möglichst viele Leute unterwegs waren.

Wir unternahmen den Umzug zu Fuß; den Karren zu benutzen, wollten wir nicht noch einmal wagen. Wir trugen Fackeln und zogen in einer dicht geschlossenen Gruppe dahin, diesmal jedoch ohne großes Getöse. Martin hatte entschieden, unserem Umzug ein ernstes Gepräge zu geben, so, als wären wir zum Richtplatz unterwegs. Um die vollständige Zahl an Mitwirkenden zusammenzubekommen, mußten wir auch Margaret einspannen, sehr zum Mißfallen Martins, da sie ja nicht zur eigentlichen Schauspieltruppe zählte. Wie üblich trug Margaret ihr feines, wenn auch etwas schäbiges blaues Gewand mit den geschlitzten Ärmeln; dazu hatte sie sich die abstoßend häßliche Maske der Geldgier – Ursache des Verbrechens – vors Gesicht gebunden. Stephen schritt als der Herrgott voran, der alles sieht; er trug sein langes weißes Gewand, einen hohen Hut und eine vergoldete Maske. Springer war in ein rotes Kleid gewandet und hatte dieselbe flachsfarbene Perücke auf dem

Kopf, wie er sie als Eva trug, doch war sein Gesicht jetzt nicht maskiert, weil Verurteilte nichts tragen durften, wohinter sie ihr Antlitz verbergen konnten. Springers Hals steckte in einer Schlinge mit einem kurzen Strick, der vor ihm baumelte. Tobias, der als Scharfrichter hinter ihm her schritt, trug eine Art Helm mit Augenlöchern, den Margaret aus irgendeinem schwarzen Material gefertigt hatte. An einer Kordel um die Brust trug Tobias in Bauchhöhe eine Trommel, die er mit der rechten Hand schlug, stets denselben Ton, mit dem er den Rhythmus unserer Schritte vorgab. Straw war der Tod, in einem Gewand mit Kapuze; sein Gesicht war mit einer Mischung aus Kreide und Wasser weiß bemalt. Martin hatte sich die Teufelsmaske aufgesetzt, die ich im Stück von Adam getragen hatte, und er hüpfte und tanzte, um zu zeigen, wie sehr die Hölle sich darauf freute, diese Frau zu verschlingen. Ich war der Gute Rat und hatte praktisch nichts zu tun, da mein Rat ja nicht beachtet worden war, doch machte ich von Zeit zu Zeit die Geste des Kummers. Für diese Rolle hatte ich wieder meine Priesterkleidung angelegt, in der zuletzt Brendan gesteckt hatte und in der, wenn ich meinen Sinnen trauen durfte, immer noch etwas von Brendan steckte, obwohl das Priestergewand die ganze Nacht zum Lüften in der Scheune gehangen hatte. So war ich denn ein Geistlicher, der einen Geistlichen spielte und der für diese tragende Rolle seine eigenen Sachen trug. Das Mordopfer, den Knaben Thomas Wells, zeigten wir nicht, weil wir noch nicht darüber entschieden hatten, wie wir ihn darstellen sollten.

So schritten wir also zum ernsten und feierlichen

Trommelschlag dahin, während allmählich wieder
Schneefall einsetzte. Schräg fielen die Flocken herab
und zischten leise in den Flammen unserer Fackeln.
Die Gebärde des Kummers verlangt vom Schauspieler, daß er himmelwärts blickt, und bald schon war
mein Gesicht naß. Ich sah, daß auch auf Springers
Antlitz feuchte Streifen waren, wie von Tränen. Der
Grund dafür war, daß auch er, in der Rolle der ver-
urteilten Frau, das Gesicht zum Himmel wenden
mußte, um Gnade zu erflehen – eine Geste, die nach-
haltiger wirkt, wenn man sie ohne Handbewegungen
vollzieht. Der Dämon tanzte, und der Tod machte
Ausfälle gegen die Zuschauer, begleitet von Bewegungen, die das Mähen des Sensenmannes darstellten,
und jedesmal, wenn Stephen stehenblieb, taten wir
anderen es ihm gleich, und dann legte er die Hände
trichterförmig an den Mund, kündigte die Aufführung des Stücks von Thomas Wells an und nannte die
Zeiten der Vorstellungen am nächsten Tag – die erste
sollte zur Mittagszeit stattfinden. Und der Schnee
kam aus der Dunkelheit wie ein Schwarm von Ge-
schöpfen, die von unserem Licht angezogen wurden.

Doch schon zu diesem Zeitpunkt müssen Zweifel
durch unsere Köpfe geweht und gewirbelt sein, denn
selbst jetzt, mitten in unserem Umzug, während wir
dem rhythmischen Trommelschlag lauschten und
den Schnee auf unseren Gesichtern spürten, hielten
wir mehrmals inne und horchten, ob nicht Gottes Ruf
erklang. Nur so läßt sich erklären, was uns am nächsten Tag widerfuhr.

Wir gelangten zu einer Stelle, an der sich zwei Straßen kreuzten; die eine bog nach links ab, zum Markt-

platz zurück, während die andere aus der Stadt hinausführte. Hier, inmitten eines Menschengedränges, mußten wir warten. Livrierte Diener zu Pferde versperrten uns den Weg, und ihre Reittiere drängten die Menschen zur Seite, bis die Straße von Mauer zu Mauer abgeriegelt war. Wir standen dort und warteten. Überall um uns herum waren Leute; man vermochte nicht zu sagen, ob sie sich unserem Umzug angeschlossen hatten oder wir uns dem ihren. Eine Stimme in der Menge erklärte, es sei der Richter des Königs, der in die Stadt gekommen sei.

Nach einigen Minuten zog die Reiterschar an uns vorüber; die Männer blickten weder nach rechts noch nach links. Sie waren mit Kapuzen und Mänteln vor dem Schnee geschützt, so daß es unmöglich war, den Richter inmitten seiner Begleiter auszumachen. Tobias, wenngleich im täglichen Leben ein ruhiger Geselle, neigt zum Aufbrausen, sobald er sich durch weltliche Gewalt eingezwängt fühlt, und er versetzte der Trommel einen einzigen plötzlichen Schlag, worauf eines der Pferde so heftig scheute, daß sein Reiter uns verfluchte; und wieder schlug Tobias auf die Trommel, und dann waren sie an uns vorbei.

Dieser Zwischenfall hatte die Ordnung unseres Umzugs völlig zunichte gemacht; wir waren jetzt mit den Zuschauern vermischt. Außerdem fiel der Schnee immer dichter. So nahmen wir denn den kürzesten Rückweg und folgten schweigend der erfolgreicheren Prozession des Richters, bis wir das Wirtshaus erreichten. Die Reiter führten ihre Pferde bereits in die Stallungen, und auf dem Hof wimmelte es von Menschen, doch der Richter selbst war nirgends zu sehen.

Wir konnten uns keine Ruhepause gönnen; denn wir mußten ja unser Stück proben. Da wir es als Maskenspiel aufzuführen gedachten, ließ sich dabei eine Anzahl von Reden verwenden, welche die Schauspieler bereits kannten; ansonsten gedachten wir uns in hohem Maße auf Gebärden und die Pantomime zu stützen, wozu die Schauspieler nach Gutdünken eigene Verse einstreuen konnten, falls ihnen welche in den Sinn kamen. In London hatte Martin einmal italienische Schauspieler ein Stück auf diese Art und Weise aufführen sehen, wobei einige der Reden zum Bestand der Figuren gehörten, während andere aus dem Stegreif eingefügt wurden, wo man es als passend erachtete.

»Wenn wir uns auf die Handlung konzentrieren«, sagte Martin, »und uns die größeren Freiheiten zunutze machen, die uns die Masken gewähren, können die unerwarteten Wendungen, die sich aus bestimmten Situationen ergeben, viel zur Wirkung beitragen. Die Zuschauer werden ganz und gar überrascht sein; sie wissen ja nicht, was sie zu erwarten haben. Selbst wenn wir uns bei manchen Dingen unbeholfen anstellen – dem Unerwarteten tut das keinen Abbruch. Sollte einer von uns allerdings auf den Gedanken kommen, den Ablauf der Geschichte zu ändern, muß er zuvor das Zeichen geben, damit die anderen Bescheid wissen und darauf vorbereitet sind.«

Ich kannte dieses Zeichen nicht, doch es wurde mir gezeigt: Die Hand wird im Gelenk gedreht, so, als wollte man eine Schraube anziehen. Man kann diese Bewegung schnell oder langsam ausführen und den

Arm dabei in jeder Stellung halten – Hauptsache, die Drehung der Hand ist zu sehen.

Bei der Verteilung der Rollen ergaben sich einige Schwierigkeiten. Im ›Stück von Thomas Wells‹ gab es drei Haupthandlungen: der Aufbruch, die Begegnung auf dem Weg und das Auffinden des Geldes. Dafür wurden sechs Schauspieler gebraucht, die Darsteller der Tugenden und Laster nicht mitgerechnet. Deshalb mußten einige von uns zwei Rollen übernehmen. Doch die Hauptschwierigkeit betraf Springer. Da er erst fünfzehn war und zudem klein für sein Alter, lag es auf der Hand, daß er den Thomas Wells spielte. In der Tat war er der einzige von uns, der dafür in Frage kam, was jedoch zur Folge hatte, daß er keine der Frauenrollen übernehmen konnte, da beide Frauen zur gleichen Zeit wie der Junge vor den Zuschauern erschienen.

»Dann muß Straw es übernehmen«, sagte Martin. »Er kann die Mutter ohne Maske spielen und die schuldige Frau mit zwei Masken – einer Engelsmaske, mit deren Hilfe sie den Jungen täuscht, und einer Dämonenmaske für den Mord. Und wir werden die Avaritia und die Pietas auftreten lassen, die sich um die Seele der Frau streiten. Ich werde die Avaritia spielen, Tobias die Pietas, weil wir uns aus dem Zwischenspiel des Ackersmanns schon ein bißchen in diesen Rollen auskennen. Außerdem spiele ich den Mönch. Den Betrunkenen in der Schenke spielt Stephen.«

»Eine sehr passende Rolle«, sagte Margaret. Seit sie die Sache mit Flint aufgedeckt hatte, war sie in der allgemeinen Achtung gestiegen, und niemand tadelte sie jetzt, nicht einmal Stephen, auch wenn er finster dreinblickte.

»Stephen wird auch den Diener spielen, der den Mönch zum Haus der jungen Frau begleitet«, sagte Martin. »Nicholas spielt den Guten Rat. Er wird dem Jungen eine Predigt halten, um ihn zu überreden, auf der Straße zu bleiben.«

»Du könntest ein paar lateinische Brocken einstreuen«, sagte Straw, und während er seinen Blick himmelwärts wandte, intonierte er mit nasaler Stimme: »*Hax, pax, max. Deus adimax.* Wie meinst du das – auf der Straße bleiben?« fragte er Martin.

»Die Straße ist der Weg des Lebens, und einer Versuchung wegen von ihr abzubiegen ist der Weg des Todes. Das haben wir doch schon in mehreren Moralitäten gespielt. In diesem Fall besteht der einzige Unterschied darin, daß der Tod, der die Seele bedroht, zugleich der Tod des Körpers ist. Die Frau bringt den Jungen durch Versprechungen in Versuchung, und er folgt ihr.«

»Folgt ihr?« Straw ließ ein unsicheres Lachen hören. »Aber er ist ihr doch gar nicht gefolgt. Man hat ihn auf der Straße gefunden, den armen Kerl.«

Für einen langen Augenblick musterte Martin ihn schweigend. »Nein«, sagte er ruhig. »Er muß mit ihr gegangen sein, erkennst du das denn nicht? Als sie sich auf der Straße begegneten, war es noch nicht ganz dunkel. Die Frau war vom Gemeindeland heruntergekommen, weil sie den Burschen gesehen hatte oder aus irgendeinem anderen Grund. Es waren noch Leute unterwegs. Kurz zuvor war der Benediktiner vorbeigekommen. Wäre der Tod des Jungen durch

138

einen Schlag verursacht worden, hättest du vielleicht recht. Aber den Jungen auf offener Straße auf eine solche Weise zu töten, während es noch hell war ... Nein, die Frau hat ihn mit zu ihrem Haus genommen und dort die Tat verübt.«

Straw schüttelte den Kopf. »Dann wäre sie das Wagnis eingegangen, zusammen mit dem Jungen gesehen zu werden«, sagte er.

»Und nachher?« bemerkte Stephen. »Hat sie die Leiche im Dunkel der Nacht zur Straße zurückgeschleppt?«

»Sie kannte das Gelände«, sagte Tobias. »Trotzdem wäre es für eine Frau eine schwere Last gewesen und überdies gefährlich, wegen der Schräge des Hanges, und die Frau hätte es nicht gewagt, ein Licht zu benutzen.«

»Tja, aber so muß es gewesen sein«, sagte Martin. »Anders ist es gar nicht zu erklären. Sie hat den Jungen irgendwohin mitgenommen. Und da wir nun mal eine Szene daraus machen müssen, zeigen wir halt, wie sie ihn zu ihrem Haus mitnimmt.«

Das war wieder eine Aussage, wie sie von uns allen nur Martin machen konnte. In der darauf einsetzenden Stille schauten wir ihn an, wie er vorgebeugt dort hockte und mit den Armen die Knie umschlungen hielt. Es schien, als würden wir noch etwas von ihm erwarten, vielleicht ein Wort des Bedauerns. Doch das Gesicht, das er uns zukehrte, dieses Antlitz mit den langen, schmalen Augen und den scharf gezeichneten Knochen an Wangen und Schläfen, drückte nichts weiter als Selbstsicherheit und Gleichmut aus. Er wußte nicht, an welchen Ort die Frau den Jungen gebracht hatte; jetzt aber waren die beiden bloß noch Figuren in einem Stück, und für Martin war die Wahrheit des Schauspiels wichtiger als die Wahrheit über diesen Ort. »Den Jungen zur Straße zurückzubringen war sehr klug«, sagte er. »Auf diese Weise sah es so aus, als hätte jemand die Tat begangen, der zufällig des Weges kam. Die Straße wird von vielen Leuten benutzt, und wo viele verdächtigt werden, hat der wirklich Schuldige gute Aussichten, ungeschoren davonzukommen.«

Auf diese Version einigten wir uns schließlich; so wollten wir unser Stück gestalten. Wir probten bis spät in die Nacht und gingen immer wieder die Bewegungen und die Worte durch. Als wir endlich Schluß machten, waren wir alle erschöpft, doch ich konnte lange Zeit nicht einschlafen. Im Stroh war Ungeziefer, und mir war kalt, obwohl ich die Narrenkappe trug und mich zusätzlich zu der Priesterkutte, die ich trug, noch in Evas Umhang gewickelt hatte. Martin und Tobias hatten Decken, und Straw und Springer teilten sich eine und schliefen zusammen darunter. Wir anderen benutzten alles, was sich auf dem Karren befand und zum Zudecken eignete.

In der Stille der Nacht kehrte das Gefühl der Angst in mein Inneres zurück. Vor meinem geistigen Auge sah ich die Frau mit ihrer Last, während Dämonen sie durch die Dunkelheit geleiteten. Es waren sternenlose Nächte, durch die Schneewolken in Schwärze erstickt. Doch die Frau hatte ihren Weg gefunden; Dämonen hatten sie geleitet. Dieselben Dämonen, die jetzt uns leiteten.

Kapitel neun

ch erwachte beim ersten Licht. Es war bitterkalt. Das Feuer war erloschen, und ich hörte, wie Stephen stöhnte, von einem quälenden Traum gepeinigt. Dann verstummte er, und ich spürte die Stille und wußte, daß draußen eine dicke Schneeschicht lag. Ich ging hinaus, um auf dem Hof meine Blase zu entleeren. Der Hund kam mit mir, winselnd und schnüffelnd, als würde er irgend etwas von mir erwarten, nun, da ich aufgestanden war. Als ich in den Schuppen zurückkehrte, hörte ich einen Hahnenschrei und das Gebell von Hunden in der Ferne. Zwei Hausdiener in Lederschurzen stapften mit Besen und Schaufel auf den Hof, um den frischgefallenen Schnee wegzuräumen. In der kalten Luft lag der Gestank von Pferden, und hinter den Dächern der Stadt sah ich einen weißen Hügelhang. Später erinnerte ich mich sehr deutlich an diese Dinge, mit jenem Gefühl der Sehnsucht, das wir mitunter empfinden, wenn wir versuchen, einen Teil unseres Lebens zurückzugewinnen, den wir für immer verloren haben, wenngleich sein einziger Wert darin bestehen mag, daß wir ihn verloren haben.

Er wirkte wie Frieden auf mich, dieser kalte Morgen mit seiner stillen, beruhigenden Schneedecke, die über der Stadt und der gesamten Umgebung lag. Es ist sonderbar, daß dieses Bild eine solche Wirkung auf mich hatte; denn meine Blicke auf die Welt außerhalb der Kirchenmauern hatten mir schon Ärger genug eingebracht, und meine Sünden häuften sich. Ich hatte die Abschrift von Pilato nicht beendet; ich befand mich ohne Erlaubnis außerhalb meiner Diözese; ich hatte in Schenken gesungen und meine heiligen Reliquien beim Würfelspiel verloren; ich hatte mit einer Frau Unzucht begangen; und ich hatte mich einer Truppe fahrender Schauspieler angeschlossen, was einem Geistlichen, gleich welchen Ranges, ausdrücklich verboten war. Durch alle diese Taten hatte ich Gott beleidigt und dem Bischof von Lincoln, der wie ein Vater zu mir gewesen war, Schmerz bereitet. Doch verglichen mit dem, was nach der Aufführung unseres Stücks von Thomas Wells geschehen sollte, war diese Zeit geradezu sorgenfrei.

Ich behielt die Narrenkappe auf und hüllte mich, so gut es ging, in Evas Umhang. Dann setzte ich mich drinnen mit dem Rücken zur Wand ins Stroh, während das Licht heller wurde und aus den Zimmern über uns die ersten Geräusche und Stimmen erklangen. Mir kam der Gedanke, daß ich einfach aufstehen könnte, um all diese Kostüme und Masken und Verkleidungen hinter mir zu lassen und in der Stille des Morgens davonzugehen, in meinem ordentlichen Priestergewand, so, wie ich gekleidet gewesen war, als ich auf die Schauspielertruppe traf. Mein Zustand war derselbe: Mir war kalt, ich war hungrig und ohne einen Penny, genau wie damals. Doch mich hatte eine Verwirrung befallen zwischen der Rolle, die man spielt, und der, die man lebt, und weil ich unbedingt die Wahrheit berichten möchte, will ich nicht verschweigen – so schwer es mir auch fällt –, daß mir ein Priestergewand inzwischen nicht weniger wie eine Verkleidung erschien als das weiße Gewand, das Stephen als Gottvater trug, oder das Gewand aus Pferdehaar des Antichristen. Vielleicht hatte ich mich aber auch nur an meine Sünden gewöhnt. Auf jeden Fall ging der Augenblick vorüber.

Ich sah, wie Straws zerzauster Haarschopf sich von dem Bündel erhob, auf dem er geruht hatte, und wie sein Kopf sich träge nach allen Seiten bewegte. Springer neben ihm rührte sich nicht. Margaret lag wie eine Tote unter einem Haufen roten Vorhangstoffs. Dann erhob Martin sich von seiner Schlafstelle, schauderte zusammen, murmelte in die Kälte ein paar Worte vor sich hin und wünschte mir einen guten Morgen. Und so begann der Tag.

Der Morgen verging mit Proben, wenngleich in dem Schuppen nicht genügend Platz war, um die Bewegungen richtig auszuführen. Tobias und Margaret fertigten gemeinsam eine Puppe an, die Thomas Wells darstellen sollte, wobei sie Stroh vom Fußboden sowie Schnüre und Fetzen von Kleidungsstücken benutzten; dann setzten sie ihm die weiße Maske auf, die Straw manchmal trug, wenn er den Mann von Welt spielte – eine Maske, die keinerlei Ausdruck zeigt, weder einen guten noch einen bösen. Die Puppe wurde gebraucht, um den Übergang vom Leben zum Tod zu zeigen; überdies mußte das Bündel leicht genug sein, daß man es tragen konnte.

Martin wollte es zuerst genauso halten, wie wir es

beim Stück von Adam getan hatten: daß wir uns im Schuppen umkleideten und dann durchs Publikum zur Bühne gingen. Doch Springer, der nach seinem Tod als Thomas Wells einen Engel darstellen sollte, welcher dem Mönch zeigte, wo das Geld versteckt lag, war nicht damit einverstanden. »So dicht gehe ich nicht zwischen den Leuten hindurch«, sagte er. Springer war eine furchtsame Seele und in mancher Hinsicht wie ein Mädchen: Er schämte sich nicht zu zeigen, daß er Angst hatte. Und wir anderen waren ihm insgeheim dankbar dafür, weil wir alle die gleiche Furcht verspürten. Jeder Schauspieler hat eine gewisse Angst; denn er ist allen Blicken ausgesetzt und kann sich nirgends verbergen, ohne aus dem Stück auszuscheiden. Diesmal war das Gefühl noch stärker als sonst, wußten wir doch, daß unser Stück dem wirklichen Leben unserer Zuschauer sehr nahe kam. Deshalb beschlossen wir, dicht an der Mauer auf dem Hof des Wirtshauses eine Garderobe aus Vorhängen zu errichten, unmittelbar neben der Bühnenfläche.

Als die Mittagsglocken zu läuten begannen, waren wir noch immer mit dem Aufbau der Garderobe beschäftigt. Zwei Seitenwände wurden errichtet, indem wir Stöcke durch den Saum des Vorhangs führten, die wiederum auf Pfosten befestigt wurden; die anderen beiden Seiten der Garderobe wurden von der Mauer selbst gebildet, da die Garderobe in einer Ecke des Hofes stand. Während diese Arbeit von Stephen, Tobias und mir erledigt wurde, sorgten die anderen mit allerlei Kunststücken für die Unterhaltung der Zuschauer. Schon jetzt befanden sich mehr Leute auf dem Hof, als am Abend zuvor zu unserer Aufführung erschienen waren, und es kamen immer noch mehr. Straw und Springer schlugen aus entgegengesetzten Richtungen Rad, während Martin auf den Händen stand, wobei er auf beiden Fußsohlen farbige Bälle balancierte, einen weißen und einen roten; dann ging er auf den Händen über die vereisten Pflastersteine, wobei er Beine und Füße so gerade hielt, daß die Bälle nicht herunterrollten. So etwas hatte ich noch nie gesehen.

Schließlich war unsere Arbeit an den Vorhängen beendet, und wir alle, außer Martin und Tobias, zwängten uns in die behelfsmäßige Garderobe und bereiteten uns dort für den Auftritt vor. Martin und Tobias traten noch einige Minuten vor dem Publikum auf; der eine warf Bälle in die Luft, und der andere schlug Purzelbäume und fing sie auf. Dann gesellte Tobias sich zu uns. »Der Hof ist voll«, flüsterte er. Wir standen dort in dem beengten Raum, lauschten zuerst Tobias' heftigem Atmen, das von der Anstrengung herrührte, und dann der Stimme Martins, als er den Prolog sprach:

> »Ihr guten Leut', wir bitten um Geduld,
> Und schenket uns auch weiter Eure Huld
> Zu diesem unsrem Spiel ...«

Dies waren die Verse, auf die wir uns geeinigt hatten und die aus einem Zwischenspiel mit dem Titel »Der Weg des Lebens« stammten. Wir hatten sie da und dort leicht abgeändert, damit sie besser zur Grundstimmung unseres Stückes paßten. Doch nachdem Martin die Worte gesprochen hatte, gesellte er sich nicht sofort zu uns, sondern blieb vor dem Publikum stehen. Damit hatten wir allerdings nicht gerechnet, und ich glaube, er selbst hatte es vorher auch nicht gewußt. Für einige Sekunden herrschte Schweigen. Vom Publikum kam kein Laut. Dann sprach Martin wieder, jedoch mit seiner normalen Stimme:

»Gewährt uns Eure Aufmerksamkeit, Ihr guten Leute. Dies ist ein Stück über Eure Stadt, so, wie sie heute ist. Es ist Euer Stück, und das ist etwas Neues. Denn nie zuvor wurde ein Stück geschrieben, das einer Stadt gehört. Und dieses Schauspiel gereicht Eurer Stadt zur Ehre, denn es zeigt, daß Übeltäter hier in unvergleichlich kurzer Zeit ihre gerechte Strafe finden.«

In unserer behelfsmäßigen Garderobe musterten wir einander stumm. Tobias runzelte die Stirn, als er sich die Maske der Pietas aufsetzte. Ich sah, daß Straws Unterlippe leicht bebte. Die anderen schaute ich mir nicht genauer an, doch ich glaube, wir alle hatten Angst. Ich trat zum Vorhang, erweiterte den Spalt ein Stückchen und spähte hindurch. Dicht über der Mauer, die nach Süden zeigte, trat in diesem Augenblick der Rand der Sonne hervor. Ihre schwachen Strahlen fielen über den Hof und ließen die feuchten Steine erglühen. Auf allen Dingen lag ein seltsames Licht, ein Schnee-Licht, obwohl der Hof doch freigeschaufelt und gekehrt worden war; und das Licht war sanft und mitleidlos zugleich: Es gab keine Schatten darin. Es war, als hätte sich alles Licht, das von den Meilen um Meilen schneebedeckter Fläche erstrahlte, hier auf dem Hof für unser Stück gesammelt. Es lag auf den Gesichtern der Menschen, die dort dicht beieinander standen, für diesen Tag des Jahrmarkts gekleidet; die rauhen Gesichter der Arbeiter, die blasseren der Diener und Hausmädchen, und hie und da die schärferen Züge oder das würdevollere Antlitz eines Reichen. Alle diese Gesichter waren Martin zugekehrt, und es war seine Stimme, die den Hof erfüllte.

»Wenn wir ein Stück über eine schändliche Tat spielen, so darum, daß denen, die daran teilhaben, und allen, die es sehen, Gottes Erbarmen offenbar werden kann. Deshalb bitten wir Euch, die Ihr Erbarmen sucht, dies auch uns armen Schauspielern und all jenen zu gewähren, die wir in unseren Rollen verkörpern.« Mit einer plötzlichen Bewegung streckte er die Arme zur Seite aus, die Handflächen den Leuten zugekehrt, und hob sie über die Schultern. »Hochverehrtes Publikum«, sagte er, »wir zeigen Euch nun unser Stück von Thomas Wells.«

Dann kam er zu uns anderen zurück, und sein Gesicht wirkte ruhig, doch sein Atem stockte leicht. Straw, Springer und Stephen traten hinaus, um mit der Vorstellung zu beginnen. Straw trug die Haube einer Landfrau, und sein Kleid war in Brusthöhe ausgestopft, so daß es aussah, als hätte er einen Busen. Stephen war in seine zerschlissene Weste gekleidet, die er schon getragen hatte, als ich ihm das erste Mal begegnet war – damals, als er mich mit seinem Messer bedrohte. Springer, als Thomas Wells, trug sein schmuckloses Wams und seine Beinkleider.

Tobias hatte aus schwarzem Filz eine Geldbörse gefertigt, sehr groß und prall, auf daß alle sie sehen konnten, und nun warf Stephen diese Börse in die Höhe, damit das Publikum einen noch besseren Blick darauf hatte; dazu lachte er wie ein Trampel – »Hoho-ho« – wobei er die Hände leicht in die Hüften stemmte, während er den Oberkörper vor und zurück wiegte. Martin hatte ihn dies gelehrt, und Stephen machte seine Sache gut. Im Publikum gab es Erheiterung darüber, einen Mann lachen zu sehen, der ein so schlechtes Geschäft gemacht hatte; denn alle wußten, daß die Kuh aus Not verkauft worden war, und ein oder zwei Zuschauer riefen laut irgend etwas, jedoch nicht im Zorn, wie mir schien. Falls der Dargestellte sich unter den Zuschauern befand, gab er sich nicht zu erkennen. Dann erstarb das Gelächter und wich der Stille – so rasch, daß es beängstigend wirkte.

Ich schaute durch den Vorhang zu, als die Vorstellung ihren Fortgang nahm. Alles verlief so, wie wir es geplant und geprobt hatten; die Trunkenheit des Mannes wurde gezeigt und die Frau, wie sie ihm die Börse stibitzt und sie mit flinken Fingern leert, und die Gesten, mit denen sie ihrem Sohn die Gefahren deutlich macht, die ihm auf seinem langen Rückweg zur Stadt drohen. Trotz des aufgebauschten Rocks und der vielen Polster, die er am Leibe trug, verstand Straw es sehr gut, die Bedrohungen durch Bären und Wölfe und Räuber darzustellen, indem er heftig gestikulierte, und Springer folgte all diesen Bewegungen, indem er den Kopf hin und her drehte wie eine Gans, um zu zeigen, daß er aufmerksam lauschte und sich alle Ermahnungen zu Herzen nahm.

Dann kamen Stephen und Straw zurück, sich umzukleiden, und ich trat hinaus auf die Bühnenfläche und begann mit meiner Rede an Thomas Wells.

»Der Gute Rat heiß' ich; man nennt mich auch Gewissen. Meine Pflicht ist es und mein Begehren, dich und alle Menschen auf Erden zu ermahnen und stets

anzuhalten, auf dem rechten Weg zu bleiben, der uns
aufgetan wurde durch die Leiden unseres Herrn Jesus
Christus ...«

Ich sagte die Worte, wie sie mir gerade durch den
Kopf gingen, und hielt den Blick dabei die ganze Zeit
auf Springer gerichtet; dann und wann machte ich die
Gebärde der Ermahnung: die rechte Hand erhoben
und die mittleren drei Finger emporgestreckt. Hie und
da begannen die Zuschauer miteinander zu schwat-
zen und mit den Füßen zu scharren; meine Rede dau-
erte ihnen zu lange. Dann aber setzte mit einem Mal
Stille ein, wie schon zuvor, und ich löste den Blick
von Thomas Wells und sah, wie die Frau im Gewand
und mit der Perücke und Maske der Versucherin nach
vorn trat – Straw hatte sich die runde Sonnenmaske
der Schlange vor dem Sündenfall aufgesetzt.

Für einen Augenblick geriet mein Redefluß ins
Stocken. Im schattenlosen Licht des Hofes besaßen
das scharlachrote Gewand, die gelbe Perücke und das
starre Lächeln der weißen Maske mit den runden,
rosafarbenen Flecken auf den Wangen eine überaus
eindrucksvolle Wirkung. Ich spürte, daß mein Atem
schneller ging, als hätte ich mich vor irgend etwas erschreckt. Die Frau kam nicht näher, sondern hielt
sich in einiger Entfernung, ohne sich zu rühren, während ich fortfuhr, Thomas Wells meine wohlgemeinte
Predigt zu halten, wobei ich nun einige Verse sprach,
an die ich mich aus einem anderen Stück erinnerte:

>An höherer Einsicht tut's dir not,
Setz nicht den Sinn auf irdisch Gut.
Für dich ist Christ gestorben ...«

Doch die Blicke der Leute waren nicht auf mich gerichtet, sondern hefteten sich auf die Frau, als diese nunmehr begann, durch Bewegungen des Körpers die fleischlichen Wonnen darzustellen. Auch dies war Martins Idee gewesen: daß die Frau einen gewissen räumlichen Abstand zu den anderen hielt und ein Gebärdenspiel der Wollust aufführte, während ich noch mit meiner Moralpredigt zugange war, so daß die Worte des Geistes und die Bewegungen des Fleisches im Wettstreit lagen.

Martins Idee, ja; aber Straw hatte etwas daraus gemacht, das nur er allein vollbringen konnte. Er war der begabteste Schauspieler von uns allen. Fraglos verfügte auch Martin über großes Können; er hatte ein Gespür für Wirkungen sowie ein Verständnis für die äußere Form eines Stückes und die Bedeutung als solche, welches weit über das unsere hinausging. Straw jedoch besaß einen Instinkt für die Darbietung, oder besser, eine Verbindung von Instinkt und Wissen, eine natürliche Gabe des Körpers – ich weiß nicht, wie ich es nennen soll, doch kann man es weder lehren noch lernen. Für die Rolle der Versucherin hatte er sich eine befremdliche und erschreckende Haltung einfallen lassen: Steif bog er den Körper zur Seite und hielt den Kopf für einen Augenblick ruhig, wie fragend; die Hände schwebten dicht über den Hüften, die Handteller waren nach außen gekehrt, die Finger ausgestreckt und gespreizt. Diese Geste war seine eigene Erfindung. Für einen Augenblick – als er innehielt, um festzustellen, welche Wirkung seine Versuchung zeitigte – stand er da wie die Verkörperung einer wollüstigen Lockung. Dann begann er wie-

der, sich schlängelnd zu bewegen und durch Gebärden deutlich zu machen, welche Wonnen Thomas
Wells erwarteten, falls er ihm folgte: feinstes Gebäck
und Pasteten und süße Getränke und die Wärme des
Kamins und mehr noch – in seinen gewundenen Bewegungen lag auch etwas Sinnliches verborgen.

Dieser Wechsel von den schlängelnden Bewegungen der Lust zur unbewegten Pose des Beobachtens
hatte etwas Erschreckendes, sogar für mich, der ich
gesehen hatte, wie Straw diesen Übergang in einer
Ecke des Schuppens für sich allein geprobt hatte. Das
Publikum verhielt sich mucksmäuschenstill. Als ich
hinauf zu den Zimmern über uns blickte, sah ich ge-
öffnete Fenster und Gesichter, die uns beobachteten.
Eines dieser Gesichter war weiß und trug eine eng sit-
zende Kappe, und ich fragte mich, ob dies der Richter
war. Dann gelangte ich zum Ende meiner Ermahnungsrede:

>>Wem erst die Sünde auch süß erschien,
Der kann dem Urteil nicht entfliehn,
Wenn ihn der Tod ereilt ...<<

Thomas Wells stand in seiner schlichten Kleidung
zwischen uns und blickte von einem zum anderen.
Seine Augen waren weit geöffnet, sein Gesicht tief-
ernst, und er drehte den Körper in der Hüfte immer
demjenigen zu, auf den er schaute, so daß Kopf und
Körper stets eine gerade Linie bildeten. Ich sah, wie
sehr er sich mühte, tief genug zu atmen, und ich
fühlte seine Furcht auch in mir, vielleicht der Stille
im Publikum wegen – es wurde nicht getuschelt und

nicht herumgealbert; die Leute saßen vollkommen stumm da.

Auch Straw mußte es gespürt haben. Er war stets empfänglich für Stimmungen, und nie ließ sich vorhersagen, wie er darauf reagierte. Nun tat er etwas, das in allen unseren Proben nicht geschehen war. Bis zu diesem Augenblick hatte nur ein beschränktes Maß an Lüsternheit in seinen Bewegungen gelegen, und dies eher um des Publikums als um des Jungen willen. Jetzt aber fuhr er sich mit den Händen langsam den Körper hinunter, über Brust und Unterleib, in einer Bewegung der Selbstverliebtheit; dann drehte er die Handflächen nach außen und legte sie so aneinander, daß sie die Gestalt der Pfeilspitze annahmen. Mit diesem Pfeil fuhr er sodann die Linien seiner Lenden entlang und ließ die Hände schließlich dort ruhen, um die Gestalt des Venushügels nachzubilden; dies alles zielte allein auf Thomas Wells, wobei Straw den Körper hin und her wiegte; es war eine Geste des Stolzes und der Kraft und der schrecklichen Verlockung. Derweil ich ans Ende meiner Predigt gelangte, stand die Frau noch immer lockend da und zeigte auf den Ort der Lust, wobei der Stoff ihres Kleides sich straff über der Gabelung ihrer Beine spannte, so daß die Geschlechtsteile eines Mannes darunter sichtbar wurden.

Thomas Wells ging auf sie zu; auch er spielte nun aus dem Stegreif und folgte seinen inneren Antrieben. Er bewegte sich wie jemand, der sich zwischen Wachen und Schlafen befindet, und machte schleppende Schritte, wie unter einem Zauberbann. Ich wandte mich dem Publikum zu und vollführte die Geste der sorgenvollen Resignation, indem ich mit halb erhobenen Armen die Schultern zuckte. Nun aber, als der Junge sich vorwärtsbewegte, hörte man aus dem Publikum plötzlich eine Stimme, einen Schrei des Zorns oder der Empörung. Es war eine Frauenstimme – und da sie in der Stille erklang, war sie durchdringend und laut. Straw drehte sich um und wollte schauen, woher der Schrei gekommen war, und ich hörte seinen keuchenden Atem und sah, wie seine Brust sich hob und senkte, als er schwer Luft holte. Ich trat nach vorn, senkte den Kopf und machte abermals die Geste der besorgten Resignation – in der Hoffnung, Springer und Straw auf diese Weise genug Zeit zu verschaffen, sich hinter den Vorhang zurückzuziehen und sich auf die Mordszene vorzubereiten. Doch wieder gellte die Stimme der Frau, und diesmal schrie sie die Worte hinaus. »So war's nicht!« rief sie. »Mein Junge ist nicht mit ihr gegangen!« Ihre Stimme war laut, obwohl man ein tränenersticktes Schluchzen heraushören konnte. Sie blickte nicht zu uns hinüber, sondern auf die Leute, die um sie herum standen, und das war schlimmer. »Mein Thomas war ein guter Junge«, rief sie ihnen flehentlich zu.

Jetzt erhoben sich auch von anderen Zuschauern Rufe. Bewegung entstand im Publikum, jenes Rascheln in den Reihen, das Gewalt verheißt. Die Gefahr für den Schauspieler, an Leib und Leben Schaden zu nehmen, kommt wie die Stimme des Windes in den Bäumen. Hört man sie einmal, vergißt man sie nie mehr. Wir drei standen wie erstarrt. Bei dem Lärm konnten wir nicht weitermachen; wir konnten uns aber auch nicht zurückziehen, oder das Stück war durchgefallen. Da kam Martin hinter dem Vorhang hervor. Er hatte die Haube der Menschheit aufgesetzt, schob sie jedoch rasch zurück, als er jetzt den Zuschauern gegenüberstand, während er das Handgelenk drehte, um uns anderen das Zeichen für ›Themenwechsel‹ zu geben. »Warum, Ihr guten Leute, ist er mit ihr gegangen?« rief er. »Thomas Wells wurde nicht am Straßenrand getötet.«

Diese Rufe hallten über das Geschrei der Zuschauer hinweg und hatten einige Augenblicke der Stille zur Folge, und in diese Stille sprach Martin laut hinein. Sein Gesicht war weiß, doch seine Stimme klang fest und voller Selbstvertrauen.

»Gütiger Himmel, es geschah doch nicht auf diese Weise«, sagte er. »Eine solche Tat würde die Frau doch nicht an einer Straße begehen, an der Leute vorüberkommen könnten.« Das Schweigen im Publikum hielt an. Nach einer kurzen Pause wandte Martin sich mir zu, streckte den Arm in meine Richtung aus und rief: »Du, Guter Rat, sag uns, warum Thomas Wells nicht auf dich gehört hat.«

Mir war klar, daß ich schnellstens antworten mußte, solange noch Stille herrschte und man uns hören konnte. Und so sagte ich, was mir gerade durch den Kopf ging: »Ach, guter Mann, der Mensch lebt nun mal seinen Vergnügungen …«

Jetzt, unter Martins Blicken, gelang es Springer, seine Furcht auf bemerkenswerte Weise zu bezwingen. Er machte einige Schritte nach vorn, wobei er zugleich jene Geste vollführte, welche das Bekenntnis des Adam begleitet: »Die Frau hat mich in Versuchung geführt, und da bin ich mit ihr gegangen«,

154

sagte er. Während er sprach, wandte er sich Straw zu und wedelte kurz und schnell mit den Fingern der rechten Hand, wobei er die Bewegung mit dem Körper vor dem Publikum verbarg. Diese Geste kannte ich damals noch nicht. Heute weiß ich, daß man dieses Zeichen macht, wenn der, den man anschaut, etwas Bestimmtes wiederholen soll. »Mit ihrem Körper hat sie mich in Versuchung geführt«, sagte Springer.

Straw reckte sich zu seiner vollen Größe empor. Die Sonnenmaske der Schlange mit ihrem starren Lächeln richtete sich auf uns und alle Zuschauer. Mit der gleichen schlängelnden Bewegung wie zuvor liebkoste die Versucherin sich selbst, bildete mit den Händen die Gestalt des Pfeils am Ort der geschlechtlichen Lust, und schwenkte die Schultern in Kraft und Stolz. Und wieder war die Stille im Publikum so vollkommen, daß ich den Flügelschlag einer Taube vernahm, die sich über das Dach des Wirtshauses erhob.

Jetzt endlich konnten wir uns allesamt zurückziehen, ausgenommen Thomas Wells, der bleiben mußte, während Avaritia und Pietas sich bereit machten, um die Seele der Frau zu kämpfen. So waren wir durch unsere eigenen Anstrengungen errettet worden. Doch eben diese Anstrengungen – und das Wissen, um Haaresbreite einer Katastrophe entgangen zu sein –, befreite irgend etwas in unserem Inneren, eine Empfindung, die zuvor eingesperrt gewesen war.

Zuerst wurde sie bei Springer offenbar, den wir allein vor den Zuschauern hatten stehen lassen. Es gibt eine Art verzweifelte Kühnheit, die den Ängstlichen überkommt, wenn seine Furcht einen bestimmten Punkt überschritten hat, und vielleicht war es eben diese Kühnheit, die Springer jetzt antrieb. Um die Stimmung der Zuschauer zu heben, hatte er vor der Darstellung des Mordes das altbekannte Gestenspiel vom Eierdieb aufführen wollen, dem die gestohlenen Eier zerbrachen, die er in der Kleidung verborgen hatte. Springer hatte diese Pantomime sogar geprobt und uns alle in dem Schuppen damit zum Lachen gebracht. Doch statt das Spiel aufzuführen, sprach er nun direkt zu den Leuten. Während wir beisammenstanden, vernahmen wir seine Stimme, hoch und klar und noch ein wenig kindlich. Wir hörten, wie er eine Frage stellte – eine ganz schlichte und einfache Frage, auf die aber keiner von uns anderen gekommen war.

»So löst denn ein Rätsel für mich, Ihr guten Leute«, hörten wir ihn sagen. »Woher wußte die Frau, daß ich die Geldbörse bei mir hatte? Hat ein böser Geist es ihr zugeflüstert? Hab' ich mit der Börse gespielt, während ich meines Weges ging? Und hätte ich's getan – hätte die Frau dann sehen können, was darin war? Von jener Stelle auf dem Gemeindegrund aus, an der sie am Ende eines düstren Wintertages stand?«

Stephen beugte seine große Gestalt nach vorn, um durch den Spalt im Vorhang zu spähen. »Er stolziert vor den Leuten hin und her und wirft die Börse in die Höhe«, sagte er in heiserem Flüsterton. Seine dunklen Augen sahen größer aus als üblich und traten noch deutlicher hervor.

»Geh hinaus und sprich zu ihm, Stephen«, sagte Martin, »bevor die Leute wieder unruhig werden. Sag irgendwas – was dir gerade einfällt. Dann werden Tobias und ich erscheinen und die Streitszene spielen.«

Stephen war kein besonders guter Schauspieler, doch

er besaß eine seelische Robustheit, die ihm jetzt sehr zupaß kam. Er hatte seine Stimme und die Nerven vollkommen in der Gewalt, als er nun auf Springer zutrat. Selbst ohne das schmückende goldene Beiwerk des Herrgotts besaß er eine würdevolle Ausstrahlung, und das, obwohl er von Natur aus ein Haudegen war. »Thomas Wells, du hast damit geprahlt«, sagte er mit seiner tiefen Stimme. »Du hast vor der Frau mit der Börse geprahlt ...«

Wir hörten, wie Springer das krächzende Geräusch des falschen Gelächters von sich gab. Dann ertönte eine Stimme aus dem Publikum, eine Männerstimme, rauh und laut: »Du Trottel, wie soll die Frau nahe genug an ihn herangekommen sein, daß sie ihn hören konnte?«

Nun aber traten Avaritia und Pietas nach vorn, die Frau zwischen sich. Sie schritten langsam hin und her, blieben dann und wann stehen, um ihre Verse zu sprechen, und gingen weiter. Für gewöhnlich wird der Kampf um die Seele in der Weise dargestellt, daß die Schauspieler an ein und derselben Stelle verharren und abwechselnd sprechen. Doch Martin hatte darauf bestanden, daß der Kampf um die Seele sich bewegter abspielte; zu diesem Zweck hatte er das Umhergehen und Stehenbleiben mit Tobias geübt.

So spielten wir einige Zeit weiter und machten alles genau so, wie wir es geprobt hatten. Doch wir waren nicht mehr dieselben, die wir bei der Probe gewesen waren ... Straws Maskenwechsel war überaus erfolgreich und rief bei den Zuschauern größte Verblüffung hervor. Er vollzog den Wechsel hinter den Rücken von Avaritia und Pietas, die nach vorn kamen und vor dem Publikum Aufstellung nahmen, Seite an Seite, die Arme erhoben, so daß die Umhänge wie Vorhänge wirkten, weiß für die Tugend, schwarz für das Laster. Dann trat die eine nach links, die andere nach rechts, und die Frau mit der Dämonenmaske kam zum Vorschein. Sie hob die Hände, krümmte die Finger zu Krallen und zischte die Zuschauer an, wodurch gezeigt werden sollte, daß das Böse triumphiert hatte. Einige Leute zischten zurück. Die Sonnenmaske verbarg Straw an der Hüfte unter dem Gewand.

Das Erdrosseln des Thomas Wells wurde als Gebärdenspiel gezeigt, das Straw allein vor den Zuschauern aufführte, ohne den Jungen. Wir hatten uns hinter dem Vorhang flüsternd auf diese Art der Darstellung geeinigt. Martin wollte zwar an unserem ursprünglichen Plan festhalten, daß der Junge vor aller Augen erwürgt wurde; denn es war eine wirkungsvolle Szene, und das war für Martins fanatische Seele wichtiger als die Gefahr. Doch wir anderen waren dagegen – wir hatten keine Lust, die Leute ein zweites Mal gegen uns aufzubringen. Deshalb gingen wir sofort dazu über, die Strohpuppe des Thomas Wells zur Straße zurückzuschaffen, um gleich anschließend die Szene zu spielen, wie das Geld gefunden wurde.

Wider Erwarten kam diese Szene nicht besonders gut an. Manches wirkt beim Proben eindrucksvoller als bei der Aufführung. Martin, in der Rolle des Mönchs, gab sein Bestes; er suchte hier und suchte da und hielt die Börse triumphierend in die Höhe, als er sie endlich gefunden hatte, während Straw, noch immer mit seiner Dämonenmaske, bis an die Mauer zurückwich. Dennoch mangelte es dieser Szene an Wirkung; wir alle spürten es. Und was als nächstes geschah, war vielleicht darauf zurückzuführen, daß wir uns dieses Mangels bewußt waren und versuchten, ihn wettzumachen. Vielleicht lag es aber auch daran, daß Martin die Geldbörse im Ärmel verstecken mußte, bis sie gefunden wurde; denn in dem kärglich eingerichteten Zimmer gab es keinen anderen Ort, wo man sie hätte verbergen können. Es war Stephen, als der Begleiter des Mönchs, der die Wende einleitete, und das war erstaunlich: War Stephen beim Debattieren mitunter auch widerborstig, so war gerade von ihm am wenigsten zu erwarten, daß er einem Stück eine neue Richtung gab, wenn man sich erst über Form und Inhalt geeinigt hatte. Vielleicht hallte auch der Ruf des Zuschauers, daß er ein Trottel sei, noch in Stephens Kopf wider, obwohl er dies niemals zugegeben hätte. Als er nun die Stimme erhob, sprach er in Reimen, wie wir alle, und diese Reime kamen uns leicht über die Lippen, ohne Stocken, ohne Zwang – wir waren besessen.

Triumphierend hielt Martin die Geldbörse in die Höhe. Stephen machte die Geste des Bezeichnens in Richtung der Börse; eine Gebärde, die mit gänzlich ausgestrecktem Arm vollführt wird. Straw kauerte, von Schuld und Angst erfüllt, im hinteren Teil der Bühnenfläche. Ich selbst schließlich mußte hinter dem Vorhang hervortreten, weil ich dem Publikum eine Moralpredigt über die göttliche Gerechtigkeit halten sollte. Hinter mir, in der Maske der Pietas, kam Tobias und rang jammernd und klagend die Hände. Vor uns lag die Strohpuppe des Thomas Wells auf den nassen Pflastersteinen; seine weiße Maske war den

Zuschauern zugekehrt, und seine Miene war ausdruckslos im Guten wie im Bösen. Plötzlich, ohne daß er es irgendwie angekündigt hätte, senkte Stephen den Arm, machte zwei Schritte auf das Publikum zu und sprach:

»Wer weiß, warum, nach der grausen Tat,
Sie das Geld nicht besser verborgen hat?«

Als wären diese Worte geprobt worden, richtete Straw sich augenblicklich auf, nahm mit einer raschen Bewegung seine Maske ab und setzte ein starr blickendes Gesicht darunter auf:

»Wer kennt die Lösung, der gebe uns Rat,
Was den Mönch dorthin gebracht?«

Pietas, hinter mir, hatte ihr Wehklagen derweil eingestellt. Augenblicke später sprach auch sie. Ich hörte das Beben in ihrer Stimme, und der deutlichere Klang verriet mir, daß auch Tobias seine Maske abgenommen hatte:

»Er sah des Weibs Gesicht vor der Nacht.«

Ohne daß wir uns zuvor abgesprochen hätten – und ohne daß uns so recht deutlich wurde, wie alles überhaupt zustande kam –, standen wir jetzt zu fünft nebeneinander, Aug' in Aug' mit dem Publikum; die Strohpuppe des Jungen lag vor uns. Ich spürte ein unruhiges Zittern in meinem Inneren, kämpfte es nieder und sagte:

»In der Kälte muß das Gesicht man schützen,
Bei Winters Frost wir Kapuzen benützen ...«

Ich sah die Reihen von Gesichtern direkt vor mir
und auch die Gesichter derjenigen, die droben von
der Galerie herunterschauten. Mein Blick war verschwommen, daß alle diese Gesichter miteinander
verschmolzen, und von den Zuschauern drang Gemurmel an mein Ohr. Martin stand in der Mitte unserer Fünferreihe, zwei Mitspieler zu jeder Seite.
Abermals streckte er die Börse empor und hielt sie
mit der gleichen Geste des Triumphs in die Höhe wie
zuvor. Nun aber gab es einen Unterschied, und dieser
Unterschied war schrecklich, denn Martins Darstellung war gotteslästerlich. Er spielte die Szene, als wäre
sie der Höhepunkt der heiligen Messe, und hielt die
schwarze Börse mit gänzlich ausgestreckten Armen
in die Höhe, als wäre sie die Hostie, und über das
Murmeln der Zuschauer hinweg rief er:

»Nur jene suchen, die zu finden hoffen,
Ich wußt', wo sie lag, und ich hab's getroffen ...«

Wir hatten das Stück mit einer Hinrichtungsszene be-
enden wollen, doch nun war uns allen klar, daß wir
bereits jetzt am Ende des Stücks von Thomas Wells
angelangt waren. Wir warteten noch einen Augenblick; dann setzten wir uns alle zugleich in Bewegung,
entschwanden hinter dem Vorhang und blieben dort
still und stumm stehen. Die Gesichter meiner Gefährten waren voller Entsetzen, als hätten sie eine Vi-
sion gehabt oder wären aus einem Alptraum erwacht,

und gewiß sah auch mein Gesicht nicht anders aus. Der Vorhang, der uns verbarg, bot uns einen gewissen Schutz, obgleich er schon arg fadenscheinig war. Niemand kam, uns an Leib und Leben zu bedrohen. Allmählich verebbte der Lärm, als die Leute den Hof verließen. Dennoch blieben wir an Ort und Stelle, ohne uns zu rühren oder ein Wort zu sagen. Dieser Zustand der Lähmung wurde erst von Margaret beendet, die mit dem Geld erschien. Wir hatten zehn Shilling und sechseinhalb Pence eingenommen; keiner konnte sich erinnern, daß eine einzige Vorstellung je so viel eingebracht hätte.

Es war das Geld, das uns zum Weitermachen bewegte; zumindest hatte ich damals den Eindruck. Ich weiß noch, wie wir dastanden und auf die Münzen starrten. Inzwischen ist viel Zeit vergangen, und es ist schwer für mich, heute noch mit Gewißheit zu sagen, ob es am Geld gelegen hat oder ob irgendeine fremde Macht das Geld bloß als Köder benutzte. Hätten an jenem Tag die guten und die bösen Mächte um unsere Seelen gerungen – ich glaube, Avaritia hätte nicht nur beim Kampf um die Seele der Frau, sondern auch beim Kampf um uns den Sieg davongetragen. Doch es war Winter; vor uns lagen noch mehrere Reisetage auf schlechten Straßen, und es war sehr wahrscheinlich, daß wir noch vor Erreichen des Zieles den Hungertod sterben würden. So kann es kaum verwundern, daß das Geld eine Verlockung für uns darstellte. Auf jeden Fall wage ich zu behaupten, daß wir in diesem Punkt nicht anders waren als der Beichtvater des Barons, der Mönch Simon Damian – so lautete sein Name, wie wir später herausfanden –, als dessen Bühnengestalt Martin am sonderbaren Schluß unseres Stückes die Geldbörse in die Höhe gehalten hatte, als wäre sie das heilige Sakrament. Denn weshalb befand der Mönch sich auf der Burg, allzeit bereit, der Familie de Guise zu Diensten zu sein, wenn nicht aus dem Grund, seinem Orden dadurch Güter und Privilegien zu sichern? Höchst unverdient, wie ich hinzufügen möchte; denn die Mönche befolgen nicht mehr ihre Ordensregeln, die ihnen eigenen Besitz untersagen, den Verzicht auf das Fleisch geschlachteter Tiere verlangen und ihnen auferlegen, ständig körperliche Arbeit zu verrichten und sich streng innerhalb der Grenzen der Klosteranlagen aufzuhalten. Statt dessen besitzen die Mönche Pferd und Hund und Waffen, und sie stopfen sich den Wanst mit Fleisch vom Rind und Hammel voll; die Feldarbeit wird von ihren Bediensteten getan, und die Mönche selbst reisen in geschäftlichen Dingen durch die Lande, so wie dieser hier. Es ist ein sonderbarer Gedanke, daß ich, genau wie bei Brendan, niemals das Gesicht des Mönchs zu sehen bekam, solange er lebte ...

Noch immer standen wir dort dicht beieinander, alle sechs. Straw schienen die Augen aus dem Kopf hervorzuquellen, und Springers Gesicht war gerötet und tränenfeucht. Auf Martins Stirn hatten sich trotz der Kälte Schweißperlen gebildet, doch seine Augen glänzten, als er das Geld sah. »Jetzt können wir unsere eigenen Shillinge in des Mönches Börse stecken«, sagte er; noch immer hielt er die Münzen in der Hand. »Nie im Leben habt ihr besser gespielt, Leute.«

Margaret war mit der Sammelbüchse hinauf zur Galerie gegangen und hatte von den Zuschauern, die das Schauspiel von dort oben verfolgten, einen Obolus erbeten. Mehr als drei Shilling waren zusammengekommen. »Der Richter hat zu mir gesprochen«, sagte Margaret, und ihre gewohnte Miene der Gleichgültigkeit zerschmolz beim Gedanken an diese Auszeichnung. Ihr Gesicht sah jünger aus, und sie hob den Kopf und öffnete den Mund weiter als sonst, als sie fortfuhr. »Er hat mir Fragen gestellt«, sagte sie, »und eine ganze Weile mit mir geredet. Er sagte, ich sähe gut aus und würde gewiß meinen Weg machen.«

»Der Mann erkennt eine Hure, wenn er sie sieht«, knurrte Stephen.

Unter der Sonnenbräune vieler Jahre wirkte Tobias' wettergegerbtes Gesicht plötzlich aschfahl, und fest hatte er die Kiefer zusammengepreßt. »Wir haben hier irgend etwas in Gang gesetzt, Brüder«, sagte er. »Laßt uns das Geld nehmen und verschwinden. Ich wußte von Anfang an, daß es eine Dummheit war.«

»Du warst der erste, der sich dafür ausgesprochen hat«, sagte ich, und er funkelte mich zornig an. Wir alle befanden uns in jenem Zustand der Erschöpfung, in dem es gleichermaßen normal erscheint, sich zu streiten oder sich in die Arme zu fallen.

»Warum hat der Gute Rat sich nicht an das Stück gehalten?« fragte Tobias. »Du hast auf derselben Bühne gestanden wie wir anderen. Aber was tust du? Statt an der Aufführung mitzuwirken, schwafelst du irgendwelchen Unsinn über kaltes Wetter und Kapuzen.«

»Ich war es nicht, der geschwafelt hat«, sagte ich. »Stephen hat damit angefangen, als er das Publikum nach dem Geldversteck gefragt hat. Dann hat Straw sofort in die gleiche Kerbe gehauen, ohne daß einem die Zeit geblieben wäre, sich darauf einzustellen.«

Doch die Schelte und die Schuldzuweisungen waren sinnlos. Irgend etwas war in uns gefahren, und wir alle wußten es.

»Welche Fragen hat der Richter dir gestellt?« wollte Martin von Margaret wissen.

»Er hat gefragt, woher wir gekommen sind und wohin wir gehen wollen. Und er wollte wissen, wer den Einfall hatte, den Mord als Schauspiel aufzuführen, und wie wir in so kurzer Zeit so viel darüber in Erfahrung bringen konnten.«

»Und was hast du ihm gesagt?«

»Ich hab' ihm seine Fragen beantwortet. Warum hätte ich's nicht tun sollen? Ich habe ihm gesagt, es wäre deine Idee gewesen, und da wollte er deinen Namen wissen, und ich hab' ihn genannt. Was ist so schlimm daran?«

Martin lächelte. »Es ist überhaupt nichts schlimm daran«, sagte er. »Du hast gut daran getan, mit der Sammelbüchse hinauf zur Galerie zu gehen.«

»Und wir alle würden gut daran tun, aus dieser Stadt zu verschwinden, solange wir's noch können«, sagte Springer.

Martins Lächeln blieb. »Aus dieser Stadt verschwinden?« entgegnete er. »Aber wir haben doch versprochen, das Stück noch einmal aufzuführen.«

Wir blickten ihn an, wie er lächelnd dort stand in dem rötlichen Licht, das durch die Vorhänge fiel, die leere Börse in der einen Hand, die Sammelbüchse mit dem Geld in der anderen. Auf keinem der Gesichter um mich herum konnte ich einen erkennbaren Aus-

druck feststellen. Heute glaube ich, es lag daran, daß
uns nichts mehr überraschen konnte.

»Das Stück noch einmal aufführen?« sagte Stephen.
»Was soll das heißen: wir haben's versprochen?
Meinst du, als wir es ausgerufen haben? Wenn man
ein Schauspiel ausruft, ist das noch längst kein Versprechen.«

»Wir haben über zehn Shilling eingenommen«,
sagte Martin. »Heute abend werden wir noch mehr
Geld verdienen.«

»Aber wir haben genug Geld«, sagte ich. »Wir haben jetzt schon genug, um nach Durham zu kommen.
Mehr als genug.«

»Wir könnten wieder so viel einnehmen«, sagte
Stephen und machte das Zeichen für ›Geld‹, indem er
die Faust ganz schnell öffnete und wieder schloß. Daß
gerade Stephen sich so rasch dafür aussprach, noch
zu bleiben, war nicht weiter verwunderlich; jedenfalls
will es mir heute so erscheinen. Stephens Vorstel-
lungskraft war so schwach, wie sein Körper stark war,
und sein Gespür für kommende Dinge war wenig
ausgeprägt.

»Wieder so viel, sagst du? Das Doppelte werden wir
einnehmen!« sagte Martin. »Der Ruhm unseres
Stücks wird sich verbreiten. Und im Dunkeln, mit
den Fackeln, die an den Wänden stecken …«

»Bei allen Heiligen, das gäbe ein prächtiges Spektakel«, sagte Straw. Schauspieler sind sonderbare Wesen.
Obwohl immer noch blaß und zittrig, klatschte Straw
bei diesem Gedanken in die Hände, dem Gedanken,
selbst an dieser Aufführung mitzuwirken. Straw blickte nie sonderlich weit über die eigene Rolle hinaus.

»Wir werden feines Leder kaufen, und Tobias wird unsere Schuhe so gut flicken, daß wir beim Gehen trockene Füße behalten«, sagte Martin. »Margaret bekommt Stoff für ein neues Kleid. Zum Schutz gegen das Wetter werden wir uns dick gefütterte Mäntel zulegen; jeder bekommt seinen eigenen. Die ganze Weihnachtszeit gibt's Fleisch und Bier. Und du, Springer, bekommst Wildpastete.«

Der arme Springer, dessen Gesicht noch feucht von Tränen schimmerte, lächelte selig, als er diese Worte vernahm. So hatte Martin uns wieder einmal auf seine Seite gezogen. Doch ging es dabei um mehr als nur um Geld, und ich glaube, im Herzen wußten wir alle es schon.

»Das Stück ist jetzt nicht mehr dasselbe wie zuvor«, sagte Straw. »Und auch wir sind nicht mehr dieselben. Die Rollen haben sich geändert.«

»Der Mönch konnte das Gesicht der Frau gar nicht gesehen haben«, sagte Tobias mit plötzlicher Lautstärke. »Das Ziegenhüten ist eine Arbeit, bei der einem rasch kalt wird; da hatte Nicholas recht. Die Frau hätte einen Schal oder eine Kapuze getragen.« Und er lächelte mich an und nickte, und wir waren wieder Freunde.

»Vielleicht hat der Mönch die Frau an ihrem Kleid erkannt«, sagte Springer.

»Das würde bedeuten, daß er sie zuvor schon gut kannte«, entgegnete Martin. »Wie gut kennt er sie, die Tochter eines armen Webers?«

»Und wie gut kennt sie ihn?« meinte Stephen.

»Ist das der Grund dafür, daß sie die Straße herunterkam?« sagte Springer. »Um den Mönch zu treffen und nicht den Jungen?«

»Ein Stück weiter weg, auf der anderen Straßenseite, wird der Wald dichter«, sagte Stephen. »Ich bin
dort gewesen und hab's mir angeschaut. Es wäre ein
guter Treffpunkt.«

Ich habe es schon einmal gesagt: Wir waren besessen. Zwar sahen wir die sich nähernde Gefahr doch
konnten wir einfach nicht von diesem Spiel der Ver-
mutungen ablassen oder auch nur dabei innehalten.
Auch ich spielte meine Rolle und sprach meinen
gleichsam vorgeschriebenen Text. »Der Mönch ist allein geritten«, sagte ich. »Niemand war bei ihm.«

»Aber wenn die Frau die Straße herunterkam, um
den Mönch zu treffen«, sagte Straw, »wo war dann
der Junge? Wo war Thomas Wells? Hat er die beiden
zusammen gesehen?«

»Wir müssen mehr in Erfahrung bringen«, sagte
Martin. »Dann könnten wir ein Stück machen, über
das man in dieser Stadt ewig sprechen wird.«

Sein Gesicht war bleich, die helle Haut fast durch-
scheinend, und der Mund mit der vollen Unterlippe
war zusammengepreßt, wie immer, wenn er aufgeregt
oder in Hochstimmung war. Nun widersprach ihm
niemand mehr. Wir alle standen in dem engen Kreis
beisammen wie Verschwörer, die einen geheimen Eid
ablegten. Dann schauderte Straw und schlug die
Arme um den Leib, als sei ihm kalt. »Es ist verrückt«,
sagte er, und ich sah, wie Springer Straws Hand nahm.

»Wir müssen mehr in Erfahrung bringen«, wiederholte Martin. »Wir müssen noch einmal hinaus in die
Stadt.« Er blickte Margaret an. »Kannst du den Mann
wiederfinden, diesen Flint, der den toten Jungen entdeckt hat?«

»Ich kann nach ihm fragen«, sagte sie. »Wo sein Haus ist, weiß ich.« Sie schwieg einen Augenblick; dann fuhr sie fort: »Er hat sich unsere Vorstellung angeschaut. Am Eingangstor hat er seinen Penny bezahlt.«

»Kannst du noch mal mit ihm tun, was du schon mal getan hast, und ihm als Gegenleistung eine Frage stellen?«

»Und wie soll diese Frage lauten?«

»Frag ihn, ob der Körper des Jungen gefroren war, als er ihn gefunden hat.«

»Gefroren?«

»Ja, ja«, sagte Martin mit plötzlicher Ungeduld. »Frag ihn, ob die Kleidung des Jungen weiß war von Reif und ob der Frost nur leicht gewesen oder ob der Stoff steif gefroren war. Die Leiche des Jungen wurde am frühen Morgen gefunden, kurz nach Anbruch der Dämmerung. An jedem der letzten Tage war der Boden hart gefroren. Erinnerst du dich, wie wir darüber gesprochen haben, was wir mit Brendan anstellen sollen? Wir mußten ihn hierherbringen, weil wir ihn in dem hart gefrorenen Boden ohne Hacke und Spaten nicht begraben konnten.«

»Der Grund, weshalb wir Brendan hierhergebracht haben, war, weil du wolltest, daß er ein kirchliches Begräbnis bekommt.« Stephen war ziemlich nachtragend und hatte nur auf eine Gelegenheit gewartet, sich dieser Sache wegen ein wenig Luft zu machen. »Dann mußten wir den Priester bezahlen«, sagte er. »Und dann mußten wir uns dieses Stück ausdenken, um das Geld für den Pfaffen wieder hereinzubekommen.«

»Und ist uns das nicht gelungen? Es mag ja stimmen, was du sagst, Bruder, aber das ändert nichts daran, daß an jedem der letzten Tage strenger Morgen-
frost herrschte. Hätte der Junge die ganze Nacht am
Straßenrand gelegen, die Dunkelheit als einzigen
Schutz, dann wäre Eis in seinen Augenwinkeln gewesen, und der Frost hätte die Falten seiner Kleidung
steifgefroren. War das nicht der Fall, muß er zur Straße
geschleppt worden sein, oder er hat dort erst am
frühen Morgen den Tod gefunden, nicht allzulange,
bevor Flint ihn entdeckte.«

»Früh am Morgen? Aber wer sollte um diese Zeit
auf der Straße gewesen sein?«

»Sein Mörder«, sagte Martin. In dem Schweigen,
das seinen Worten folgte, drehte er den Kopf und betrachtete unsere Gesichter. »Wir werden uns aufma-
chen und zusehen, daß wir mehr darüber herausfinden«, sagte er. »Das Schauspiel, das wir aufgeführt
haben, war das falsche Stück von Thomas Wells.
Heute abend werden wir das wahre Stück aufführen.
Und so werden wir es auch für die Leute ausrufen.
Und morgen, wenn wir in Richtung Durham weiter-
ziehen, wird jeder von uns Geld genug für einen Monat haben.«

Geld genug für einen Monat! Für arme Schauspieler ist das Geld genug für immer. Mitunter stellt sich
bei mir die Erinnerung an jenes Bild wieder ein: Martins Triumph, als er mit beiden Händen die Geldbörse
in die Höhe hielt, mit genau der Geste eines Priesters,
der die heilige Messe feiert. Inwieweit glaubte er
selbst daran, was er uns erzählte? Er redete von wahr
und falsch, doch er benutzte diese Begriffe nicht in

170

ihrer üblichen Bedeutung. Er wollte ein Stück mit
nachhaltigen Szenen, eines, das die Leute verstörte,
aufrüttelte, so daß sie am Ende anders waren als zuvor. Macht dies ein wahres Schauspiel aus? Und er
wollte Geld. Er zog uns auf seine Seite; aber uns für
sich zu gewinnen war seine Rolle. Der Text, den er
sprach, wurde ihm vorgegeben, wie auch uns anderen. Irgendeine Faszination der Macht brachte uns
dazu, uns gleichsam selbst in dieses Stück von Thomas Wells einzusperren.

Kapitel zehn

uf getrennten Wegen gingen wir wieder hinaus in die Stadt. Keiner sagte den anderen, was er vorhatte. Ich begab mich zum Marktplatz, der vom Lärm der Hühner und Gänse und dem Geschrei fahrender Kesselflikker widerhallte, die ihre Waren anpriesen. Der Schnee zwischen den Ständen war zertrampelt und zerwühlt, und es waren gelbe Pinkelflecken darin und Stücke von Grünkohl und Möhren und ausgerupfte Federn. Der Himmel war klar und blaß; lockere Wolkenbäusche, die wie geschorene Schafwolle aussahen, trieben darüber hinweg. Ein Mann auf Stelzen stakste durch die Menschenmenge und rief, daß es im Badehaus der Stadt schönes, heißes Wasser gebe. Ein zerlumpter Kerl kniete im Schnee und jonglierte mit drei Messern.

Ich sah den Bettler, der zu uns ans Feuer gekommen war und von verschwundenen Kindern gesprochen hatte. Ein Ei war von einem Stand heruntergefallen und am Boden zerbrochen, dort, wo der Schnee festgetreten war. Das Eigelb war über die Schneefläche verlaufen, und ein ausgemergelter Hund sah es zur gleichen Zeit wie der Bettler, und beide stürzten sich darauf, und der Bettler trat den Hund, der zwar jaulte und zurückwich, jedoch nicht das Weite suchte; denn der Hunger verlieh ihm Mut. Der Bettler bildete mit den Händen eine Kelle, schaufelte das Ei aus dem Schnee und steckte es sich in den Mund; dann aß er alles zusammen: das Ei, die zerbrochene Eierschale und den Schnee. Er sah, daß ich ihn beobachtete, und lächelte das gleiche Lächeln wie damals, wobei die Feuchtigkeit des Eies und des Schnees in seinem unschuldigen Gesicht glänzte. Ich mußte daran denken, daß er ziemlich viele Namen genannt hatte, als wären sie so etwas wie Lektionen, die er in der Schlichtheit seines Verstandes gelernt hatte. Ich trat zu ihm und fragte ihn, wie der Vater der Frau hieße. Er antwortete sofort, immer noch lächelnd: »Sein Name ist John Lambert, guter Herr. Der Vater von der Frau, die aufgehängt werden soll, heißt John Lambert.«

Ich gab ihm einen Penny, und er wandte sich ab, wobei er die Münze fest in der linken Hand verschloß und ganz kurz die rechte hob, die er sich dann mit der gleichen Geste, die er schon damals vollführt hatte, vors Gesicht hielt, so als blende ihn ein helles Licht. »Könnt' man die Frau zum Reden bringen, würd' sie sagen, wo die anderen sind«, sagte er. Dann ging er mit schlurfenden Schritten fort, und ich verlor ihn in der Menge aus den Augen.

Sie wohnt am Rand des Gemeindegrundes ... Irgendeiner aus unserer Truppe hatte diese Worte gestern gesagt, als wir uns unterhalten hatten. *Ihr Vater ist Weber ...* Wahrscheinlich, überlegte ich, war er an diesem Markttag nicht zu Hause; aber ganz ausschließen konnte ich die Möglichkeit nicht, ihn daheim anzutreffen, und ich hatte ohnehin keinen besseren

Einfall. Allerdings war ein Besuch sinnlos, wenn ich mich dem Mann als Priester oder als Schauspieler zu erkennen gab. Dann aber kam mir der Gedanke, daß ich mich als ein Schreiber des Richters ausgeben konnte. Rein zufällig hatte ich mir beim Verlassen des Schuppens den schwarzen Umhang der Avaritia genommen und ihn mir umgelegt; denn er war das einzige Kleidungsstück gewesen, das übriggeblieben war und ein wenig Schutz gegen die Kälte bot. Außerdem trug ich den runden schwarzen Hut, den ich immer aufsetzte, wenn ich mich im Freien aufhielt, um meinen geschorenen Schädel zu verbergen.

Ich verließ den Marktplatz, gelangte zu der Straße, die aus der Stadt hinausführte, und kam an der Wegkreuzung vorüber, an der uns am Abend zuvor die Berittenen den Weg versperrt hatten und wo ich den Richter mit seinem Gefolge hatte vorbeireiten sehen. Von hier aus führte ein Pfad in die Höhe, der um den Gemeindegrund herum verlief. Die Felder waren von einer geschlossenen Schneeschicht bedeckt. An den Hängen funkelten die Kristalle, während ich höherstieg. Die Rinde der Buchen, welche die Erhöhungen am Rand des Gemeindelandes säumten, wirkten im reinen Weiß des Schnees wie angedunkeltes Silber, und die Schafe sahen vor diesem Hintergrund schmutzig aus.

Ich kann mich gut an diesen Fußmarsch erinnern. Ich war wieder frei, war wieder auf Schusters Rappen unterwegs, ohne diesen Alptraum vom Tod des Jungen als Begleiter. Mit raschen Schritten stieg ich die Hänge hinauf, und ich spürte die Jugend meines Blutes. Wie auch die anderen, bevor wir allesamt aufge-

brochen waren, hatte ich mir Stücke aus Zeltlein-
wand um die Schuhe gebunden und mir die Beine unterhalb der Knie mit Tuch umwickelt, und bisher waren meine Füße halbwegs trocken geblieben. Ich sah
die Fährte eines schnürenden Fuchses, die ins Ge-
büsch führte.

Ich begegnete einem Mann, der ein Bündel getrock-
neter Stechginsterzweige auf dem Rücken trug – Holz
zum Anmachen des Feuers, das er tief im Wald aus
den Sträuchern herausgeharkt hatte, wo es sich trok-
ken hielt. Ich erkundigte mich bei ihm, ob er das
Haus von John Lambert kenne. Mir schien, daß der
Mann mich mit seltsamen Blicken musterte, und ich
fragte mich, ob er sich von der Aufführung her an
mein Gesicht erinnerte. Doch mein Umhang war sehr
weit, weil die Gestalt der Avaritia es so erforderte;
normalerweise hätten zwei Personen von meiner Statur hineingepaßt. Außerdem war der Umhang von
altmodischem Zuschnitt. Und überhaupt wirkt der
Blick des Menschen stets sonderbar. Der Mann zeigte
den Hang hinauf, auf eine Hütte, aus Steinen erbaut,
die von einem Holzzaun umgeben war. Es war eine
Behausung mit einem Stall für das Vieh und einem
Wohnhaus, die Seite an Seite standen, wobei der Eingang sich in der Mitte befand. Durch ein Loch im
strohgedeckten Dach stieg dünner Rauch in den Himmel. Ich ging über den Hof, und Gänse senkten die
Köpfe, als sie mich erblickten, und ließen ein wildes
Geschnatter ertönen. Ich rief laut und wartete dann
auf den Schieferplatten vor der Türschwelle. Der
Schnee war weggefegt worden, und auf einer der Plat-
ten war eine dünne, getrocknete Haut von Blut, wo

ein Schwein geschlachtet worden war. Nach einigen Augenblicken des Wartens hörte ich, wie der hölzerne Riegel zur Seite gezogen wurde, und dann stand ein hochgewachsener Mann mit hagerem Gesicht auf der Türschwelle und musterte mich ohne Freundlichkeit.

»Was gibt's?« fragte er. »Was wollt Ihr von mir?« Seine Stimme war kräftig und ein wenig rauh, wie von allzu häufigem Gebrauch.

»Mich schickt der Richter des Königs, der in die Stadt gekommen ist«, sagte ich. »Er möchte sich von der Schuld Eurer Tochter überzeugen. Man hat mich zu Euch gesandt, daß ich mich näher mit der Angelegenheit befasse und darüber Bericht erstatte.«

Sein Blick schweifte langsam über mich hinweg, über den Hut, den Umhang und die Lappen, die um meine Füße und Beine gewickelt waren. Der Mann besaß fahle, beinahe farblose Augen, die wie gebleicht aussahen und tief in den Höhlen lagen. »Vom Richter des Königs kommt Ihr?« sagte er. »Nun denn, tretet ein.«

Im Inneren des Hauses war es fast so kalt wie draußen. Ein kleines Feuer aus Holzspänen brannte in einem gemauerten Herd in der Mitte des Zimmers, und der Rauch davon hing in der Luft. Der Webstuhl des Mannes stand nahe bei dem einzigen Fenster, und seine schmale Schlafpritsche war dicht an eine Wand gerückt. Dahinter befand sich eine Tür, die vermutlich in das Zimmer führte, in dem die Frau geschlafen hatte.

Der Weber stand da und sah mich an. Im Zimmer gab es einen Stuhl mit hoher Rückenlehne, aber der

Mann forderte mich nicht auf, Platz zu nehmen. Er war groß und breit, doch sein Körper wirkte ausgezehrt, was entweder auf eine Krankheit oder auf Unterernährung zurückzuführen war. Er hob die Hände und krümmte die Finger, die vor Kälte dunkelrot waren. Es waren dicke, kräftige Finger – kräftig genug, einen Jungen oder einen Mann zu erwürgen. Auf irgendeine Weise füllte er das Zimmer aus, so daß ich das Gefühl hatte, nicht genug Platz zu haben. Ich zog mir den Umhang straffer um die Schultern, damit der Mann nicht Brendans zerlumptes Wams darunter sah. »Mein Herr schickt mich«, sagte ich, »um Erkundigungen einzuziehen, wie es an jenem Morgen gewesen ist, als der Hofkaplan des edlen Herrn de Guise hierher zu Eurem Haus kam und das gestohlene Geld fand. Nun stellt sich die Frage, warum ...«

»Der Mönch hat hier kein Geld gefunden«, sagte er mit bedächtiger, wenngleich ein wenig rauher Stimme. Es war eine Stimme, die das Reden gewöhnt war. Ohne den Blick von mir zu nehmen, wies er mit einer umfassenden Geste durch das schmucklose Zimmer. »Schaut Euch nur um, mein lieber junger Mann, den der Richter geschickt hat. Hättet Ihr Geld gestohlen und dafür sogar einen Menschen getötet – würdet Ihr es dann in Eurem eigenen Haus verstecken, wenn es ringsum überall Felder und Wälder gibt?«

»Aber die Geldbörse hätte sich auch hier gut verstecken lassen«, sagte ich. »Und weil sie Verdacht geschöpft hatten, sind sie hergekommen, um eine Durchsuchung vorzunehmen.«

»Sie sind hergekommen, um etwas zu finden«, sagte er. »Wie heißt Euer Herr, dieser Richter?«

Auf eine solche Frage war ich, der keinerlei Übung in solchen Dingen besaß, nicht gefaßt. »Stanton«, sagte ich – es war der erstbeste Name, der mir einfiel. »Sein Name ist William Stanton.« Die Pause war zu lang gewesen, doch der Mann ließ sich nicht anmerken, ob es ihm aufgefallen war. Er musterte mich genauso wie zuvor. Nur lag jetzt eine seltsame Distanz in seinem Blick – wie bei einem, der ein dahintreibendes Blatt betrachtet oder eine ungewöhnlich geformte Wolke am Himmel. Das beunruhigte mich, und ich machte einen Schnitzer. »Wo genau wurde das Geld gefunden?« fragte ich den Mann.

Er schwieg einen Augenblick; dann sagte er mit ruhiger Stimme: »Das alles ist dem Sheriff des Lords bereits mitgeteilt worden – von diesem teuflischen Abschaum von Benediktiner. Der Richter kann ja die Niederschriften einsehen, wenn er's möchte. Es ist nicht nötig, daß ein Mann durch den Schnee hierherkommt, um mir eine solche Frage zu stellen. Ihr scheint Euch des Namens Eures Herrn nicht sicher zu sein. Könnt Ihr mir den Namen des Mönchs nennen?«

Ich wußte keine Antwort darauf, schaute ihn nur stumm an.

»Simon Damian ist sein Name, und Gott wird ihn kennen am Jüngsten Tage«, sagte er. »Ihr seid nicht vom Richter geschickt, Bruder, hab' ich recht?«

»Ja«, sagte ich, »Ihr habt recht.«

»Gott enthüllt mir alle Lügen, weil er die Wahrheit selbst ist und in meinem Inneren wohnt«, sagte er in unverändertem Tonfall. »Die Kinder des Geistes haben Teil an Gottes Natur. Ich wußte von Anfang an, daß Ihr nicht seid, was Ihr zu sein vorgebt. Hätte ich's für die Wahrheit gehalten, wären meine Lippen verschlossen geblieben.«

Ich setzte zu einer Erwiderung an, doch der Mann fiel mir ins Wort. »Zu jemandem, der von einem Richter kommt, würd' ich kein Wort sagen«, erklärte er. »Die Richter sind wie die Priester, ein Höllengezücht, mordgierige Wölfe, die Schafe reißen und sich am Blut der Armen laben. Doch die Zeit wird kommen, da die Menschen sich ändern. Ich sage den Leuten, seid guten Mutes, handelt so, wie's der kluge Säemann getan hat, der den Weizen in seine Scheuer sammelte, das Unkraut aber aus dem Boden riß und verbrannte.« Er schaute mich an, und in seinen blassen Augen war ein Leuchten. »Wir kennen dieses Unkraut«, sagte er. »Soll es sich bloß in acht nehmen. Soll es sich bloß hüten. Denn die Zeit der Ernte ist nahe.«

Ich war versucht, ihm zu offenbaren, daß ich ein Mann der Kirche war und deshalb besser wisse als er, wo der Herrgott seine Wohnstatt hat. Doch hätte ich's getan, hätte er mich hinausgeworfen. Dennoch war ich nicht bereit, eine solche Ketzerei stillschweigend hinzunehmen. Und indem ich diesem Mann widersprach, würde ich mir in dem Zimmer gleichsam mehr Raum verschaffen; so jedenfalls schien es mir. Denn der Weber besaß, was der Schauspieler als starke Präsenz bezeichnet, und er nahm mir irgendwie die Luft.

»Es ist nicht an uns, darüber zu richten, wer dem Feuer übergeben werden soll«, sagte ich. »Gott ist der Richter, und er wohnt an einem anderen Ort. Bruder, Ihr habt mich nicht durchschaut, weil Gott in Euch

180

wohnt, sondern weil ich nicht gut genug gelogen habe. Wäre ich ein besserer Lügner gewesen, hättet Ihr mir geglaubt.« Auf diese Weise stellte ich meine Falschheit in den Dienst Gottes und bekräftigte die vollkommene Absolutheit des Allmächtigen. Erst später wurde mir klar, daß ich besser daran getan hätte, Schweigen zu bewahren und meine Lügen zu bereuen. »Seit der Vertreibung aus dem Paradies ist das Wesen des Menschen verderbt«, sagte ich. »Der Mensch mag erlöst werden, doch nirgends in seinem Inneren ist der Herrgott zu finden. Allein die heilige Kirche bringt uns Erlösung; einen anderen Weg gibt es nicht. *Extra ecclesiam nulla salus.*«

»Ihr sprecht wie dieser Diener des Antichristen, der hierherkam, meine Tochter mitnahm und mich mit meinen Ziegen und Gänsen allein ließ, so daß ich mich nun ebenso um sie kümmern muß wie um meinen Webstuhl«, sagte er. »Hat der Gehörnte Euch geschickt? Seid auch Ihr einer aus der Heerschar des Antichristen? Ihr tragt geliehene Kleider, und das ist ein Zeichen dafür.« Er spuckte zur Seite und bekreuzigte sich. »Wer immer Ihr seid«, sagte er, »und wer immer Euch geschickt hat, ich sag' Euch noch einmal, daß hier kein Geld gefunden wurde. Sie hassen mich, weil ich durch die Lande ziehe, Zeugnis ablege und meine Stimme gegen die Reichen und die Priester erhebe. Sie wissen, daß ihre Tage gezählt sind ... Sie möchten mich vor den Richter zerren, doch sie fürchten sich davor, daß das Volk sich erheben wird, wenn sie's ohne triftigen Grund tun. Es braucht jetzt nicht mehr als einen Funken, um das Feuer zu entfachen. Ich bin einer der Vorboten. So wie das Unkraut aus-

gerissen und in den Flammen verbrannt wird, so wird
es am Ende der Welt sein, und die Verderbten werden
bis in alle Ewigkeit in der Hölle wehklagen.«

»Aber man hat nicht Euch mitgenommen, sondern
Eure Tochter«, sagte ich. »Über sie wurde das Todes-
urteil gefällt.«

»Mich mitnehmen? Wie hätten sie mich denn mitnehmen können?«

Für einen Augenblick dachte ich, daß er sich auf des
Herrgotts besonderen Schutz berufen wollte. Ich setzte
zu einer Erwiderung an, doch er hob die Hand, um
mich daran zu hindern – die Geste des Redners, der einer Unterbrechung zuvorkommen will: der Arm im
Ellbogen gebeugt, wobei die Hand in einem leichten
Winkel mit der Innenfläche nach außen gekehrt wird.
Ich beschloß, mir diese Geste einzuprägen. »Ihr wißt
nichts von alledem«, sagte er. »Ihr seid hier ein Fremdling. Warum kommt Ihr und stellt mir Fragen?«

Da erzählte ich ihm, daß ich Schauspieler sei und
daß meine Truppe das »Wahre Stück von Thomas
Wells« aufführen wolle und daß wir herauszufinden
versuchten, was wirklich geschehen sei, um es den
Leuten zu zeigen.

»Ihr würdet es in einem Schauspiel aufführen?«
fragte er. »Ihr würdet ein Stück machen über etwas,
das sich wirklich zugetragen hat?«

»Wir könnten zeigen, was die Wahrheit ist, indem
wir ein Stück daraus machen«, sagte ich.

In seinem Gesicht stand zu lesen, daß er dieses Vorhaben für verdammenswert hielt, was ich gut verstehen konnte, weil ich in gewisser Weise genauso
dachte. Er schwieg für längere Zeit, saß mit gesenk-

182

tem Kopf da und starrte düster vor sich hin. »Und diesen Teufelsgehilfen, diesen Mönch namens Simon Damian ... auch ihn würdet ihr zeigen? Einer von euch würde ihn vor dem Publikum darstellen?«

»Gewiß.«

»Schauspieler sind eine Brut des Satans«, sagte er mit grüblerischer Stimme.

»Wir werden ein wahres Stück daraus machen«, sagte ich, »soweit wir die Wahrheit herausfinden können.«

»Also gut«, sagte er, »es braucht einen Dieb, um einen Dieb zu fangen. Ich will es Euch erzählen. Sie sind meintewegen gekommen. Sie sind gekommen, um in meinem Haus das Geld zu finden, aber ich war nicht da.«

»Und wo wart Ihr?«

»Ich war im Haus von Freunden, in einem Weiler namens Thorpe, drei Stunden Fußmarsch von hier. Ich bin über Nacht geblieben. Es waren Brüder des Geistes dort, die von weither gekommen waren – aus Chester. Wir blieben gemeinsam in dem Haus; wir haben gebetet und Zeugnis abgelegt. Viele Leute können das beeiden. Ich habe es auch dem Sheriff des Lords gesagt, doch hat's meiner Tochter nicht geholfen. Der Mönch hat abgestritten, daß er wegen mir gekommen war.«

»Also war nur Eure Tochter im Haus, als der Mönch hierherkam?«

»Ja, nur meine Tochter.«

»Und das wußte er nicht?«

»Wie hätte er's denn wissen sollen? Wenn er es gewußt hätte, wäre er gar nicht erst gekommen.«

»Aber das führt uns im Kreis herum«, sagte ich, denn mein Sinn für Logik war verletzt.

»Hört zu, Ihr Spielmeister oder Teufelsbote oder was immer Ihr seid. Seit Jahren sind sie nun schon hinter mir her, weil ich die Stimme gegen die Mönche und Klosterbrüder erhebe, vor allem gegen die Benediktiner, die faulsten und verderbtesten von allen. Dieser Simon Damian ist ein Sendling der Hölle. Er dient dem Baron und hilft ihm, vom Erlös für unserer Hände Arbeit ein Leben in Saus und Braus zu führen. Wir hungern, während die hohen Herren schwelgen; wir stöhnen, während sie singen. Doch wird es an ihnen sein zu stöhnen, wenn erst der Tag kommt ...«

»Was wird mit ihnen geschehen?« fragte ich.

»Sie werden brennen«, sagte er und starrte vor sich hin, als würden die Flammen bereits lodern. »Sie werden allesamt ins Feuer kommen mit ihren Hunden und Pferden und Huren, die sie von unseren Erträgen kleiden und beköstigen. Und auch die Juden, die Christus gekreuzigt haben und davon leben, daß sie Geld brüten, werden ins Feuer geworfen. Und außerdem werden die Kleidermacher und Tuchhändler in die Flammen kommen, diese Halunken, die untereinander die Preise absprechen und den Webern die Früchte ihrer Arbeit vorenthalten. Warum sollte der Mönch nur des Mädchens wegen kommen, wo sie doch behindert ist? Was sollte er davon haben?«

»Behindert?«

»Ich muß jetzt arbeiten«, sagte er mit bitterer Stimme und zeigte auf den Webstuhl.

»Als der Mönch das Geld fand, glaubte er da immer noch, Ihr wärt irgendwo im Haus oder in der Nähe?«

»Hätte er's nicht geglaubt, hätte er das Geld niemals gefunden.« Wieder spürte ich, wie mein Verstand sich schmerzhaft an der Logik des Webers stieß, die fest wie ein Fels war. Wie auf einer Kreisbahn lief alles stets wieder zu ihm zurück. Er wußte um alle Pläne – um die des Mönchs, ihn wegen Mordes zu verurteilen, und um die Gottes, die Reichen zu bestrafen.

»Doch inzwischen war es zu spät«, sagte er. »Als sie das Geld erst entdeckt hatten, mußten sie ja irgend jemanden mitnehmen.«

»Ist Eure Tochter auch ein Kind des Geistes?«

»Sie kann nicht Zeugnis ablegen«, sagte er. »Manchmal hat sie mich zu den Versammlungen der Bruderschaft begleitet.«

Ich wandte mich zum Gehen. »Wie heißt sie eigentlich?« fragte ich.

»Sie heißt Jane.« Als er den Namen sagte, nahm sein Gesicht einen weicheren Ausdruck an. »So hieß auch ihre Mutter«, fügte er hinzu. »Meine Frau und ein Sohn von mir starben an der Pest; mein älterer Sohn ließ zwei Jahre später sein Leben. In dem Jahr herrschte eine Hungersnot, an der wir fast alle zugrunde gingen. Hier sind mehr Menschen Hungers gestorben als an Krankheiten.« Er sprach jetzt schneller, und seine Lider hoben sich, als er mich anstarrte. »Ich verfluche ihn, der mir die Tochter nahm, so daß ich jetzt allein bin«, sagte er. »Möge er in Blut sterben. Ich verfluche all jene, welche das Volk Gottes ausplündern und im Wohlleben schwelgen und die uns nach Ellen bezahlen, anstatt uns zu erlauben, unser eigenes Tuch zu verkaufen. Der Jüngste Tag ist nicht mehr fern; bald ist die Zeit gekommen ...«

An der Tür blickte ich zurück. Er hatte sich nicht bewegt. Ich begegnete seinem Blick, und mir schien, daß Tränen in seinen Augen schimmerten. Doch seine Stimme klang unverändert, geübt und rauh vom vielen Reden. »Sie kann nicht Zeugnis ablegen«, sagte er. »Aber ich kenne sie. Nicht mal eine Maus würde sie töten oder eine Wespe, die sie gestochen hat, ganz zu schweigen von einem Menschenkind.«

Kapitel elf

Ich ging durch den Schnee zurück und dachte über den Weber und seine Worte nach. Wind kam auf und peitschte den lockeren Schnee zu Wehen zusammen. Ich wollte wieder zurück zum Wirtshaus und nahm den Weg über den Markt, weil es der kürzeste war. Die Glocken läuteten, und einige der fahrenden Händler waren bereits dabei, ihre Stände abzubauen. Es war zwar noch nicht dunkel, doch das Licht schwand rasch, und die Luft wurde kälter. Ich sah Martin unterhalb der Plattform stehen, auf der ein Mann Heiltränke verkaufte. Er bemerkte mich erst, als ich unmittelbar neben ihm stand, so aufmerksam hörte er dem Marktschreier zu. »Von diesem Burschen könnten wir einiges lernen. Achte mal darauf, wie er spricht und sich bewegt und seine Pausen bemißt. Er hat die Leute in seinen Bann gezogen. Er macht ihnen weis, sie könnten sich für zwei Pence das ewige Leben kaufen.«

In seiner Stimme lag eine gewisse Erregung – mehr, als dem Thema angemessen war. »Da wir uns nun schon getroffen haben«, sagte er, »kannst du gleich mit mir gehen.«

»Mit dir gehen? Wohin denn?«

»Wir werden die Frau besuchen«, sagte er. »Wir

gehen zum Gefängnis, Nicholas. Komm, wir können uns sofort auf den Weg machen. Die Glocken haben zu läuten angefangen.«

Und während wir über den Markt zurückgingen, setzte er mich ins Bild. Im Gefängnis gab es einen Aufseher und zwei Wärter. Mit dem Wärter, der jetzt an der Reihe war, seinen Dienst zu tun, hatte Martin gesprochen, und der Mann war bereit, für einen Shilling eine Person einzulassen und ihr zu erlauben, die Zelle der Frau zu betreten und mit ihr zu sprechen, unter seiner Aufsicht. Und er werde niemandem etwas davon erzählen.

»Auf diese letzte Zusage können wir uns verlassen«, sagte Martin. »Es würde ihn mehr als die Stellung kosten, wenn er den Mund aufmacht.«

»Ein Shilling?« fragte ich. Das war der Wochenlohn eines Gefängniswärters. »Aus der Gemeinschaftskasse?«

»Ja, ja, ein Shilling«, sagte Martin mit plötzlicher, zorniger Ungeduld. »Jetzt ist nicht die Zeit, um Pennies zu feilschen. Was soll ich denn tun? Dich losschicken, um alle zusammenzutrommeln und eine Abstimmung zu halten?«

Am Rand des Marktplatzes blieb er stehen und wandte sich mir zu. »Waren wir uns denn nicht einig?« sagte er. »Wir alle haben beisammen gesessen, und jeder konnte in Ruhe seine Meinung sagen. Waren wir nicht übereingekommen, alle an einem Strang zu ziehen und mit ganzem Herzen daran zu arbeiten, aus dem Tod des Jungen das wahre Schauspiel zu machen?«

Ich nickte, doch er hatte unrecht: So etwas wie eine Übereinkunft hatte es zwischen uns nicht gegeben.

Gewiß, wir alle waren einer Meinung gewesen. Wir hatten uns auf diese Geschichte eingelassen – so, als hätten wir einen ummauerten Ort betreten und könnten nun die Tür nicht wiederfinden, die uns hinausführt.

»Der Shilling ist gut angelegtes Geld«, sagte Martin. »Wir werden die Schilderung des Mädchens dafür bekommen.«

Zur Straße hin war die Gefängnismauer kahl. Eine schmale Gasse lief an dieser Mauer entlang, und es gab Stufen, die hinauf zu einer dicken Tür führten. Über dem Türsturz befand sich ein in Stein gemeißeltes Wappen: ein liegender Leopard und darüber versetzt drei Tauben. Wir betätigten den eisernen Türklopfer und warteten, und einige Augenblicke später schaute uns durch das kleine Gitter, das in der Mitte der Tür angebracht war, das mürrische Gesicht des Wärters entgegen. Als er Martin sah, lächelte er und öffnete uns die Tür.

Wir schritten einen Gang entlang und überquerten einen ummauerten Innenhof mit leeren Ställen auf der einen Seite und einer Sonnenuhr in der Mitte. Dann folgten weitere Gänge, bis wir schließlich zu einer Treppe gelangten, die in die Tiefe führte, zu den unterirdischen Kerkern, in denen die Gefangenen schmachteten. Als wir weitergingen, drangen von irgendwoher aus dem trüben Licht eine Stimme und das Rasseln von Ketten an unser Ohr.

»Wer sind die Leute, die man hier gefangenhält?« fragte ich den Wärter. Dieser düstere, feuchte Ort rief Entsetzen in mir hervor.

Der Wärter hob die Laterne und grinste uns an, so

daß wir seine schadhaften Zähne sehen konnten. »Gäste des edlen Herrn de Guise«, sagte er. »Das hier ist sein Haus. Wir haben unter anderem zwei Burschen hier, die ohne Genehmigung des Barons seine Ländereien verlassen haben. So was kommt dieser Tage zwar alle Nase lang vor, doch Sir Richard gehört zu den Leuten, die dafür sorgen, daß die Gesetze beachtet werden. Wer irgendein Unrecht begangen hat, für den gibt's bei unserm Herrn kein Entkommen. Die beiden Kerle hatten höhere Löhne verlangt, und als Sir Richard sie ihnen von Rechts wegen verweigerte, da haben sie sein Land verlassen, um für einen anderen zu arbeiten, der den höheren Lohn zahlen wollte. Da hat Seine Lordschaft Bewaffnete ausgeschickt, die beiden Kerle zurückzuholen.«

»Und der Grundbesitzer, zu dem sie gegangen waren? Der Mann, der ihnen höhere Löhne bot? Was ist mit dem?«

Der Wärter blieb dicht am Ende der Ganges stehen und spuckte auf die steinernen Bodenplatten. »Was sollte der schon tun?« sagte er voller Verachtung. »Ein alter Mann ohne Nachkommenschaft, mit hundert Hektar Land, einem Verwalter, einem Dutzend Bewaffneten ... Sir Richards Mannen haben seine Waldungen verbrannt, um ihn zu lehren, anderen nicht wieder die Arbeitskräfte wegzuschnappen.«

»Und so etwas haltet Ihr für gerecht?«

Wieder spuckte der Wärter aus und musterte mich mit einem häßlichen Ausdruck. Er war ein kräftiger Bursche, und die Narben in seinem Gesicht rührten von alten Verwundungen her. Nur der Gedanke an seinen Shilling sorgte dafür, daß er uns gegenüber höflich blieb. Und nun verlangte er mit ausgestreckter Hand seine Bezahlung.

»Wo ist die Frau?« fragte Martin.

»Da hinten.« Mit ruckartigen Bewegungen des Daumens wies der Wärter zum Ende des Ganges, wo schwaches Licht auf die Steinplatten fiel. »In der letzten Zelle. Es ist Befehl ergangen, daß sie Licht haben darf ...« Seine Hand schloß sich um den Shilling. »Jetzt könnt Ihr Euer Schwätzchen mit ihr halten«, sagte er, und ein Lächeln erschien auf seinem Gesicht. »Ihr habt für das Vergnügen, Euer eigenes Gekrächze zu hören, tüchtig bezahlt.«

Er ging ein paar Schritte vor und schloß die Tür mit einem schweren Schlüssel auf, der von seinem Gürtel baumelte. »Du«, sagte er zu mir, »bleibst hier draußen bei mir. Der da hat bezahlt, und ihm hab' ich mein Wort gegeben. Aber wenn du Lust hast, kannst du hier von der Tür aus zuschauen.«

Es hörte sich an, als sollte ich eine Vorführung zu sehen bekommen. In der Tür, etwa in Kopfhöhe, befand sich ein Schiebebrett. Martin betrat die Zelle, und die Tür wurde geschlossen, und ich beobachtete durch diese Öffnung, was im Inneren der Zelle vor sich ging. An einem Halter in der Wand steckte eine Kerzenlampe in einer Glasglocke und verbreitete ein fahles Licht. Die Zelle lag unterhalb der Straße; ich konnte das Brausen des Windes draußen hören, und durch das Gitter des hohen Fensters fuhren kleine Wolken wirbelnder Schneeflocken ins Zelleninnere und schwebten langsam ins Licht hinunter. Die Flamme der Lampe flackerte leicht, trotz der schützenden Glasglocke, und Schatten huschten über die Wände.

Mit seinem leichten Schritt trat Martin ein Stück in die Zelle hinein. »Ich komme als Freund«, sagte er. Die Tochter des Webers wich bis zur Wand zurück, und ich hörte das Geräusch von scharrendem Metall auf Stein und sah, daß man sie an einem Fußknöchel angekettet hatte, wenngleich die Kette lang genug war, daß sie sich in der ganzen Zelle umherbewegen konnte.

Wieder hörte ich Martins Stimme, die seinen Namen sagte, und dann kam von der Frau ein Laut, der nichts Menschliches besaß, und in diesem Augenblick wurde mir – und zweifellos auch Martin – klar, was das Lächeln des Wärters bedeutet hatte, als seine Finger sich um die Münze schlossen: Die Zunge der Frau konnte keine Wörter bilden.

Ich sah, wie Martin sich zusammennahm und bewegungslos stehenblieb. »Könnt Ihr verstehen, was ich sage?« In seiner Stimme lag Freundlichkeit, aber kein Mitleid. Die Frau wandte sich ihm zu und hob den Kopf, und das Licht fiel auf ihre Schultern und ihr Gesicht und das dunkle Gewirr ihres Haares. Ihre Augen lagen im Schatten, doch ich sah das Funkeln darin. Ihr Mund war voll, aber nicht bäurisch, und ihre Lippen waren zart, selbst in all diesem Elend und Schmutz und sogar dann noch, als sie weitere jener fremdartigen Laute von sich gab, die ihre Kehle einzig herzuvorbringen vermochte und die sie selbst nicht hören konnte.

Dicht an meiner Schulter vernahm ich das glucksende Lachen des Wärters. Martin versuchte nun, sich durch Gebärden verständlich zu machen, zunächst mit dem Schlangenzeichen, mit dem man ›Tonsur‹

und ›Bauch‹ bezeichnet; dann, indem er die Finger krümmte und das Zeichen für ›Geld‹ machte, und schließlich mit zwei raschen Schritten und den Drehbewegungen, mit denen man ›Suchen und Finden‹ verdeutlicht. Als er fertig war, nahm er eine fragende Haltung ein, den Kopf steif nach links geneigt, die rechte Hand in Höhe der Hüfte, mit ausgestrecktem Daumen und Zeigefinger. Bei allen diesen Bewegungen wurde er von seinem eigenen buckligen Schatten an der Wand nachgeahmt.

Die Frau antwortete mit schnellen Gesten – zu schnell und zu viele, als daß ich ihnen gänzlich zu folgen vermochte. Ich sah, wie sie den Kopf schüttelte und das Zeichen des Kreises machte – nicht das langsame, das ›Ewigkeit‹ bedeutet, sondern ein hastiges und wiederholtes, mit beiden Händen vollführt, wobei sie sich zuerst oben, dann unten treffen und sich dann wieder trennen. Ich kannte dieses Zeichen nicht; wahrscheinlich gehört es nicht zu denen, die zum Rüstzeug des Schauspielers zählen. Danach entfernte die Frau sich ein Stück von der Wand, und die Kette rasselte über den Steinfußboden. Einen Schritt vor Martin blieb sie stehen und schlug mit dem Zeigefinger der rechten Hand heftig auf den Handteller der linken, was ich als Zeichen für ›Ich sage die Wahrheit‹ deutete.

Martin machte die Gebärde für ›fleischliche Beziehungen‹; jedoch nicht die lebhafte, hektische Geste der Kopulation, sondern jene andere Gebärde, aus der auch ein Gefühl der Zuneigung spricht und die mit ineinander verschränkten, gerade ausgestreckten Fingern vollführt wird. Wieder kam es mir so vor, daß dies ein Zeichen war, das nur Schauspieler benutzen, denn die Frau kannte es nicht, was sie durch Stirnrunzeln und Winken mit den Händen anzeigte. Martin wiederholte das Zeichen, wobei er diesmal zusätzlich die Lippen wie zum Kuß vorstülpte. Die Frau machte eine äußerst heftige Geste des Verneinens – einen Schlag zur Seite, mit der flachen Hand geführt –, und ich sah ihre Augen blitzen; es mochte durchaus zutreffen, was ihr Vater gesagt hatte, daß sie nicht dem niedersten Geschöpf Gottes ein Leid zufügen konnte, doch in ihrem Inneren loderte ein Feuer des Zorns. Es sprach aus den Bewegungen ihres Körpers, aus dem plötzlichen Spreizen der Hände, mit denen sie irgend etwas von sich zu schieben schien, das unrein war; auf diese Weise zeigte sie ihre Abscheu vor dem Mönch.

Martin und das Mädchen bewegten sich nun gemeinsam, ohne sich einander zu nähern; vielmehr besaßen ihre Schritte und Drehungen eine Art Gleichklang wie bei einem Tanz, wenngleich durch ihre Schatten an den Wänden ins Groteske verzerrt und begleitet von der Musik der Ketten und den unirdischen Lauten, welche die Frau von sich gab. Als sie bei diesem Tanz eine Drehung machte, konnte ich sie für einen Moment deutlicher sehen; sie besaß eine gewölbte Stirn, dunkle Augen und war von schlanker Gestalt, mit geraden Schultern – selbst an einem so scheußlichen und verwahrlosten Ort wie diesem bot sie einen wunderschönen Anblick. Dann verlor ich den Faden des stummen Gesprächs zwischen den beiden, denn ich war in dieser Zeichensprache nicht bewandert genug, und schließlich war es alles nur noch ein Schauspiel für mich, wie der Wärter es mir angekündigt hatte: die Kopfhaltung, die Handbewegungen, das Wiegen der Körper, die Pausen und das Huschen von Schatten im unsteten Licht.

Auch die abschließenden Bewegungen verstand ich nicht, jedenfalls nicht damals. Die Frau streckte die Arme nach vorn, hielt sie eng aneinander und bot Martin die geöffneten Hände dar. Er trat auf sie zu, nahm ihre Hände in die seinen und betrachtete die Innenflächen. So standen beide für kurze Zeit zusammen; dann ließ Martin die Hände der Frau los, drehte sich um und kam zu uns herüber, jedoch mit unsicheren Bewegungen, wie einer, der zu lange ins Licht geblickt hat und nun den Weg vor sich nur noch undeutlich erkennen kann.

Martin sagte kein Wort zu mir, weder im Gefängnis noch auf dem Rückweg zum Wirtshaus. Ich schaute ihm einige Male ins Gesicht, doch seine Miene war ausdruckslos. Die anderen, mit Ausnahme von Stephen, befanden sich bereits wieder im Hof des Wirtshauses. Inzwischen dämmerte es schon, und in einer Wolkenbank war der tiefstehende Mond zu sehen. Wir mußten darüber sprechen, was wir herausgefunden hatten, und die Änderungen unseres Stückes planen, und die Zeit dafür war kurz. Martin überraschte uns, indem er die gewohnte Ordnung durchbrach und als erster das Wort ergriff.

»Sie ist unschuldig«, sagte er. »Bei der Entfernung und bei dem Licht ... der Mönch kann ihr Gesicht unmöglich gesehen haben.« Auf seinem eigenen Gesicht lag ein Leuchten; es strahlte Entschlossenheit aus, so wie damals, als er sich für Brendan eingesetzt hatte, der gleichfalls stumm gewesen war. »Zum

Schutz gegen das Wetter hat sie eine Kapuze getragen«, sagte er. Mit einer raschen Geste tat er so, als würde er sich eine solche über den Kopf und tief ins Gesicht ziehen, doch er tat es auf eine Weise, als würde er die Kapuze nicht zum Schutz gegen die Kälte aufsetzen, sondern aus Furcht vor Blindheit, weil irgendein wundervoller Anblick oder ein Glanz zu hell für seine Augen war, und ich erinnerte mich an die Gebärde, die der Bettler gemacht hatte, und wußte, daß Martin in Liebe zu dem Mädchen entflammt war; ihr Gesicht und ihre Gestalt standen noch immer vor seinem inneren Auge. »Sie sagt, sie sei niemals in der Nähe der Straße gewesen«, erklärte er.

»Sagt?« Ich musterte ihn für einen Augenblick, ließ den Blick dann über die anderen in der Runde schweifen. »Das Mädchen kann weder hören noch sprechen«, fuhr ich fort. »Wir haben sie im Gefängnis besucht. Ihr Vater behauptet, bei ihnen wäre kein Geld gefunden worden. Er war in jener Nacht nicht daheim. Dafür gibt es Zeugen.« Ich erzählte den anderen von meinem Besuch beim Weber und was er gesagt hatte und was für eine Art von Mann er war. »Er meint, die Häscher wären seinetwegen gekommen; sie hätten nicht gewußt, daß er nicht zu Hause war. Er predigt vom Jüngsten Gericht und hat Anhänger im gemeinen Volk.«

»Als der Mönch die Geldbörse in die Höhe hielt, war es zu spät, den Plan zu ändern.« Straw ahmte die Bestürzung des Benediktiners nach; weit breitete er die Arme aus und spreizte die Hände. »O grausames Schicksal«, sagte er. »So lange auf eine Gelegenheit zu warten und dann feststellen zu müssen, daß der Weber zur fraglichen Zeit gar nicht daheim ist.«

Springer lachte über diese kleine Aufführung, und einen Augenblick später lachte auch Straw, schaute sich dabei jedoch unbehaglich um. »Aber wie kam die Gelegenheit zustande?« fragte er.

Schritt für Schritt näherten wir uns dem Bösen, und wir alle wußten es. In diesem Schuppen voller verzerrter Gestalten und Schatten von Masken und Kostümen und Waffen, die niemanden verwunden würden, und begleitet vom Läuten der Kirchenglocken hoch über uns und dem Geklapper draußen auf dem Hof, bewegten wir uns auf Evas Apfel, das Wissen von Gut und Böse, zu.

»Demnach«, sagte Martin, »mußte der Mönch, nachdem er die Geldbörse gefunden hatte, einen Grund dafür nennen und erklären, weshalb er zu dem Haus gegangen war und einen Begleiter mitgenommen hatte. Und da sagte er, er habe das Mädchen in der Nähe der Straße gesehen. Es sind alles Lügen; sie war niemals dort.« Er schaute uns an, einen nach dem anderen, und in seinem Blick war ein Flehen: Er bat uns gleichsam, ebenfalls die Unschuld des Mädchens zu erkennen. »Man hat ihr Licht in die Zelle gegeben«, sagte er wie zu sich selbst. »Vielleicht gibt es da jemanden ...«

»Martin, man wird sie hängen, und wir können's nicht ändern«, sagte Tobias, und in seiner Stimme lag Mitleid, auch wenn es nicht dem Mädchen galt.

»An der Kleidung und am Körper des Jungen zeigten sich keinerlei Spuren von Frost oder Erfrierungen«, sagte Margaret. »Ich habe Flint wiedergefunden und er mich, und er hat sich sehr darüber gefreut. Als Flint die Leiche von Thomas Wells entdeckte, war sie zwar kalt und starr, aber vom Frost unberührt. Das Gras ringsum war weiß bereift, der Körper des Jungen aber nicht. Zu dem Zeitpunkt hat Flint nichts von alledem wahrgenommen, denn es beschäftigte ihn zu sehr, daß er die Leiche gefunden hatte, doch er ist sich im Rückblick ganz sicher.«

»Gütiger Himmel«, sagte Tobias. »Wenn das Geld bloß genommen wurde, um wiedergefunden zu werden, dann war ein Raub gar nicht der Grund für die Ermordung.«

»Der Mönch und der Junge waren zur selben Tageszeit auf derselben Straße unterwegs«, sagte Springer mit seiner hohen, klaren Stimme. »Es könnte sein, daß der Mönch ihn ausgefragt hat. Thomas Wells hätte einem Mann von Rang und Ansehen die Wahrheit gesagt. Er hätte ihm die Geldbörse gezeigt und wäre stolz auf das Vertrauen gewesen, das man in ihn setzte ...«

»Also sah der Mönch eine Möglichkeit, den Weber zum Schweigen zu bringen«, meinte Straw. »Das würde die Würgemale erklären. Auf eine solche Art und Weise hätte der Weber sein Opfer durchaus töten können.«

»Das Mädchen hat mir ihre Hände gezeigt«, sagte Martin. »Sie sind rauh von der Arbeit, rauher als die meinen.« Er öffnete die Hände und betrachtete sie. »Ihre Hände sind schmal und die Knochen klein«, sagte er.

Keiner wußte, was er darauf sagen sollte, weil Martins Gesicht so abwesend wirkte. Vielleicht waren wir einfach froh darüber, nicht weiter über das Szenarium nachzudenken – jedenfalls im Augenblick nicht –,

das wir gemeinsam ersonnen hatten: die einsame Land-
straße, das Gefühl der nahenden Nacht, die freund-
lichen Fragen des Mönchs, die Bereitwilligkeit des
Jungen zu antworten ...

Springer und Straw waren zusammen zur Burg hin-
aufgegangen und hatten an den Toren und im Vorhof
gesungen und akrobatische Kunststücke vollführt.
Sie hatten mit Frauen gesprochen, die Wäsche wu-
schen, und mit den Soldaten im Wachthaus hinter
dem Tor.

»Keiner hat sich viel aus dem Tod des Jungen gemacht«, sagte Straw. »Die Leute wußten zwar davon,
aber dort oben führen sie ein anderes Leben. Sie haben nur von dem Turnier geredet, das morgen beginnt,
und von dem Tanz, der am Weihnachtstag stattfindet.«

»Sir Richard und seine Gemahlin werden mit dem
Tanz beginnen, sobald sie von der Messe kommen«,
sagte Springer. »Die Leute haben nur davon gesprochen und vom Kummer des jungen Herrn; er heißt
William und ist der einzige Sohn des Hauses. Man
sagt, daß er ein stattlicher Bursche ist und ein tapferer
Ritter und daß er die Viola sehr gut zu spielen versteht.«

»Der junge Herr hat Kummer? Weshalb?«

»Das wissen die Leute nicht. Einige sagen, er ver-
zehrt sich vor Liebe. Man hat ihn seit mehreren Tagen
nicht gesehen; er ist in seinem Gemach geblieben. Er
hat es nicht einmal verlassen, um sein Streitroß für den
Lanzenkampf einzureiten oder sich um seine Waffen
zu kümmern – und das ist sehr sonderbar für einen
Mann, von dem alle Leute sagen, daß er mit Leidenschaft an solchen Turnieren teilnimmt und für sein

Können berühmt ist. Die Sache wird noch seltsamer, wenn man bedenkt, daß dieses Turnier eine Gelegenheit für William wäre, großen Ruhm zu ernten, weil Ritter aus vielen Teilen des Landes daran teilnehmen.«

»Tja, die Launen der Edelleute sind für ihre Speichellecker von größerem Interesse als der Mord an einem Kind«, sagte Martin, und zum erstenmal seit unserer Rückkehr aus dem Gefängnis verlor sein Gesicht jenen Ausdruck von Abwesenheit, aus dem Liebe sprach; statt dessen spiegelte seine Miene nun Bitterkeit wider. »Ja«, sagte er, »so bleibt der junge Herr also in seinem Gemach, wenn ihm danach zumute ist. Gemessen an der Unpäßlichkeit dieses edlen Herrn zählt es nichts, daß man die Tochter des Webers der Behauptungen eines verlogenen Mönchs wegen aufhängen wird.« Er stöhnte plötzlich und hob die Hand, um sein Gesicht dahinter zu verbergen. »Man wird sie hängen«, wiederholte er.

In diesem Augenblick, während wir ihn bestürzt in seinem Leid betrachteten, kam Stephen herein und fluchte, als er mit dem Fuß gegen die Tür stieß. Er war betrunken und nicht mehr ganz sicher auf den Beinen, doch seine Stimme klang noch ziemlich klar, als er uns begrüßte. Er war eine Zeitlang durch die Stadt geschlendert und hatte dann eine Bierschenke unweit der Kirche aufgesucht – ohne besonderen Grund, wie es schien, nur um zu trinken. Das war so seine Art, wenn er beunruhigt oder verängstigt war. Er hielt es für unmännlich, sich zu solchen Gefühlen zu bekennen, und anders als Springer oder Straw oder sogar Tobias konnte er sich keine Erleichterung verschaffen, indem er herumalberte.

In der Schenke hatte Stephen den Totengräber wiedererkannt, der Brendans Grab und auch das von Thomas Wells ausgehoben hatte. Er hatte mit dem Mann gesprochen, und sie hatten gemeinsam getrunken, vor allem auf Stephens Kosten, und waren vertraulich geworden.

»Für das Grab des Jungen ist bezahlt worden«, sagte Stephen jetzt, während er dasaß, den Rücken an die Wand gelehnt, die langen Beine ausgestreckt. »Dieser Totengräber sagt, der Verwalter des Barons habe den Priester bezahlt. Er sagt, er hätte sie zusammen gesehen. Die Kirchentür stand ein Stückchen offen, sagt er, und die beiden waren drinnen und standen in der Nähe des Taufbeckens. Er hat beobachtet, wie sie miteinander redeten, und gesehen, wie Geld den Besitzer wechselte. Darauf gab der Priester dem Totengräber zwei Pence für seine Arbeit. Er hob das Grab aus, hat aber nicht gesehen, daß der Junge hineingelegt wurde.«

»Was sagst du?« Springers Augen waren rund wie die einer Eule. »Ob da wohl irgendeine Hexerei im Spiel ist?« fragte er.

»Es war an dem Tag, bevor wir Brendan unter die Erde brachten.« Stephen hielt inne, und auf seinen dunklen Bartstoppeln schimmerte das Licht. »Der Tag, an dem wir in diese verfluchte Stadt kamen«, sagte er. »Der Junge wurde hierhergebracht und noch am selben Abend begraben. Als der Totengräber am nächsten Morgen kam, um Brendans Grab fertig auszuheben, lag der Junge bereits unter der Erde. Der Totengräber weiß nicht, wer diese Arbeit getan hat, oder ob der Junge in Leinen oder Sacktuch beigesetzt wurde; auch einen Sarg, wie behauptet, hat er nie gesehen. Niemand hat ihm etwas gesagt, und er hat sich nicht zu fragen getraut, weil er den Verwalter des Barons dort gesehen hatte.«

»Die Leute haben allen Grund, das Mißfallen des Barons zu fürchten«, sagte ich und dachte an die beiden Arbeiter, die im Kerker angekettet waren. Es kam mir sonderbar und beängstigend vor, daß irgend jemand im Dunkel der Nacht den Leichnam des Jungen ins Grab gesenkt und ihn mit Erde bedeckt hatte, während wir in dieser Stadt eingetroffen waren oder während unserer Prozession durch die Straßen oder später, während unserer Aufführung des Stücks von Adam – und wir hatten die ganze Zeit nichts davon gewußt. Alles war in größter Eile geschehen; Thomas Wells' Leiche war kaum zwei Tage über der Erde gewesen. Wer hatte sie überhaupt zu sehen bekommen? Der Mörder. Und Flint. Und der Verwalter des Barons. Und gewiß hatte auch die Mutter den Leichnam gesehen ...

»Der Totengräber hat mir noch was erzählt.« In der typischen Art des Betrunkenen bewegte Stephen die Zunge im Mund. »In den letzten zwölf Monaten sind vier Jungen aus dieser Stadt und der Umgebung verschwunden.« Er hielt inne, stierte vor sich hin und bewegte dann wieder langsam die Zunge im Mund. »Vier, die man hier kennt und deren Namen man weiß.« Er beugte sich vor und machte die Geste, mit der ein Redner eine bedeutsame Feststellung unterstreicht: Der rechte Arm wird nach vorn gestreckt und dann mit schnellem Schwung von links nach rechts quer über den Körper bewegt. »Davor nichts dergleichen.«

Für kurze Zeit herrschte Schweigen unter uns. Genau wie damals, als Martin zum erstenmal davon gesprochen hatte, aus diesem Mord ein Stück zu machen, schien sich eine Stille auf uns niederzusenken, in der sonst leise Geräusche lauter klangen: die Bewegungen irgendwelcher kleiner Tiere im Stroh und das Atmen des Hundes, der auf Tobias' Beinen lag und döste. Dann beugte Springer sich ins Licht vor. »Verschwunden?« fragte er. »Wie verschwunden?«

»Von der Bildfläche«, sagte Stephen, und seine Zunge war jetzt noch schwerer; zur Trunkenheit gesellte sich die Müdigkeit. Er hob die Hände in der Geste für ›Zauberei‹, doch er machte seine Sache schlecht; seine Bewegungen waren schwerfällig.

»Das werden die sein, von denen der Bettler sprach«, sagte ich. »Und wir dachten, er würde bloß irgendwelchen Unsinn plappern.«

»Aber dieser Junge hier wurde gefunden«, sagte Martin. »Dieser hier wurde ermordet, und ihm wurde die Geldbörse weggenommen. Wir haben nicht mehr viel Zeit. Wir müssen uns überlegen, wie wir es spielen, wie wir zeigen können, daß die Frau unschuldig ist.«

Er wollte nicht, daß wir abgelenkt wurden; er wollte, daß wir über diesen einen Jungen nachdachten, über dieses eine Stück; er wollte, daß wir ihm halfen, die Frau zu retten. Und die Kraft seines Wunsches übertrug sich auf uns – wie auch sein unbeugsames Verlangen nach der Frau, das wie eine Krankheit über ihn gekommen war.

Also sprachen wir darüber, wie wir das Stück aufführen konnten. Es blieb nur noch wenig Zeit, sowohl für die Besprechung als auch zum Proben. Es wurde beschlossen, auf die gleiche Weise zu beginnen wie beim ersten Mal und dann auch so fortzufahren – bis zu jener Szene, in der die Frau, die auch diesmal von Straw gespielt werden sollte, zur Dämonenmaske wechselte. In diesem Augenblick, da die Schuld der Frau unzweifelhaft festzustehen schien, würde die Wahrheit eingreifen, die Handlung unterbrechen und die Schauspieler befragen, die antworten konnten, was ihnen gerade einfiel, wobei ihre Antworten jedoch auf den Benediktiner hinweisen mußten. In einer dritten Szene, während die Wahrheit noch zugegen war, würden Martin als der Mönch und Springer als Thomas Wells die wahre Geschichte als Gebärdenspiel aufführen. Tobias und ich würden dieselben Rollen übernehmen wie zuvor. So blieb nur Stephen, die Rolle der Wahrheit zu spielen.

Was das betraf, hatten einige von uns ihre Zweifel, ob er die richtige Wahl war; nicht, weil Stephen betrunken war – wie es schien, spielte er in diesem Zustand häufig seine gewohnten Rollen: Gottvater, den König von Persien oder den Papst; seiner majestätischen Ausstrahlung war die Trunkenheit eher förderlich als abträglich. Zudem konnte er sich auch in diesem Zustand an seinen Text erinnern. Doch wir hatten Bedenken, ob es ihm nicht bei unvorbereiteten Fragen an der raschen Auffassungsgabe mangeln könnte, ganz gleich, ob er betrunken oder nüchtern war, und wir befürchteten, er würde dieser Aufgabe nicht gewachsen sein. Stephen allerdings versicherte lauthals, das sei überhaupt kein Problem für ihn, und da Tobias nun einmal nicht die Statur dafür besaß, sah keiner von uns eine andere Lösung.

204

»Wir werden tun, was wir können«, sagte Martin. »Morgen dürften wir unsere Rollen schon besser beherrschen; denn wir werden sie lernen, indem wir ...«

»Wir werden morgen nicht mehr hier sein.« Stephens Stimme klang laut in dem beengten Schuppen. »Morgen um diese Zeit sind wir schon ein gutes Stück weiter auf dem Weg nach Durham.«

»Ja, es ist zu gefährlich«, stimmte Tobias zu. »Der Beichtvater des Barons, der Verwalter des Barons ... falls das Mädchen den Jungen nicht umgebracht hat, ist der wirkliche Täter noch auf freiem Fuß. Ich habe immer stärker das Gefühl, daß er beschützt wird ...« Er schaute zu Martin hinüber, und wieder lag ein Anflug von Mitleid in seinem Blick. »Wir haben uns ja nicht aufgemacht, das Mädchen zu retten. Du hast dir diese Idee in den Kopf gesetzt.«

»Ja, du, Martin.« Wie immer ließ Straw sich vom allgemeinen Strom der Gefühle und Meinungen mitreißen. »Immer wenn du irgendwas von uns willst, nimmst du keine Rücksicht auf uns«, sagte er. »Wir sind hier in Gefahr. Ein Schnitt mit dem Messer durch die Achillessehne, *schnipp,* und wir sind erledigt. Ich weiß, daß ein adeliger Herr es mal so gemacht hat, weil er auf die Schauspieler eines anderen neidisch war.«

»Wir können das Mädchen nicht retten«, sagte ich. »Wie denn auch? Dieser Richter, der in die Stadt gekommen ist – vielleicht will er in dieser Angelegenheit eigene Nachforschungen anstellen.«

»Was bedeutet dem schon so etwas?« Martins Reaktion auf den Widerspruch war dermaßen leidenschaftlich, daß ihm alle Farbe aus dem Gesicht wich. »Was kümmern ihn arme Leute?«

»Er ist trotzdem die einzige Hoffnung, die dieses Mädchen hat.«

Springer meldete sich zu Wort, der Friedensstifter, und sprach für uns alle. »Wir sollten diese Stadt verlassen«, sagte er behutsam zu Martin. »Wir hatten nie die Absicht, hierher zu kommen; es war nur wegen Brendan. Und dann haben wir unsere gesamte Barschaft ausgegeben. Morgen abend, nach der Vorstellung, werden wir wieder viel Geld haben, mehr als wir alle zusammen jemals besaßen. Es reicht, Martin. Wir haben Angst. Jeder Faden verstrickt uns tiefer in dieses Teufelsnetz.« Für einen Augenblick bebte seine klare Stimme ein wenig. »Wir haben Angst«, wiederholte er. »Am liebsten würde ich heute abend noch abreisen, gleich nach der Vorstellung, wenn nicht die Dunkelheit und der Schnee wären.«

»Ja, dann bräuchten wir diesem arschgesichtigen Wirt auch nicht wieder den Schuppen zu bezahlen«, sagte Stephen.

Und so beschlossen wir am Ende fast einmütig, sofort nach dem Ende der Aufführung die Stadt zu verlassen und im Fackelschein über Land zu ziehen, bis wir in den Schutz des Waldes gelangten, wo wir dann das Morgenlicht abzuwarten gedachten. Auch Martin mußte zustimmen, wenngleich Trauer und Schwermut auf seinem Gesicht lagen. Ob er sich an diese Abmachung gehalten hätte, sollten wir nie erfahren.

Kapitel zwölf

ir hatten uns wieder für den Hof des Wirtshauses entschieden, weil sich dort bereits alles für die Aufführung befand, so daß wir Zeit sparten. Stephen ging zum Tor, um das »Wahre Stück von Thomas Wells« auszurufen, das in Kürze beginnen werde, und wir machten uns für die Vorstellung bereit.

Diesmal stellten wir die Vorhangpfosten für unsere behelfsmäßige Garderobe weiter auseinander, um mehr Platz für die Kostümwechsel zu schaffen; zudem errichteten wir die Garderobe diesmal nicht in einer der Ecken, sondern in der Mitte der Mauer, und stellten rechts und links davon Fackeln auf. Die Ein- und Ausgänge waren an den Seiten, so daß die Zuschauer jeden neuen Schauspieler erst dann bemerkten, wenn er ins Licht trat. Martin grenzte die Bühnenfläche mit Pflöcken und einem Seil ab, damit keiner der Zuschauer jenen Bereich betrat, den wir Schauspieler brauchten.

Dies alles geschah nach Martins Ideen und Anweisungen. Er traf die Vorbereitungen für die Aufführung mit einem so leidenschaftlichen Ernst, wie ich es selbst bei ihm noch nie erlebt hatte. Seine Niederlage bei der Abstimmung schien er verwunden zu haben;

doch wir anderen ahnten nicht, daß Martins scheinbare Einsicht eine tödliche Gefahr für uns alle heraufbeschwören sollte. Wir wußten zwar, daß in seiner Vorstellungswelt das Stück und das wirkliche Leben nicht deutlich voneinander getrennt waren; wir wußten auch, daß er noch immer darauf hoffte, das Mädchen zu retten – wenngleich wir die Hoffnung als vergebens ansahen. Doch keiner von uns wußte, wie weit Martin gehen würde, um sie vor dem Tod zu bewahren; und was er an diesem Abend zu sagen und zu tun gedachte, konnten sich nicht einmal jene vorstellen, die am längsten bei ihm waren und die Widersprüche seines Charakters am besten kannten.

In der neuen Fassung des Stückes fiel mir wieder die Rolle des Guten Rats zu. Wie zuvor sollte ich dem Jungen eine kleine Moralpredigt mit auf den Weg geben, und ich hielt mich in meiner Priesterkleidung und dem schwarzen Hut für den Auftritt bereit. Ich spähte durch einen Spalt im Vorhang und beobachtete, wie die Leute durch das Tor kamen. Stephen rief noch immer das Schauspiel aus, und Margaret kassierte das Geld ein; neben ihr stand ein Bediensteter des Wirts, der jede Bewegung ihrer Hände genau im Auge behielt. In gewisser Weise war es nützlich, daß der Bursche dort stand, denn er kannte jene Leute, die geschäftlich im Wirtshaus zu tun hatten, wie auch jene, die solches nur von sich behaupteten, weil sie sich um das Bezahlen drücken wollten. Außerdem ließ er die stadtbekannten Unruhestifter und die offensichtlich Betrunkenen nicht durch, was Margaret vielleicht nicht so gut gekonnt hätte.

So kamen die Leute in gesitteter Manier auf den

Hof. Zwar herrschte eine erwartungsvolle Atmosphäre, doch war es nicht ganz das übliche Vorgefühl eines gespannten Publikums. Es war vielmehr so, als würden die Leute sich zu einer Versammlung treffen, bei der von jedem erwartet wurde, daß er seine Rolle spielte.

»Die Zuschauer sind zu ruhig«, sagte Straw. Er trug bereits die Haube und das gepolsterte Kleid der Mutter des Jungen. Springer stand neben ihm, in der tristen braunen Kleidung des Thomas Wells. »Die Leute kommen auf den Hof«, fuhr Straw fort, »als wär' es eine Kirche.«

»Wenn Stephen für die Szene in der Schenke zur Stelle sein will«, sagte ich, »müßte er schon längst hier sein.«

Wir alle waren nervös, und die Unruhe äußerte sich bei jedem anders. Dann trat Martin nach vorn, um den Prolog zu sprechen. Er trug noch seine normale Kleidung und war ohne Maske. Für die Aufführung hatte er einen neuen Text verfaßt, ohne einem von uns zu sagen, wie die Zeilen lauteten. Wahrscheinlich erkannte ich erst in diesem Augenblick, da Martins neue Verse über den Hof klangen, worauf wir uns eingelassen hatten.

»Hört, Ihr Leute, und laßt Euch sagen,
Wie der Mord sich wirklich zugetragen,
Bei dem für jeden bewiesen schien
Daß ein Weib die Täterin ...«

Jetzt aber blieb keine Zeit mehr zum Nachdenken. Außer für die Aufführung blieb für nichts anderes mehr Zeit. Wir begannen genauso wie beim erstenmal mit der Übergabe des Geldes an den Jungen und seinem Aufbruch nach Hause. Allerdings hatte der Gute Rat diesmal etwas mehr zu tun. Auf Martins Anweisung nahm meine Ermahnungsrede mehr Zeit in Anspruch als bei der ersten Aufführung. »Jetzt, wo der Ausgang der Sache zweifelhaft ist«, sagte er, »werden die Leute gespannter auf das Stück sein, wenn man sie warten läßt.«

So war nun auch Tobias, in einer Dämonenmaske und mit einem Stecken, an dessen einem Ende eine aufgeblasene Schweinsblase befestigt war, Teil dieser Szene. Thomas Wells hörte mir aufmerksam zu und nickte und schien sich durch meine Worte überzeugen zu lassen. Doch immer wieder schlich der Dämon sich an mich heran und stieß mich mit der Blase, wodurch ich abgelenkt wurde, weil ich mich an die Verfolgung des Dämons machte, derweil die Frau ihr Gebärdenspiel der Lustbarkeiten vollführte, und Thomas Wells machte ein paar Schritte auf sie zu, bis weitere Ermahnungen durch meine Wenigkeit ihn wieder zurückriefen. Das Ganze ergab ein sehr wirkungsvolles Spiel von Bewegungen und Gesten und rief beim Publikum Gelächter hervor, was eine höchst willkommene Sache sein kann, wenn das Lachen die gelangweilte oder teilnahmslose Stille im Publikum durchbricht, doch auch beängstigend, wenn viele Leute auf einmal lachen – dann ist dieses Lachen ein Meer mit seltsamen Gezeiten. Die Schauspieler schwimmen im Wechsel des Ansteigens und Absinkens der Flut, und wenn sie die Kontrolle verlieren, ertrinken sie.

Das Gelächter, das ich nun vernahm, klang nah und fern zugleich, wie das Rauschen einer Muschel, die man sich ans Ohr hält. Ich bewegte mich vor den Zuschauern und versuchte, meine Rolle zu spielen. Doch ich fühlte mich irgendwie unsicher und gehemmt in meinen Bewegungen; wir hatten zu wenig Zeit zum Proben gehabt, und es war nicht leicht, alles aufeinander abzustimmen: die Worte der Predigt, die ich sprach, wie sie mir gerade durch den Kopf gingen; die Geste des Erschreckens bei der Berührung durch die Schweinsblase; das Stocken in meiner Rede und das Herumfahren zu dem Dämon; die Gebärde des Verscheuchens – wobei die Hände leicht in den Gelenken geschlenkert werden – und die tapsige Verfolgung des Unholds. Dies alles mußte langsam vor sich gehen, um Straw genug Zeit für sein Gebärdenspiel irdischer Wonnen zu lassen. »Du mußt es so machen, als würdest du eine lose Augenbinde tragen«, hatte Martin zu mir gesagt. »Als könntest du zwar sehen, aber nur verschwommen. Dann werden deine Bewegungen ganz von selbst unsicher; auf diese Weise wirst du langsam und verschaffst Straw die Zeit, die er braucht. Überdies wird deine Unbeholfenheit den Dämon flinker erscheinen lassen.«

So versuchte ich nun, mich an Martins Ratschläge zu halten. Daß ich so tat, als könnte ich nur verschwommen sehen, vermittelte mir ein Gefühl des Abstands zum Publikum, worüber ich froh war, denn mein Gesicht war nackt und bloß, so daß die Zuschauer mich unverhüllt sehen konnten. Dabei brauchte ich mich, um die Wahrheit zu sagen, eigentlich gar nicht groß zu verstellen; denn unter den herrschenden Lichtverhältnissen reichte mein Blick ohnehin nicht bis zu den Gesichtern der Leute, sondern endete dort, wo unsere Schatten endeten, die uns umtanzten. So drehte ich mich denn von den bewegten Schatten weg zum flackernden Licht der Fackeln an der Mauer, wenn ich die Püffe des Dämonen spürte, und stellte ihm gleichermaßen tapsig wie erfolglos nach, kehrte wieder um und ließ mich dann über ein Thema des Evangelisten Matthäus aus.

»Thomas Wells, bleib auf dem rechten Wege, der zur Erlösung führt, und weiche nicht davon ab! Da sind die Stimmen Satans, die dich mit sanften Worten und der Verheißung irdischer Gelüste in Versuchung bringen. O sündige Seele, bleib auf dem schmalen Pfad ...«

Aus dem Publikum erklangen Stimmen und riefen mir Ratschläge zu. Eine Stimme war besonders beharrlich; denn es gibt immer welche, die es für einen Heidenspaß halten, dem Guten Rat Ratschläge obszöner Art zu erteilen. »Nehmt ihm seinen Stock weg, Herr Priester, und steckt ihm das Ding in den Arsch«, rief dieser Narr, und einige Zuschauer lachten, während andere »Pssst!« machten, damit der Bursche das Maul hielt; denn er lenkte die Aufmerksamkeit von der Bühne ab, und so etwas kann Ärger geben, wenn Leute dafür bezahlt haben, das Stück zu sehen.

Thomas Wells stand stumm und regungslos in der Mitte der Bühnenfläche. Ich setzte zu einer neuen Rede an, diesmal über ein Thema aus Hiob: *Muß nicht der Mensch immer im Kriegsdienst stehen auf Erden?* Doch da trat Straw nach vorn und führte mit allerlei Verrenkungen vor dem Publikum seinen Tanz der Lüste auf, wobei er hinter der Sonnenmaske der

Schlange so unirdische Laute hervorbrachte wie die taubstumme Frau – was er mit Martin geübt hatte –, worauf sich im Hof eine so tiefe Stille ausbreitete, daß man das Scharren eines Schuhs auf den Steinen hören konnte. Noch immer dem Publikum zugewandt, legte Straw den Kopf wie fragend auf die Seite und hob die Hände, die Innenflächen nach außen gekehrt, die Finger gespreizt. In dieser Stellung verharrte er vielleicht zehn Sekunden – eine lange Zeit der Reglosigkeit für einen Schauspieler. Dann erklangen hinter der lächelnden Maske wieder besagte Laute, nur waren sie diesmal langgezogen und besaßen einen jammernden Beiklang, so daß sie sich wie ein Wehklagen ob aller stummen Dinge auf der Welt anhörten. Dann trat die Frau ein Stück zurück, und Thomas Wells ging mit Storchenschritten auf sie zu, wobei er die Knie wie ein Schlafwandler hob; doch war es jetzt ein jammervoller und kein lustvoller Traum. Ich näherte mich, um die Gebärde der traurigen Resignation zu machen, und aus der Zuschauermenge erklang nicht eine Stimme.

So machten wir weiter bis zu jenem Augenblick, da die Frau sich hinter Avaritia und Pietas zusammenduckt, die Masken wechselt, sich den Zuschauern in der gehörnten Fratze des Mordes zeigt und mit zu Klauen gekrümmten Fingern die Geste des Ungeheuers vollführt. Die Leute zischten sie immer noch an, als Stephen endlich nach vorn trat. Er war eine eindrucksvolle Erscheinung, wie er nun in seinem weißen Gewand und mit der goldenen Krone zwischen den Lichtern hin und her schritt. Ursprünglich hatte auch er seine goldene Maske tragen wollen, was uns anderen jedoch als unpassend erschienen war, da sie zu seiner Rolle als Gottvater gehörte. So hatte er sich statt dessen das Gesicht mit einer dünnen Schicht silberner Schminke bemalt. In der rechten Hand hielt er einen geschälten Weidenstab, so lang wie er selbst. Was zu diesem Zeitpunkt außer Margaret keiner von uns wußte: Stephen hatte noch mehr Bier getrunken, als er das Stück ausgerufen hatte, und jetzt war er ziemlich benebelt.

Die ersten sichtbaren Anzeichen seines Rausches ließen denn auch nicht lange auf sich warten. Stephen hätte weiterhin vor den Augen des Publikums hin und her schreiten sollen, während die Frau und Avaritia aus dem Licht entschwanden und Tobias die Gelegenheit hatte, die Maske und den Umhang der Pietas gegen die Haube der Menschheit einzutauschen und dann erneut zu erscheinen – bereit, sich befragen zu lassen. Doch Stephen schritt nicht lange genug auf und ab, als daß dafür Zeit genug gewesen wäre. Plötzlich blieb er mitten auf der Bühne stehen und hob, Aufmerksamkeit gebietend, seinen Stab, so daß Tobias mit mir hinter dem Vorhang warten mußte, bis sich eine günstige Gelegenheit ergab, herauszutreten. Immerhin erinnerte Stephen sich an seinen Text, und ohne zu stocken, begann er:

>>Ich bin die Wahrheit, wie Ihr seht,
Zu Euch geeilt und nicht zu spät,
Gesandt von Gottes Majestät ...<<

Nun allerdings trat eine beunruhigende Pause ein. Da Stephen niemanden sah, dem er seine Fragen hätte stellen können, machte er mit seinem Stab eine unbestimmte Geste des Herbeiwinkens. »Wo ist die Menschheit?« wollte er wissen. Es war eine unkluge Frage, weil sie zotige Bemerkungen geradezu herausforderte. Doch es kam keine, so groß war nunmehr die Aufmerksamkeit des Publikums. »Ich muß der Menschheit ein paar Fragen stellen«, sagte Stephen, wobei er noch immer gestikulierte.

Tobias trat rasch nach vorn, das Gesicht von der Kapuze beschattet: »Ich heiße Menschheit. Mit einem Körper und einer Seele bin ich erschaffen ...«

Mit der linken Hand machte Stephen eine Gebärde, mit der er der Menschheit bedeutete, näher heranzutreten. »Gutes Geschöpf, wisse, daß ich die Wahrheit bin«, sagte er. »Erzähl uns jetzt – wo wurde der Knabe ermordet, und wo ward er gefunden? Sprich frei heraus und hab keine Furcht! Die Wahrheit ist dein Schutz und dein Schild.«

»Am Straßenrand, so hab' ich sagen hören.«

Wieder trat eine Pause ein, die nicht vorgesehen war. Stephen nickte mit feierlichem Ernst und hob seinen Stab. Uns war klar, daß er den Faden des Dialogs verloren hatte, was die Zuschauer zum Glück nicht sogleich merkten; sie hielten sein Schweigen für ein Zeichen von Würde. Tobias half ihm auf die Sprünge: »Zwischen dem Mord und dem Auffinden der Leiche lag das Dunkel der Nacht ...«

Stephens Gestalt straffte sich. Er hatte den Satz wiedererkannt: »Hab keine Furcht, gutes Geschöpf, und sag uns: Wo lag Thomas Wells zwischen dem Mord und dem Auffinden der Leiche?«

Die Menschheit bewegte sich jetzt weiter nach vorn,

sprach direkt zu den Leuten und vollführte zugleich die Geste, mit der selbstverständliche Feststellungen begleitet werden: die Arme nach vorn gestreckt, die Handflächen nach oben gekehrt, als würde man prüfen, ob es regnet; sodann werden die Arme schnell nach außen bewegt, fort vom Körper. »Wohl denn, liebe Freunde, das ist keine schwere Frage. Neben der Straße lag er.«

Nun meldete sich zum erstenmal Thomas Wells zu Wort, und auch er richtete sich direkt an die Zuschauer; wie vorher zwischen uns abgesprochen, sprach er mit seiner eigenen Stimme und redete ohne irgendwelche Gesten oder rhetorische Untermalungen: »Liebe Leute, das kann nicht sein. Ich muß woanders gelegen haben. Hätt' ich die ganze Nacht an der Straße gelegen, so wäre der Frost an mir gewesen. Das aber war nicht so. Wir wissen's von dem Manne, der mich gefunden hat.«

Irgendwo auf dem hinteren Teil des Hofes erklangen Stimmen, und dann rief ein Mann: »Jack Flint ist hier. Er ist ein ruhiger Bursche und möchte, daß ich für ihn rede. Ich soll euch sagen, daß es stimmt, was er da erzählt.«

Lautes Stimmengewirr setzte ein, verstummte aber rasch, und wieder breitete sich Schweigen im Publikum aus. Auch wir schwiegen für den Moment; denn nachdem die Wahrheit diese Fragen gestellt hatte, wußte sie nicht weiter. Da Stephen nichts Besseres einfiel, suchte er nach einigen Augenblicken der Stille wieder Zuflucht in einem Text, an den er sich erinnerte:

»Die Wahrheit gibt nichts auf Gold und Geld,
Nichts auf die Macht aller Fürsten der Welt ...«

Unsere Aufführung hätte an dieser Stelle mit einem
Fehlschlag enden können, wäre da nicht Martin mit
seiner Geistesgegenwart gewesen. Doch eben diese
Geistesgegenwart beflügelte uns nicht nur – sie verriet uns auch und brachte uns alle in Lebensgefahr.
Noch immer im schwarzen Umhang und der gräß-
lichen Maske der Avaritia, trat Martin vor ins Licht.
Ganz kurz, als wollte er lediglich eine Pause ankündigen, hob er die Hand in der Geste, die ›Themenwechsel‹ bedeutet. Dann sagte er – zu uns und den im
Hof versammelten Zuschauern:

»Was will die Habsucht hier, an diesem Ort,
Wo eines Schurken Hand beging den Mord,
War es doch nicht um Geld noch um Gewinn,
Drum, Habsucht, ich von dir geschieden bin ...«

Während er sprach, öffnete er den Verschluß seines
Umhangs und ließ ihn zu Boden fallen. Mit beiden
Händen und in langsamer Bewegung nahm er die
Maske vom Gesicht, ließ sie bis in Hüfthöhe sinken
und schleuderte sie dann mit einer Bewegung von sich,
als wäre sie eine Wurfscheibe. Das alles kam für uns
völlig unerwartet. Es war nie geprobt worden, ja, wir hatten nicht einmal darüber gesprochen, und nun geschah
dies alles beinahe ohne Vorwarnung. Ich glaube, Martin
wollte uns und das Publikum absichtlich erschrecken,
damit wir nicht mehr so sehr darauf achteten, was wir
sagten. Jedenfalls hatte sein Tun genau diese Wirkung.

Nun machte er eine lange Pause, in der er sich als einfacher Mann zeigte. Dann blickte er zu Stephen hinüber und vollführte eine höfliche Verbeugung:

»Wie kam dies Kind dorthin? O Wahrheit, ist bekannt,
Wie's kam, daß dies fünfte Kind man fand?«

Eine wahrhaft erschreckende Stille lag jetzt über dem Hof des Wirtshauses und der Galerie darüber. Stephen, vom Bier benebelt und von Natur aus ohnedies schwer von Begriff – was bei ihm allerdings den Schock der Überraschung minderte –, wußte nicht, was er darauf antworten sollte. Langsam drehte er sein silbern bemaltes Gesicht von Seite zu Seite. »Die Wahrheit fürchtet niemanden«, sagte er schließlich. »Vier andere hat's gegeben, soviel ist sicher. Erzählt hat's mir der Totengräber. Christopher Hobbs heißt er.« Sagte es und verfiel in Schweigen.

Springer jedoch besaß ein anderes Naturell als Stephen. Wieder bemerkte ich, wie seine Brust sich rasch hob und senkte, als er versuchte, seine Atmung unter Kontrolle zu bekommen. Er hob die rechte Hand und krümmte die Finger, als würde er etwas darin halten, und drehte sie in Richtung seines Gesichts. »Ich trug eine Geldbörse bei mir«, sagte er mit hoher Stimme, damit sie wie die eines Kindes klang. »Das ist der Unterschied, Ihr lieben Leute. Das ist der Grund dafür, daß man das fünfte Kind gefunden hat. Doch war's nicht der Börse wegen, daß ich ermordet wurde. Vielmehr war die Börse der Grund dafür, daß man mich fand – denn mein Mörder wollte, daß man den Weber für den Schuldigen hielt.«

Straw trat vor. Er hatte die Mördermaske abgenommen, trug aber noch immer die flachsfarbene Perücke. Mit Bewegungen des Kopfes und der Hände machte er deutlich, daß er nun eine stumme Person darstellte. Dann wandte er sich mit einer bittenden Geste an die Menschheit, die ebenfalls den Kopf entblößt und ihre Kapuze nach hinten geschoben hatte. Wir waren jetzt alle ohne Masken – die Rollen, die wir spielten, veränderten, wandelten sich.

»Der Weber war nicht daheim«, sagte Tobias. »Deshalb nahmen die Häscher seine Tochter mit.« Er machte eine Pause; dann sagte er in deklamierendem Tonfall: »Der die Tochter nahm, fand das Geld; der das Geld fand, traf den Knaben.«

»Wir sind uns auf der Straße begegnet«, sagte Thomas Wells mit seiner piepsigen Stimme.

Ich stand an der Seite, außerhalb des Lichts, und wartete darauf, vorzutreten und eine Predigt über die Gerechtigkeit Gottes zu halten, der die Gottlosen niederschmettert, und sie sind nicht mehr, *vertit impios et non sunt*. Das Herz schlug mir bis zum Halse. Mir schien, daß ich auf den Gesichtern der anderen ein Frohlocken sehen konnte, aber auch Qual, als sehnten sie sich nach Erlösung.

»Wer dem Knaben begegnet ist, hat die Tat begangen«, sagte die Menschheit.

»Wo hat man mich ergriffen, wohin wurd' ich gebracht?« sagte Springer. »Wer es weiß, der möge sprechen. Dort an der Straße, dort wurd' ich nicht ermordet. Wohin hat er mich geführt, mir das Leben zu nehmen?«

Ich sah, wie sich das Wissen um die Leiden des Thomas Wells, das zugleich das Wissen um Gut und Böse war, deutlicher auf Springers Gesicht abzeichnete. Für einen Augenblick hielt er inne; dann sagte er mit normaler Stimme, wobei er vergaß, den hohen Tonfall eines Kindes nachzuahmen: »Warum hat man mich ergriffen, wenn's nicht der Börse wegen war?«

Martin bewegte sich in die Mitte der Bühnenfläche. Sein Gesicht zeigte jenes Strahlen, das ich bereits kannte. Weit öffnete er die Arme:

»Dieser schurkische Mönch, wohin ist er geeilt?
Durch wessen Hand ...«

Ob Martin die Absicht hatte, diese Frage selbst zu beantworten, oder ob er auf eine Antwort gewartet hätte, sollte ich nie erfahren. Denn er wurde durch einen gellenden Ruf mitten aus dem Publikum unterbrochen: »Der Mönch ist tot!«

Ich blickte zur Seite und sah, daß Margaret rechts von mir stand, in der Nähe der Mauer. Sie war durch die Reihen der Zuschauer gekommen, ohne daß ich es bemerkt hatte, so sehr war meine Aufmerksamkeit auf unser Stück gerichtet gewesen. Sie winkte mir. Zur gleichen Zeit gewahrte ich einen Tumult bei den Leuten, die am Tor standen, wo sich die Menschen drängten.

Margaret stand an dem Seil, das unsere Bühnenfläche auf jener Seite abgrenzte. Die übliche Bitterkeit in ihrem Gesicht war völlig verschwunden. Ihre Miene war voller Leben ob der Neuigkeit, die sie zu verkünden hatte. Die Worte sprudelten nur so aus ihr hervor, aber noch konnte ich nichts verstehen.

»Er ist tot. Der Mönch ist tot«, sagte sie, als ich nahe genug bei ihr war. »Sie sind gerade mit ihm vorübergekommen. Jetzt stecken sie draußen vor dem Tor im Gedränge fest.«

Die Bewegungen am anderen Ende des Hofes wurden heftiger, und ein Stimmengewirr drang von dort an mein Ohr; es waren zu viele Stimmen auf einmal, als daß ich die Worte hätte verstehen können. Margaret klammerte sich an meinem Arm fest, um nicht von den Leuten in unserer Nähe fortgerissen zu werden, die jetzt zurückdrängten, um zum Tor zu gelangen. »Ich hab' jemanden erzählen hören, daß der Mönch gehängt worden ist«, sagte sie dicht an meinem Ohr.

Wir blieben nahe beieinander und ließen uns von der Menge in Richtung Tor treiben. Es war offen, und die Straße draußen war voller Menschen, die aus dem Hof herausgequollen waren. Dies war auch der Grund dafür, daß den Pferden ein Weiterkommen unmöglich war. Nun standen wir mitten in der dicht zusammengedrängten Menge, während die Reiter ihre Tiere unter Kontrolle zu halten versuchten und fluchend auf die Leute einpeitschten, um einen Durchlaß zu erzwingen. Sie trugen die Kleidung von Bediensteten, doch war es nicht die Vasallentracht des hiesigen Lords. Zuerst konnte ich der Menschenmenge wegen nur die Oberkörper der Reiter sehen und die Köpfe und Hälse der Pferde. Doch als zwischen den Leibern plötzlich eine Lücke entstand, drängte ich mich nach vorn, und so konnte ich meinen ersten und letzten Blick auf Simon Damian werfen, wie er mit dem Gesicht nach unten quer über dem Rücken eines Maultiers lag. Ich sah seine blasse Kopfhaut, den Rand seiner Tonsur und seine baumelnden Hände, die der wechselnden Bewegungen des Maultiers wegen hin und her pendelten, kaum zwei Fuß über dem Boden, weiße Hände, wie Wachs im Fackelschein, mit dunklen Quetschspuren an den Handgelenken unterhalb der Ärmel seines hemdartigen Gewandes – er trug nicht sein Ordensgewand eines Benediktiners, sondern eines jener weißen Hemden, wie Büßer es überstreifen, wenn sie an einer Prozession teilnehmen.

Wie lange ich dort stand und ihn so sah, weiß ich nicht. Es gibt flüchtige Anblicke, die für immer haften bleiben. Wenn ich heute die Augen schließe, sehe ich ihn noch so vor mir wie damals: den Haarkranz, die baumelnden Hände, das weiße Hemd. Nach normalen Maßstäben kann es in der Tat nur einen kurzen Augenblick gedauert haben, daß ich dort stand und starrte, bis die Reiter sich ihren Weg durch die Menge gebahnt hatten und das Maultier mit seiner Last weitertrottete und schließlich verschwand.

Margaret war zur Seite abgedrängt worden, und ich konnte sie nirgends mehr sehen. Ich drehte mich um und hastete zurück in den Hof. Doch ich schaffte es nicht auf Anhieb, zur Bühnenfläche durchzudringen, da ich ringsum von den Zuschauern eingekeilt war. Der Gezeitenfluß der Gefühle hatte sich verändert, und damit auch die Stimmen des Publikums. Jetzt wurden Rufe laut, die gegen die Schauspieler gerichtet waren, weil diese den Leuten nicht das wahre Schauspiel vorgeführt, sondern ihrer Stadt Unglück und Tod gebracht hatten. Da ich mitten in der Menge stand, hatte ich Angst, doch in der Nähe des Tores standen die Leiber so dicht gepreßt, daß die Leute mich vermutlich gar nicht beachteten oder nicht erkannten, wer ich war. Aller Augen waren auf die Schauspieler gerichtet, die noch wie erstarrt zwischen den Fackeln auf der Bühnenfläche standen. Und für einige Augenblicke, bevor die kühle Vernunft wieder die Oberhand gewann, teilte ich mit den Zuschauern die Wut auf die Schauspieler; jenen Zorn, der sich wie ein jäher Sturm erhoben hatte, als der tote Mönch auf dem Rücken des Maultiers am Tor vorübergekommen war. Ich war kein Schauspieler mehr, sondern gehörte zur wütenden Menge, und ich rief und schrie vor Angst und Zorn mit den anderen. Irgend jemand schleuderte einen Stein – ich sah, wie er gegen die Mauer prallte. Den armen Springer verließ nun doch der Mut, und er fiel auf die Knie. Mein Verstand wurde wieder klar, als ich dies sah, und ich erkannte, daß die einzige Möglichkeit, uns selbst zu retten, darin bestand, das Schauspiel zu retten.

Ich drängte mich weiter nach vorn, so gut ich konnte. Ich hörte – oder glaubte zu hören –, wie jemand rief: »Da ist einer von ihnen! Da ist der Priester!« Dann löste Martin sich aus seiner Starre, trat nach vorn bis ans Seil – nahe genug, um die vorderste Reihe der Zuschauer zu berühren – und hob die Arme in der Geste eines Mannes, der sich ergibt. Mein Herz hüpfte aus Bewunderung für seinen Mut und seine Klugheit, sich auf diese Weise der Gewalt darzubieten und sie entweder auf sich zu ziehen oder zu entwaffnen.

Er rief etwas, und zuerst waren seine Worte nicht zu verstehen; dann aber verebbte der Lärm des Publikums, und wir hörten ihn rufen: »Wartet! Der Mönch ist tot, aber unser Stück ist es nicht!«

Wieder schwoll das Geschrei der Menge an wie eine Woge; die Leute waren nicht beschwichtigt. Die Arme noch immer erhoben, brüllte Martin gegen das Geschrei an: »Wir haben es gewußt! Wir wußten, daß der Tod ihn heute abend holt!«

Diese Lüge war unsere Rettung. Das Geschrei erstarb; nur noch Gemurmel war zu vernehmen. Langsam senkte Martin die Arme, bis sie an den Seiten herabhingen; in dieser Haltung verharrte er für einige Augenblicke. Auch diese Stille verlangte Mut, und sie ließ das Pendel der Zuschauerstimmung stärker zu unseren Gunsten ausschlagen, als irgendeine Gebärde es bewirkt hätte. »Tut den armen Schauspielern nichts an«, sagte Martin schließlich. »Daß ihr zufrieden seid, ist unser einziger Wunsch. Laßt uns das Stück von Thomas Wells zu Ende spielen.«

Springer hatte sich inzwischen aufgerappelt, und nun umstanden die Schauspieler Martin im Halbkreis, so bewegungslos wie er selbst. Ohne von irgend jemandem behindert zu werden, gelangte ich durch die Menge hindurch zur Bühne. Mir war ein Gedanke gekommen. Schauspiele können durch Auftritte gerettet werden. Ich war noch immer der Gute Rat, und zusammen mit meiner Predigt über die Gerechtigkeit Gottes würde ich Kunde vom Tod in das Schauspiel bringen.

Und das tat ich denn auch, und indem ich die Worte fand, besiegte ich die Angst. Ich schritt von der einen Seite zur anderen, zwischen den Schauspielern und Zuschauern hindurch, und sagte langsam und mit feierlicher, ernster Gebärde: »Jetzt wird der Mönch, so wie's uns allen dereinst ergehen wird, auf einen anderen Weg geschickt, um Rechenschaft abzulegen vor jenem Richter, den man nicht täuschen kann. Jetzt werden schöne Worte ihm nichts nützen; denn er steht nicht vor einem unwissenden Knaben, der ihm in der Dunkelheit eines Wintertages lauscht. Vor diesem Richterstuhl gibt's keine Finsternis, nur unermeßliches Licht ...«

Ich hörte, wie die Stille sich über das Publikum senkte, und wußte, daß ich meinen Teil dazu beigetragen hatte, das Stück zu retten, wenngleich ich nicht mehr sagen konnte, in welche Richtung wir uns nun bewegten. Ich schritt weiter hin und her und predigte, damit die anderen Zeit hatten, wieder zu klarem Verstand zu kommen und weiter an der Aufführung teilzunehmen: »Jetzt ist's zu spät für Simon Damian, auf ewig zu spät das Gebet, das der Herrgott Bileam in den Mund legte: *Meine Seele möge sterben den Tod der Gerechten.* Zu spät, auf ewig zu spät.«

Die Schauspieler standen dort, noch immer in dichtem Halbkreis, noch immer bewegungslos. Die Angst des Publikums hatte sie ihrer Rollen beraubt, und ihnen blieb kein anderer Ausweg als die Regungslosigkeit. Doch dieser Stille mußte ein Ende gemacht werden. »Der Mönch hat seine Stellung mißbraucht«, sagte ich, »und Gott hat ihn dafür gestraft. Was sagt die Menschheit?«

Tobias sprach, doch immer noch, ohne sich zu rühren. »Alle Macht auf Erden kommt von Gott«, sagte er.

»Ein wahres Wort. Denn ich, die Wahrheit, kann es

bestätigen«, sagte Stephen, und er wandte sein silbernes Gesicht dem Publikum zu.

Straw war der erste, der aus dem Halbkreis ausbrach, den die anderen gebildet hatten, um gemeinsam die Prügel über sich ergehen zu lassen, die sie erwartet hatten. Er machte einen Schritt zur Seite und richtete seine Worte direkt an mich:

>»Macht kommt von Gott, ganz ohne Lügen,
> Nicht um die Menschen zu betrügen ...«

Ich hatte damit gerechnet, daß Springer am längsten brauchen würde, sich wieder zu fassen; dabei hatte ich allerdings den Mut der Ängstlichen vergessen, der darin besteht, daß sie sich sehr schnell wieder in der Gewalt haben. Springer entfernte sich ein Stück von den anderen und sprach seinen Text ohne Zittern in der Stimme:

>»Wer das Volk mißbraucht, der beugt das Recht,
> Wenn nur den Wanst sich stopfen er möcht'.«

Jetzt fielen Stephen ein paar Zeilen aus einem Zwischenspiel ein, bei dem er mitgewirkt hatte. Die Verse paßten zwar nicht besonders gut zum Thema der mißbrauchten Macht, dafür aber um so besser zu Stephen:

>»In England und Frankreich hat der König die Macht,
> Daß es so bleibt, darauf gibt er wohl acht ...«

Martin bemerkte, daß wir anderen uns wieder fingen. Nun hob er mir grüßend die Hand entgegen und

drehte sie zugleich im Gelenk nach innen: die Geste
für ›Frage‹: »Sei gegrüßt, Guter Rat. Mit Freuden heißen wir dich willkommen. Sag, hast du den Toten aus
der Nähe gesehen?«

»So nahe, wie ich dich jetzt sehe, Bruder.« Nun erst
wurde mir klar, daß noch keiner der anderen wußte,
auf welche Art und Weise der Mönch gestorben war,
weil sie alle auf der Bühnenfläche verharrt hatten.
»Vom Seile erwürgt kam der Mönch zu Tode«, sagte
ich.

»So war sein Ende dem meinem ähnlich«, sagte
Springer und gab seiner Stimme wieder einen so
hohen Klang, daß sie sich wie die eines Kindes anhörte.

Die Menschheit stand unweit der Hofmauer, und
von hinten schimmerte Licht auf seinem schütteren
Haar:

»Der Mönch hat sich selbst in die Hölle gebracht,
  Drum halten wir ihm keine Totenwacht ...«

Worauf sofort wieder Rufe laut wurden. Diesmal
klangen sie zwar nicht drohend, jedoch verwirrt, so
daß es zuerst schwierig war, den Grund dafür auszumachen. Dann aber vernahmen wir: »Seine Hände waren gefesselt! An seinen Handgelenken waren
noch die Male vom Seil!«

Stephen, immer noch mit dem Stab in der Hand, trat
einen Schritt nach vorn. Er schien jetzt nüchtern zu
sein; wahrscheinlich eine Folgeerscheinung der Angst.
»Ich bin die Wahrheit, wie jedermann sehen kann«,
sagte er mit tiefer Stimme. »Jene, die den Mönch fessel-

ten, haben ihn auch gehängt. Also hat er bezahlt. Denn wer Menschenblut vergießt, dessen Blut soll auch vergossen werden. So steht es geschrieben.«

Doch an der Sache stimmte irgend etwas nicht. Ich erinnerte mich wieder an den Mönch, wie er über dem Rücken des Maultiers gelegen hatte. Ein weißes Hemd, wie Büßer es tragen. Oder Missetäter, die zur Hinrichtung geführt werden. Wer immer dem Mönch die Hände gefesselt hatte, hatte ihm auch diese Kleidung angelegt. Konnten die gemeinen Leute das getan haben? Jeder hätte ihn fesseln und hängen können, gewiß, doch ihn so zu kleiden ... Man hatte ihn in ein Kostüm gesteckt, hatte eine Art Schauspieler aus ihm gemacht, einen Tänzer auf einem Seil. Aber wer? Es konnten nur jene gewesen sein, die nach dem Kalkül und in der Sicherheit der Macht handeln. Oder jene, die glauben, daß Gott zu dem Gott in ihrem Inneren spricht ...

Straw kam in seinem Gewand und seiner Perücke mit Trippelschritten nach vorn. »Indem der Mönch gehängt, ward meine Unschuld offenbart«, sagte er. »Und so verleiht Gerechtigkeit den Stummen eine Stimme.«

An dieser Stelle hätten wir enden können. Der Text gab einen guten Schluß ab; die Worte paßten. Wir waren erschöpft. Ich konnte das Zittern meiner Knie spüren, und trotz seiner gezierten Schritte sah Straw aus, als würde er jeden Moment in Ohnmacht fallen. Doch irgendein Engel der Zerstörung trieb Martin voran. Er blickte noch immer auf die Zuschauer, und sie waren es, zu denen er nun sprach: »Noch hat es keine Gerechtigkeit gegeben, Ihr guten Leute. Warum wurde der Mönch gehängt? Wenn wir wissen warum, werden wir erfahren, wer's getan hat. Die Auffindung des Knaben ist der Schlüssel zu aller Rätsel Lösung. Thomas Wells war der fünfte Junge. Er war derjenige, der gefunden wurde. Wenn nun der Mönch den Thomas Wells mitgenommen – ist es dann nicht wahrscheinlich, daß er auch die anderen Knaben mitnahm? Doch der Mönch wurde nur für diesen einen Jungen bestraft, den man gefunden hat. War dies der Grund für die Strafe? Weil er dafür sorgte, daß man die Leiche fand?«

Selbst jetzt noch trieb uns irgend etwas an, Martin zu folgen; wir konnten ihn nicht allein lassen.

»Wer immer den Mönch gehängt hat, tat es nicht, weil man mich tötete, sondern weil man mich fand«, sagte Springer. »Daß ich ermordet wurde, zählte für ihn gar nicht.« Seine Stimme klang weinerlich. Mitleidiges Gemurmel durchlief die Menge, und irgend jemand rief laut, er solle sich nichts daraus machen; schließlich weile er jetzt in Abrahams Schoß.

»Du Ärmster. Sie wollten nicht, daß man dich fand«, sagte Tobias, und auch seine Stimme klang zittrig, als würde er jeden Moment in Tränen ausbrechen. Er machte die Geste für ›Frage‹. »Wer kann uns sagen, was der Grund dafür war?«

»Weil mein Körper Spuren zeigte«, entgegnete Springer. Er sprach die Worte, als würden sie ihm vorgesagt. Und auf seinem weißen Gesicht spiegelte sich das Wissen um Thomas Wells' Leiden wider.

»Wenn dein Körper Spuren trug, waren auch die Körper der anderen Jungen gezeichnet.« Straw hob die rechte Hand und machte die Geste für ›zählen‹, wobei der Daumen an die Fingerspitzen getippt wird. »Eins-zwei-drei-vier-fünf …«

Auch Stephen hatte Tränen vergossen, die Bahnen in die silberne Schminke auf seinem Gesicht gezogen hatten. Er schwenkte seinen Stab. »Hat die Mutter den Leichnam ihres Sohnes gesehen?« fragte er.

»Nein, hat sie nicht«, rief eine Frau aus der Menge. »Sie sagte mir, man hätt' sie nicht zu ihm gelassen.«

»Wer hat gesehen, wie der Knabe begraben wurde?« Martins Stimme erfüllte den Hof. Er schaute uns an, während er die Frage stellte, und wir antworteten gemeinsam in einem mißtönenden Chor: »Es war der Verwalter des Barons.«

Wieder erscholl Martins laute Stimme, verlangte nach Antwort: »Wem hat der Mönch gedient?«

Wieder, als würden wir dazu angetrieben, entgegneten wir wie aus einem Munde: »Er war der Beichtvater des Barons. Er hat dem edlen Herrn gedient.«

Während wir antworteten, hatten wir uns dichter zusammengedrängt, einem inneren Antrieb gehorchend, der uns befahl, gleichsam ein einziges Wesen zu bilden, mit einem Körper und einer Stimme. Das Wirtshaus im Rücken, blickten wir über den Hof. Martin stand ein paar Schritte von uns entfernt; er hatte sich so hingestellt, daß er uns und die Zuschauer gleichzeitig im Auge behalten konnte. Er schien eine weitere Frage stellen zu wollen; aber ich glaube, sie galt nicht uns. Sein Gesicht wirkte gefaßt und unbekümmert, und sein Blick war fest. So hatte er ausgesehen, als er von dem stummen Mädchen gekommen war. Und so hatte der Vater des Mädchens ausgesehen, als er den Flammentod der Verderbten prophezeit hatte …

Während wir Martin noch beobachteten, veränderte sich schlagartig sein Gesichtsausdruck. Ich hörte verwirrte Stimmen aus dem Publikum, und hinter mir das Rasseln und Klirren bewaffneter Männer. Als ich mich umdrehte, befanden sie sich bereits auf der Bühnenfläche. Wir waren umzingelt. Die Männer waren nicht zum Tor hereingekommen, sondern durch das Wirtshaus. Einige trieben bereits die Leute vom Hof.

»Ich bin Geistlicher«, sagte ich zu dem Mann, der den Trupp anzuführen schien, und hoffte, auf diese Weise einer Festnahme durch die Laienschaft zu entgehen.

Der Mann betrachtete mein fleckiges und verstaubtes Gewand und lächelte leicht. »Ob Geistlicher oder Schauspieler, du wirst mit den anderen mitkommen.« Auf dem Brustteil seines Überwurfs waren der Leopard und die Tauben eingestickt, die auf dem Wappen derer de Guise zu sehen waren. »Die Frau kann hierbleiben. Sie gehört nicht zu den Schauspielern«, sagte er zu seinen Leuten, und ich sah, wie Margaret zur Seite gestoßen wurde.

»Wohin bringt Ihr uns und mit welchem Recht?« wollte Martin wissen.

»Ich bin der Verwalter des Barons«, sagte der Mann. Er ließ sich einige Augenblicke Zeit, um uns und die kläglichen Überbleibsel unserer Illusion zu mustern: Straws rotes Kleid, Stephens von Tränenspuren durchzogenes Gesicht. Der Mann lächelte jetzt nicht mehr. »Ihr werdet Gäste der Burg sein«, sagte er. »Meinen Herrn verlangt's nach Unterhaltung.«

Kapitel dreizehn

an ließ Straw ein wenig Zeit, sich umzukleiden, und Stephen, sich die Silberschminke aus dem Gesicht zu waschen. Das Pferd, der Karren und der winselnde Hund wurden an Ort und Stelle zurückgelassen. Wir durften nur unsere Masken und Kostüme mitnehmen, sonst nichts. Die Sachen wurden einem Maultier aufgeladen, und auch wir Schauspieler legten den Weg die Straße hinauf bis zur Burg auf den Rücken von Mulis zurück, wobei unser Zug vorn und hinten eskortiert wurde. Es ging am Kirchhoftor vorüber, wo ich mich am Tag zuvor, als wir Brendan begruben, so sehr gefürchtet hatte. Auch jetzt war wieder Furcht in meinem Herzen, als der Weg uns höher hinauf führte. Das Licht unserer Fackeln färbte den Schnee rötlich, und die Maultiere gerieten an den steileren Stellen immer wieder ins Rutschen.

Die Zugbrücke war heruntergelassen, und hufeklappernd überquerten wir sie. Dann ging es am Wachthaus vorbei und über den Vorhof mit seinem großen, jetzt verlassenen Brunnenhäuschen, wo Springer und Straw am Morgen dieses Tages gesungen, Kunststücke vollführt und versucht hatten, mehr über den Mord an Thomas Wells herauszufinden.

Auf der anderen Seite des Vorhofes saßen wir ab und wurden über einen weiteren Hof und dann eine Steintreppe hinauf geführt, die zuerst gerade und später gewunden in die Höhe ging. So gelangten wir schließlich zu der Kammer, die uns als Quartier dienen sollte: ein quadratischer, mit Steinplatten ausgekleideter Raum, dessen Fußboden mit Stroh bedeckt war, aus dem wir unsere Schlaflager bereiten sollten. Der Baron und seine Gäste, wurde uns mitgeteilt, hatten bereits zu Abend gespeist und sich zur Nachtruhe begeben.

»Man meint es gut mit euch«, sagte der Verwalter und musterte uns mit einem kalten Lächeln. »Euer Zimmer gewährt euch einen schönen Blick hinunter auf die Stechbahn. Morgen werdet ihr einiges von den Tjosten sehen. Bis dahin solltet ihr die Gelegenheit nutzen und mit besonderer Inbrunst zum Gott der Narren und Hanswurste beten.« Das Lächeln auf seinem Gesicht erstarb, und ich wußte, er würde uns nicht verzeihen, daß wir ihn in unser Stück hineingezogen hatten. Überdies erkannte ich, daß er alles tun würde, was sein Herr ihm befahl, und daß er seinen Gehorsam als Tugend betrachtete. »Morgen wird man euch vor Seine Lordschaft führen«, sagte er. »Ihr werdet vor dem edlen Herrn auftreten. Betet zum Allmächtigen, daß dieser Auftritt ihm gefällt. In eurer Truppe ist ja einer, der euch vorbeten kann – er ist für die Rolle gerade recht gekleidet.«

Mit diesen Worten verließ er uns. Trotz meiner Angst und Sorge versank ich beinahe auf der Stelle in Schlaf, so tief war meine Erschöpfung; und ich glaube, bei den anderen war es ebenso. Doch ich erwachte, bevor der Morgen graute, lag da und starrte in die Dunkelheit, während ich noch einmal die Ereignisse der vergangenen Tage überdachte und wie es gekommen war, daß wir immer tiefer in den Tod des Jungen verstrickt worden waren. Brendans wegen waren wir in diese Stadt gekommen; jedenfalls hatten wir das geglaubt. Ich mußte daran denken, wie Springer uns über den Hügelkamm geführt und uns dann das weite Tal und die Stadt gezeigt hatte, die darin lag. Der emporkräuselnde Rauch von Holzfeuern, der schwingende Klang der Glocken, das Blinken auf den Zinnen der Burg ... Es schien so, als hätte die Stadt sich uns als Retter in der Not angeboten. Doch es war der Tod gewesen, der diese Not verursacht und sie durch Brendans Verwesungsgeruch noch verschlimmert hatte. Der Tod hatte uns an diesen Ort geführt. Wer aber hatte uns dann die Worte unseres Stückes eingegeben? Vielleicht hatten wir den Zielen und Zwecken des Todes jetzt hinreichend gedient, und das Schauspiel brauchte nicht noch einmal aufgeführt zu werden. Das hofften wir jedenfalls von ganzem Herzen. Gestern, vor dem Einschlafen, hatten wir noch flüsternd beschlossen, dem Baron und seinen Gästen den Vorschlag zu unterbreiten, ihnen das Stück von Christi Geburt und vom Zorn des Herodes zu spielen, da es zur Weihnachtszeit paßte – in der Hoffnung, daß man uns genug Zeit für die Vorbereitungen gab. Aber dabei machten wir uns natürlich nur selbst etwas vor. Die Angst ist der Schutzpatron all jener, die sich selbst betrügen, doch oft erscheint sie in Verkleidung. Ich wußte zwar nicht, was uns erwartete, während ich dalag und das erste Licht des Ta-

235

ges durch die Ritzen im Fensterflügel fiel, aber ich wußte: Was auch geschehen mochte – es geschah nicht auf unser Geheiß und nicht um unsertwillen. Mir fielen die letzten Worte ein, die wir in unserem Stück von Thomas Wells gesprochen hatten: *Er war der Beichtvater des Barons. Er hat dem edlen Herrn gedient.* Das waren keine Worte, mit denen man ein Schauspiel beendete ...

Wir hörten das Horn des Wächters, das den Sonnenaufgang verkündete, und bald darauf brachte ein Mann uns Brot und Mehlsuppe, wofür wir dankbar waren, denn wir hatten seit dem Mittag des vergangenen Tages nichts mehr gegessen. Die Tür unseres Gemachs wurde nicht verschlossen. Draußen befand sich ein kurzer Gang, der zur einen Seite vor einer Wand endete, zur anderen eine Nische aufwies, in der sich ein Abort befand; dahinter war eine dicke, fest verschlossene Tür. Somit gab es auf dieser Seite kein Herauskommen, sofern einem nicht jemand die verschlossene Tür aufsperrte. Und das Fenster unseres Gemachs befand sich hoch an der Mauerwand, die draußen steil abfiel.

Mit dem ersten Licht des Tages hörten wir unten im Hof das Klingen von Hämmern und das Rufen von Stimmen; die Vorbereitungen für den heutigen Turniertag wurden getroffen. Die Geräusche begleiteten unsere Gespräche – wir hatten früh damit begonnen, uns über die Stücke zu unterhalten, die wir vor dem Baron und seinen Leuten aufführen wollten; wir verteilten die Rollen und einigten uns darauf, wann die Tanz- und Gesangseinlagen stattfinden sollten; letztere waren bei weihnachtlichen Aufführungen von besonderer Wichtigkeit. Keiner von uns sprach über Thomas Wells, obwohl die Stücke, die wir spielen wollten, die Geburt eines und den Tod vieler Kinder behandelten. Doch indem wir Thomas Wells' Namen nicht nannten und auch sonst nichts sagten, was irgendwie mit ihm zu tun hatte, versuchten wir zu leugnen, daß Gefahr für unser Leib und Leben bestand, obwohl wir alle es wußten; wir versuchten, nicht daran zu denken, was geschehen war – daß man unsere Aufführung gewaltsam unterbrochen und uns ergriffen und hierher geschafft hatte.

Stephen tat gar so, als wäre die rüde Hast unserer Häscher ein Grund zur Selbstzufriedenheit. »Es ist doch klar, daß unser Ruhm sich verbreitet hat«, sagte er. »Die Männer wollten sich unserer Dienste versichern, bevor wir die Stadt verlassen.« Er schaute uns an und nickte bedächtig. Seine Augen waren blutunterlaufen – entweder vom Trinken oder von seinen Gefühlsaufwallungen am Abend zuvor, als seine Tränen sich mit der silbernen Schminke auf seinem Gesicht vermischt hatten. »Sie haben uns eine Ehre erwiesen«, sagte er.

»Ja, genau«, sagte Springer, der sich begierig auf alles stürzte, das ihm seine Ängste nehmen konnte. »Man hat den Männern gesagt, sie sollen uns holen. Und sie sind nun mal derbe Soldaten, die bei allem, was sie tun, recht unsanft vorgehen.«

Tobias schüttelte den Kopf. Er war noch immer die Menschheit und kleidete in Worte, was alle dachten. »Eine merkwürdige Art der Ehrung«, sagte er. »Meinst du, man hätte uns auch dann auf diese Weise geehrt, wenn wir beim Stück von Adam geblieben wären?«

An dieser Stelle unterbrach uns ein Stoß aus mehreren Fanfaren, der vom Hof heraufklang, und wir drängten zum Fenster und stießen es auf, um hinunterzublicken, nur Martin nicht – er blieb, wo er war, saß mit dem Rücken zur Wand und starrte gedankenverloren vor sich hin. Weiße Tauben, von den Fanfaren aufgescheucht, flatterten mit wildem Flügelschlag an uns vorbei in die Höhe und flogen wie ein einziger, großer Vogelkörper im Kreis über dem Burghof, als würde man sie allesamt in einer leeren Schüssel umrühren.

Es war eine überaus prachtvolle Szenerie, die sich vor uns ausbreitete. Die Tribünen hatten sich mit Zuschauern gefüllt, während wir uns beraten hatten, und vom einen Ende bis zum anderen waren die Schranken mit Flaggen in leuchtenden Farben geschmückt. Beritten und gepanzert, jedoch mit noch offenem Visier, paradierten die Ritter, die am Turnier teilnahmen, in langer Reihe über den Hof, und ihre Streitrosse, die mit prächtigen Decken behängt waren, hoben beim Klang der Fanfaren die Köpfe und mahlten auf den Zaumstücken, und ihre Reiter ruckten an den Zügeln und ließen die Pferde tänzeln, daß es gewaltig klirrte. Der Himmel über uns war wolkenlos und fahl und wirkte sehr fern. Der Schnee auf dem Hof war zerwühlt und zertrampelt und hie und da von Pferdeäpfeln verunreinigt; doch war er noch immer weiß und fest, und die Wellen und Wächten glitzerten schwach im Licht.

Die Ritter salutierten, als sie vorüberritten, und die vornehmen Damen im Pavillon warfen Schals und Tücher zu jenen Kämpfern hinunter, die sie zu ihren

Lieblingen erkoren hatten. Vor dem strahlend weißen Hintergrund des Schnees blendete mir all diese Schönheit die Augen: die farbenprächtigen Kleider der Damen; die flatternden Wimpel, mit denen die Tribünen und Schranken geschmückt waren, scharlachrot und silbern und blau; die Wappen auf den Schilden und Brustpanzern der Ritter; das Funkeln von Pferdegeschirr und erhobenen Lanzen und Helmen mit bunter Zier.

Jetzt waren wir das Publikum und die Ritter die Schauspieler. Und das Stück, das sie vorführten, waren ihr Mut und ihr Stolz. Ich hatte zuvor schon Lanzenkämpfe gesehen, auf Höfen und auf offenem Gelände, Gefechte zwischen ruhmreichen Recken und Massenkämpfe, an denen hundert Ritter teilnahmen, deren Waffen manchmal stumpf gemacht worden waren, manchmal auch nicht. Es ist ein Spektakel, das bei den Leuten zur Zeit sehr beliebt ist. Das Publikum strömt in Massen herbei, um dieses Schauspiel zu erleben; die Leute drängen sich so dicht zusammen, daß sie eine leichte Beute für Taschendiebe und Dirnen sind. Jetzt aber, als wieder die Posaunen schmetterten und die Herolde riefen, kam mir zum erstenmal der Gedanke – vielleicht, weil ich nun selbst ein Schauspieler war –, daß dies hier das großartigste Beispiel für ein Schauspiel darstellte, das unsere Zeit zu bieten hatte. Wir waren berufsmäßige Künstler, die in Rollen schlüpften, die ihnen geeignet erschienen. Der Adel hatte nur die eine Rolle, an der er jedoch hartnäckig festhielt, wenngleich Päpste und Könige die Turniere ihrer Gewalttätigkeit, des Pomps und Prunks und der immensen Kosten wegen verdammten; denn dieselben Päpste und Könige hätten das Geld lieber für ihren eigenen Unterhalt verwendet. Die Dominikaner predigten regelmäßig gegen die Turniere und beschimpften sie als heidnische Rituale, doch all ihre Beredsamkeit nützte nichts. Ja, der heilige Bernhard persönlich wetterte gegen diese Lanzen- und Schwertkämpfe und verkündete, daß jeder, der auf einem Turnier getötet werde, schnurstracks zur Hölle fahre; doch auch des Heiligen Worte trafen auf taube Ohren. Selbst die Androhung der Exkommunikation blieb ohne Wirkung. Dies war die Rolle, die den Adligen Reichtum und Macht eingetragen hatte, und entsprechend mußten sie sich kleiden und sich mit Zeichen und Wappen schmücken; denn was sind Macht und Reichtum, wenn man sie nicht zur Schau stellt?

In diesen Gedanken wurde ich durch den Vortrag des Prologs unterbrochen, wie man es in der Sprache der Schauspielerei bezeichnen würde. Es fällt dem Veranstalter der Turniere zu, die Kampfesregeln zu verkünden. Der Edelmann, der sich nun von seinem Platz im Pavillon erhob, war der Gastgeber der Ritter wie auch von uns armen Schauspielern: Sir Richard de Guise. Zum erstenmal hatten wir die Möglichkeit, jenen Mann zu sehen, der uns auf seine Burg hatte bringen lassen, auf daß wir für seine Unterhaltung sorgten. Wir befanden uns in zu großer Höhe über dem Burghof, als daß wir ihn deutlich hätten sehen können. Zweifellos war er hochgewachsen und wirkte eindrucksvoll in dem Umhang aus blauem, mit Hermelin gesäumtem Samt, den er lose um die Schultern trug. Doch sein Gesicht blieb uns der Krempe seines Hutes und der Feder wegen, welche diesen an der Seite zierte, verborgen. Es war ein langes Gesicht, das eben dieser Länge wegen schmal wirkte und auffallend blaß war.

In der achtungsvollen Stille, die eingetreten war, als der Baron sich erhoben hatte, klang seine Stimme klar und deutlich zu uns herauf. Was er sagte, wußten seine Zuhörer schon längst, doch er sprach mit würdevollem Ernst und achtete auf die Pausen, wie Martin es wahrscheinlich ausgedrückt hätte. Nur abgestumpfte Lanzen oder solche mit einer Schutzkappe durften benutzt werden. Wurde einer der Kontrahenten von der Lanze an Kopf oder Brust getroffen, galt der Kampf für ihn als verloren. Wurde er aus dem Sattel gestoßen, so verlor er sein Pferd als Preis an seinen Bezwinger. Einem zu Boden gestürzten Ritter durfte nur von seinem eigenen Knappen, der sein Zeichen trug, auf die Beine geholfen werden ...

Die sonor klingende Stimme sprach weiter. Ich dachte an den Sohn des Lords, den jungen William, und meine Blicke schweiften über die Schar der Ritter hinweg, die auf ihren Schlachtrossen saßen, während ihre Knappen dahinter standen. Nirgends erblickte ich das Wappen derer de Guise. Wieder fragte ich mich, was für ein Liebeskummer den jungen Herrn von den Turnierschranken fernhalten mochte. Aber vielleicht beabsichtigte er ja, später am Tag zu kämpfen oder gar erst morgen ...

Mein Blick blieb auf einem Ritter haften, der einen sehr außergewöhnlich geformten Helm trug. Er bestand aus drei Teilen oder Stufen, wenn man so will: Über dem Visier befand sich ein Helmschmuck aus silberner Filigranarbeit; dieser wiederum wurde gekrönt von einem Stück, das die Form eines Bechers mit kannelierten Seiten aufwies; und aus diesem wiederum ragten die roten und weißen Federn des Helmbusches empor. Irgend etwas an dem Knappen, der hinter diesem Ritter stand, kam mir bekannt vor, obwohl er mir den Rücken zukehrte, genau wie sein Herr. Dann erkannte ich das Wappen auf dem Banner an der Lanze und am Halsstück des Pferdes: eine zusammengeringelte Schlange mit breiten blauen und silbernen Streifen, und ich wußte, daß dieser Mann jener Ritter war, der im Wirtshaus gewohnt hatte, unter seinem Baldachin aus Seide durch den Schnee geritten war und mir die heilige Furcht vor der Bestie eingejagt hatte. Es schien mir genau zu dem Eindruck zu passen, den ich von diesem jungen Ritter gewonnen hatte, daß er seinem Waffenschmied eine ordentliche Summe gezahlt haben mußte, damit dieser ihm einen Helm fertigte, der ganz anders aussah als der jedes anderen Ritters.

Sir Richard gelangte zum Ende seiner Rede, setzte sich und gab den Herolden ein Zeichen. Wieder schmetterten die Fanfaren, und wieder flatterten die Tauben empor und kreisten über uns. Nunmehr wurden Namen und Herkunft der ersten Kombattanten laut ausgerufen und die Symbole und Embleme auf ihrer Ausrüstung in aller Ausführlichkeit erläutert: die durch Heirat erworbenen Wappen; die Abzeichen, an denen die altersmäßige Reihenfolge von Söhnen aus vornehmer Familie zu erkennen ist; und die in Schlachten und sonstigen Waffengängen errungenen Ehrenzeichen – ein Vorgang, der viel Zeit in Anspruch nahm und den ich langweilig fand. Straw erging es offenbar nicht anders. Ungeachtet seiner Ängste – oder vielleicht auf der Flucht vor denselben – begann er, diese Bekanntgaben nachzuäffen, wobei er seine Hasenaugen weit aufriß und mit übertriebener Höflichkeit gestikulierte und redete. »Ihr edlen Herren und vornehmen Damen, hier ist der tollkühne Springer«, sagte er, »Herr über kein Fleckchen Land, Sieger in keiner Schlacht außer der gegen das Verhungern, und selbst die ist noch längst nicht gewonnen. Aber ich wette, er kann seine Beine höher werfen und sich schneller auf den Fersen drehen als irgendeiner von Euch.«

Wie bei ihm üblich, nahm Tobias einen eher nüchternen und praktischen Standpunkt ein. »Wie ihr seht, tragen diese Streiter auch die Wappen ihrer Waffenschmiede«, sagte er. »Sie werden gut dafür bezahlt; denn die Hersteller von Kettenhemden und Plattenpanzern bekommen auf diese Weise eine Menge Kundschaft.«

Diese Unterbrechungen ärgerten Stephen, der den Ausführungen der Herolde aufmerksam gelauscht hatte und ab und zu Ausrufe der Bewunderung und des Erstaunens von sich gab. »Pssst!« machte er nun. »Das da ist der zweite Sohn von Sir Henry Bottral. Sein Vater hat in die Familie Sutton eingeheiratet – wie ihr seht, hat er das Wappen der Suttons mit dem seinen vereint.«

Derweil ließen die Ritter ihre Pferde tänzeln, wandten ihre eisernen Masken von einer Seite zur anderen und streckten zum Entzücken der Damen unter dem Saum ihrer gepanzerten Röcke ihre von Seide umhüllten Beine.

Dann wurden die Visiere heruntergeklappt und die Lanzen gesenkt, und die ersten beiden Kämpfer ritten in langsamem Galopp aufeinander zu und prallten sodann dröhnend zusammen, wobei des einen Lanze mit wuchtigem Stoß gegen den Schild des anderen stieß. Beide wurden in den Sätteln zurückgeworfen, jedoch nicht vom Pferd geschleudert, und so brachte das Treffen beiden Kämpfern gleichviel Ehre ein. Diese Begegnung, das Herz des Schauspiels, nahm weniger Zeit in Anspruch als das Aufsagen der ersten drei Worte eines Bußpsalms.

So ging es den ganzen Morgen hindurch: das Schmettern der Fanfaren, die Rufe, das durch den Schnee gedämpfte Stampfen der Hufe, das laute Dröhnen, wenn zwei schwerbewaffnete Männer gegeneinander prallten – all diese Geräusche hallten über den Kampfplatz. Ich wartete darauf, den Ritter vom Baldachin und Narbengesicht kämpfen zu sehen. Der Name, den der Herold ausrief, lautete Roger von Yarm. Er hatte im Heiligen Land und auch in der Normandie gekämpft. Bei seinem ersten Kampf bewies er Geschick, indem er die Richtung seiner Lanzenspitze im letzten Augenblick so änderte, daß sie seinen Widersacher an der rechten Schulter traf, über dem Schild, und ihn in hohem Bogen über den Rumpf des Pferdes hinwegschleuderte, wobei er mit dem linken Fuß im Steigbügel hängenblieb, so daß sein Knappe herbeirennen mußte, seinen Herrn aus dieser mißlichen Lage zu befreien. Binnen weniger Augenblicke hatte Roger von Yarm als Preis ein Streitroß gewonnen, das mindestens fünfzig Livre wert war, und er hätte gar nicht wieder zu kämpfen brauchen. Doch am Nachmittag, ob nun verlockt durch den Wunsch nach größerem Ruhm oder aus schnöder Gewinnsucht, entschied er sich fürs Weiterkämpfen und bekam einen älteren Ritter zum Gegner, einen Veteranen von Poitiers, der von Derby hergekommen war, um am Turnier teilzunehmen.

Sie gelangten zur Barriere, um ihren Gruß zu entbieten; Roger von Yarms wundersam geformter Helm verlieh ihm einen Größenvorteil von gut zehn Zoll gegenüber dem Veteranen. Ich besitze die Gabe der Vorahnung, wie ich bereits gesagt habe, und während die Kontrahenten innerhalb der Schranken ihre Plätze einnahmen, wuchs in mir das Gefühl, daß etwas Schlimmes geschehen würde.

Dann wurde das Zeichen gegeben, und die Gegner trieben ihre Pferde voran und hielten die Lanzen stoßbereit. Wie es dann genau geschah, sah ich nicht. Die Lanze des älteren Ritters wurde abgelenkt, jedoch nicht weit genug; sie glitt über den Schild des anderen, und zwar nach oben, in Richtung des Kopfes. Im allerletzten Augenblick hob Roger von Yarm mit großer Gewandtheit seinen Schild, um die Lanzenspitze an sich vorüber zu lenken. Hätte er einen Helm von herkömmlicherer Machart getragen, hätte dieses Manöver vielleicht gelingen können. So aber verfing sich die Lanzenspitze des Gegners, abgestumpft durch die Kappe, offenbar im Filigran der Helmzier und ließ die Scharniere des Visiers aufspringen, so daß Sir Roger einen schräg geführten Stoß an den Schädel abbekam und seitlich vom Pferd herunter schwer zu Boden stürzte, wo er bewegungslos liegenblieb.

Als erster war sein Knappe bei ihm. Dann folgten

mehrere andere, und gemeinsam trugen sie ihn von den Schranken fort. An der Stelle, an der er vom Pferd gestürzt war, färbte Blut den Schnee.

Noch ein weiterer Kampf wurde ausgefochten; dann erhob sich der Baron, um das Ende dieses Turniertages zu verkünden. Der Nachmittag war bereits weit vorangeschritten und der Anbruch der Dunkelheit nicht mehr fern. Die Ritter trabten auf ihren Rossen davon, und ihre Knappen eilten ihnen hinterdrein. Der Baron überquerte den Hof und entschwand mit seinem Gefolge und den hochwohlgeborenen Gästen in der Burg. Bedienstete kamen heraus, um die rot und golden gefärbten Planen herunterzunehmen, mit denen die Pavillons überspannt waren. Das Tageslicht versickerte im Schnee, und nichts blieb zurück als die kahlen Gestänge der Schranken und Barrieren, die leeren Tribünen und der dunkelnde Blutfleck.

Kapitel vierzehn

rst spät ließ er uns rufen. Man hatte uns wieder etwas zu essen gebracht, Blutwurst und Brot und ein wenig dünnes Bier. Die Kerzen waren angezündet worden, und wir lagen ausgestreckt auf dem Stroh.
Der Verwalter kam mit zwei Bewaffneten, uns zu holen. Doch wurden wir nicht in den großen Saal geführt, wie wir es erwartet hatten, sondern durch eine Folge enger und spärlich beleuchteter Gänge zu den Privatgemächern, die sich auf der anderen Seite des Saales befanden. Im Vorübergehen warf ich einen Blick in einen dunklen Quergang, der von unserem eigenen wegführte. Im selben Augenblick öffnete sich ein Stück den Gang hinunter eine Tür; ein Strom aus Licht flutete hervor, und eine Gestalt trat hinaus in dieses Licht. Es war eine Frau, eine Nonne mit dichtem Schleier, so daß es unmöglich war, etwas von ihrem Gesicht zu sehen. Über die Ärmel ihres Ordensgewandes gelegt, trug sie Tücher, vielleicht auch Binden, von weißer Farbe. Ich sah diese Frau nur für einige Augenblicke; dann wurde die Tür geschlossen, das Licht erlosch, und die Frau schritt den Gang hinunter, fort von uns, und entschwand in der Düsternis. Doch in den wenigen Augenblicken, da die Tür ge-

öffnet und wieder geschlossen wurde und das Licht
kam und schwand und die Nonne in die Dunkelheit
davonschritt, breitete sich dort ein dermaßen übler
Gestank nach Fäulnis aus, daß ich mich beinahe er-
brochen hätte; es war nicht der Geruch des Todes,
sondern der von Krankheit, von vergiftetem Fleisch
und verdorbenem Blut, von Verwesung des noch lebenden Leibes. Es war ein Geruch, den ich kannte,
so wie alle ihn kennen und fürchten, welche diese
Zeiten der Pest durchlebt haben. Wenn man diesen
Odem in der Nase hat, erkennt man ihn als den Geruch der Welt.

Er schrie gleichsam hinter uns her wie eine betrogene Kreatur; dann wurde er schwächer und erstarb.
Wir gingen durch einen Türbogen und gelangten in
ein Vorzimmer; es war ein Gemach, das lang und
breit genug war, ein Schauspiel darin aufzuführen; für
ein größeres Publikum jedoch reichte er nicht aus. An
dieses Gemach schloß sich eine Kammer mit geöffne-
ter Tür an. Hier fanden wir, auf dem Fußboden aufge-
häuft, unsere Kostüme und Masken vor.

In dem Raum selbst stand nur ein einziger Stuhl
mit hoher Rückenlehne und gepolsterten Armstüt-
zen, kein weiteres Möbelstück oder sonst ein Gegenstand irgendwelcher Art. Wartend verharrten wir dort
unter den Blicken des Verwalters, während die beiden
Wachen sich mit aufgepflanzten Hellebarden dicht
bei der Tür aufstellten. In diesen Augenblicken
schien Martin, der den ganzen Tag einsilbig und aus-
drucksleer gewesen war, sich gleichsam wachzurüt-
teln. Ob Gedanken an unser Stück diese Wandlung
bewirkten, vermag ich nicht zu sagen; jedenfalls war

die Schauspielerei für ihn der Lebenssaft, und womöglich erhoffte er sich dadurch Erleichterung von seinem Liebesleid. Vielleicht aber war es ganz einfach so, daß er das Joch des Schweigens als zu drückend empfand. Aus welchem Grund auch immer – jetzt hob er den Kopf und schaute dem Verwalter in die Augen. »Ihr wart der einzige, der dabei war, als der junge Bursche begraben wurde«, sagte er. »Ihr habt den Priester bezahlt. Sagt uns, Freund, warum diese Eile?« Er hielt inne, ohne seinen durchdringenden Blick von dem Mann zu nehmen. Dann sagte er mit einer Stimme, die vor Verachtung schärfer klang: »Oder fragt Ihr Euch nicht einmal das?«

Durch Martins Worte wurden wir auf der Stelle wieder seiner Spielleitung unterstellt; selbst jetzt, da die Angst unter uns wuchs, wurden wir dazu angetrieben, Martin gleichsam wieder hinein ins Stück zu folgen. Der streitbare Stephen hob den Kopf und blickte den Verwalter an. Straw ließ sein schluchzendes Lachen hören.

Auf dem Gesicht des Verwalters spiegelte sich die Verblüffung darüber, daß ein Mann, der unter Bewachung stand und überdies bloß ein Schauspieler war, so mit ihm redete. »Vagabundierender Abschaum«, sagte er, »der ihr von Kirchengemeinde zu Kirchengemeinde gepeitscht werdet. Du wagst es, in diesem Ton mit mir zu sprechen? Das wird dich dein Leben kosten.«

Springer klatschte in die Hände und ließ ein krähendes Gelächter ertönen. »Habt Ihr den Mönch aufgehängt?« fragte er.

»Was hat er denn verbrochen?« fragte Tobias.

Nun waren wir wieder im Stück und fragten den Aufseher so selbstverständlich aus, als würde er in irgendeiner Rolle mitspielen, so daß er uns zu antworten verpflichtet war. Wir befanden uns nun am Rande der Verzweiflung, und das löste unsere Zungen. Wir hatten die Hoffnung am Leben erhalten, indem wir uns an das Gewohnte geklammert hatten. Schauspieler werden manchmal in die Säle von Burgen und Schlössern gebracht, um dort aufzutreten – schließlich war unsere Theatertruppe zu eben diesem Zweck nach Durham gesandt worden. Beim Abendessen, wenn die Bewohner des Hauses und ihre Gäste in aufgeräumter Stimmung sind, sind Schauspieler und fahrende Musikanten oftmals sehr gefragt. Doch als wir diesen kahlen Raum mit dem einen leeren Stuhl betreten hatten, der wie der Thron Gottes aussah, welcher darauf wartete, daß der Allmächtige am Tag des Jüngsten Gerichts darauf Platz nahm, da verlor unsere klägliche Hoffnung allen Halt und fiel in sich zusammen; nun konnte uns nichts mehr vor der Erkenntnis bewahren, daß wir uns in großer Gefahr befanden.

Die Hand des Verwalters lag auf dem Griff seines Dolches, doch wußten wir, daß er ihn nicht ziehen würde. Auf seine Weise war er genauso hilflos wie wir. Wie er sich uns gegenüber verhalten hätte, weiß ich nicht, denn in diesem Augenblick öffnete sich die Tür, und die beiden Soldaten reckten sich, stießen krachend die Schäfte ihrer Hellebarden auf den Steinfußboden, und Sir Richard de Guise betrat den Raum.

Statt des Umhangs von vorhin trug er jetzt ein gestepptes Gewand von dunkelroter Farbe und eine flache Kappe mit einer schwarzen Quaste an der Seite.

Auf seiner linken Faust hockte ein verkappter Falke. »Laßt die Männer draußen vor der Tür Posten beziehen, Henry«, sagte er. »Sorgt dafür, daß sie in Rufweite bleiben. Dann kommt zurück und stellt Euch hinter meinen Stuhl.«

Nun blickte er zum erstenmal uns an, während der Verwalter sich anschickte, den Befehlen seines Herrn nachzukommen. »Nun denn«, sagte er, »ihr seid also die Schauspieler, von denen ich gehört habe.« Langsam ließ er seine Blicke über uns hinweggleiten. Seine Augen waren blaßblau, mit schweren Lidern, und sein musternder Blick war so fest und bohrend, daß es schwerfiel, ihm zu begegnen. Die an den Schläfen eng anliegende Kappe verlieh dem langen, dünnlippigen Gesicht einen Ausdruck von Nacktheit und Strenge. »Wir werden euer Können nun auf die Probe stellen«, sagte er.

Nachdem er in seinem Stuhl Platz genommen und der Verwalter hinter ihm Stellung bezogen hatte, schwenkte der Baron eine Hand in unsere Richtung. »Soviel ich weiß, hat man eure Lumpen ins Gemach dort hinten gebracht«, sagte er. »Ihr könnt beginnen.«

Martin trat aus unserer Gruppe vor und verbeugte sich. »Edler Herr, wir fühlen uns zutiefst geehrt und werden versuchen, Euch zufriedenzustellen«, sagte er. »Eure Erlaubnis vorausgesetzt, möchten wir Euch das Stück von der Geburt unseres Herrn Jesus Christus vorführen, wie es der Jahreszeit angemessen ist.«

Das lange Gesicht blieb ausdruckslos. Ein kurze Pause des Schweigens trat ein; dann erklang wieder die Stimme, so bedächtig und beherrscht wie immer. »Ich habe euch nicht hierherholen lassen, um mir anzusehen, wie ihr meine Religion dem Hohn und Spott preisgebt. Das Stück vom toten Jungen will ich sehen. – Henry, wie lautete gleich der Name dieses Knaben?«

»Thomas Wells, Euer Lordschaft.«

»Gut, ja, richtig. Ich wünsche das Stück von Thomas Wells zu sehen.«

Nichts weniger hatten wir erwartet, doch spürte ich, wie mir bang ums Herz wurde. Nun aber überraschte Martin uns und gab uns den Mut zurück. Er entbot die italienische Ehrerbietung, die von Schauspielern zur Darstellung übertriebener Höflichkeitsbezeugungen von Intriganten und hinterhältigen Bediensteten benutzt wird: der Oberkörper wird leicht vorgebeugt, und die rechte Hand in flachem Bogen von links nach rechts geschwungen. »Wie der Herr es wünscht«, sagte er. Nacheinander vollführten nun auch wir anderen die Ehrbezeugung, die mir jedoch nur kläglich gelang; denn sie ist schwieriger, als es einem erscheinen mag, und ich hatte sie noch nie geübt. Dann führte Martin uns in die Kammer im hinteren Teil, in der sich unsere Sachen befanden, und jeder kleidete sich für seine Rolle ein. Doch konnten wir nirgends die schwarze Mord-Geldbörse finden, die Tobias angefertigt hatte; deshalb mußten wir uns mit der kleineren Börse zufriedengeben, in der Martin unsere Gemeinschaftskasse aufbewahrte. Zeit für eine längere Besprechung blieb uns nicht; es reichte nur für eine eilige Absprache, alles genauso zu machen wie zuvor, jedoch nur bis zum Abgang der Avaritia; dann wollten wir einen Boten auftreten lassen, der die Nachricht vom Erhängen des Mönchs überbrachte, diesen

Tod als Beweis für die Schuld des Ordensbruders an-
führte und ihn ein Zeichen der göttlichen Gerechtigkeit nannte, ohne Fragen nach möglichen Urhebern
des Ablebens zu stellen oder irgendwelche Zweifel
anzumelden; mit anderen Worten: das Stück dort enden zu lassen, wo wir es aus Umsicht schon am Tag
zuvor hätten enden lassen sollen. Dies war unsere
einzige Hoffnung, und sie war dürftig genug. An die
Rettung des Mädchens dachten wir jetzt nicht mehr.
Was jedoch keiner von uns wußte: Martin war zu der
Überzeugung gelangt, daß es keine Rettung für das
Mädchen gab, und deshalb legte er auch keinen Wert
mehr darauf, sich selbst zu retten.

Wir befolgten unseren Plan und hielten uns an die
gemeinsam beschlossene Version der Geschichte,
die wir nunmehr in der bedrückenden Stille des Gemachs vorführten, wobei der Baron und sein Verwalter unsere einzigen Zuschauer waren. Ich glaube, nie
zuvor wurde ein Stück in einer solchen Stille und vor
einem solchen Publikum aufgeführt. Ich sehnte mich
nach dem Lärm des Wirtshaushofes und des Marktplatzes, nach dem Gelächter und den Zurufen des
Publikums und den Bewegungen der Menge, aus denen die Empfindungen der Leute sprachen. Unsere
Schritte erklangen hohl in dem kahlen Raum; wir bewegten uns vor und zurück wie in einem langsamen
Tanz kürzlich Verstorbener, der vor dem Herrn der
Verdammten auf seinem geisterhaften Thron getanzt
wurde, mit dem Falken auf der Faust und dem gehor-
samen Schranzen im Rücken, stets auf dem Sprung,
jedem Befehl seines Herrn nachzukommen. Selbst
unsere Stimmen erschienen uns zu Anfang unwirk-

lich, wie Äußerungen unserer furchtsam zitternden Seelen. Doch indem das Stück von Thomas Wells sich entwickelte, gerieten wir mehr und mehr in den Bann unserer Rollen und begannen, für uns selbst zu spielen. Das Geheimnis, das den Tod des Jungen umgab, war noch immer frisch für uns. Dies war die dritte Aufführung, und wir beherrschten unsere Rollen jetzt besser, zumindest in der ersten Hälfte, bis zum Auftritt der Wahrheit, die wieder von Stephen gespielt wurde. Er hatte diesmal keine Zeit gehabt, sein Gesicht zu schminken, und die weiße Maske brauchte die Pietas; deshalb blieb Stephen keine andere Wahl, als sich eine dicke Maske aufzusetzen, die aus gepreßtem Papier und Leim bestand und silbern bemalt war. Durch diese Maske klang seine Stimme leicht gedämpft, doch immer noch sonor. Und er spielte gut – besser, als ich ihn je zuvor hatte spielen sehen. Er bewegte sich höchst würdevoll und mit großer Geste und trug seine Verse ohne Stocken vor:

»Ich bin die Wahrheit und hierher gekommen
An Gottes Statt und zu deinem Frommen ...«

In einem Stück ohne niedergeschriebenen Text hängt vieles von plötzlicher Eingebung und zufälliger Entwicklung ab. Wahrscheinlich waren es Stephen und die Kühnheit seines Spiels, die Martin an diesem Abend auf jene Bahn lenkten, die ihn schließlich dazu führte, uns zu verraten und uns tödlichen Schrecken zu bereiten. Unmittelbar vor Avaritias Abgang sprach die Wahrheit direkt zum Publikum – wie alle Figuren, wenn sie ihre Eigenschaften kennzeichnen. In diesem Fall jedoch bestand das Publikum lediglich aus unseren beiden regungslosen Zuschauern. Doch unbeirrt sprach Stephen dieselben Worte, die ihm bereits tags zuvor eingefallen waren, als er die Rolle schon einmal gespielt hatte, betrunken und unkonzentriert. Diesmal allerdings trug er die Verse mit außergewöhnlicher Kraft und Überzeugung vor und begleitete sie mit dem Zeichen für ›Beharrlichkeit‹: die Hand mit den leicht gekrümmten Fingern wird vorgestreckt; Daumen und Zeigefinger berühren einander, und der kleine Finger wird abgespreizt:

»Die Wahrheit gibt nichts auf Gold und Geld,
Nichts auf die Macht aller Fürsten der Welt ...«

Es war sonderbar und bewegend zu hören, wie die Wahrheit diese Worte mit tiefer Leidenschaft sprach; denn wir alle wußten, daß Stephen als Mensch große Stücke auf die Fürsten der Welt hielt, und diese reglose Gestalt, an die er seine Worte richtete, war ein reicher und mächtiger Adliger, Herr über Land und Leben. Stephen hatte sich gleichsam selbst vergessen; er spielte die Wahrheit nicht, er war sie. Und während ich am Rand unserer Bühnenfläche stand und auf den Augenblick wartete, da ich mit meiner Predigt über Gottes Gerechtigkeit an die Reihe kam, spürte ich, wie mir, ungeachtet der Furcht, die sich wie ein weiterer Schauspieler zwischen uns bewegte, Tränen in die Augen traten, als ich erlebte, wie Stephen, dieser sonst so unterwürfige Mensch, über sich hinauswuchs und mit tönender Stimme derart kühne Worte hinter seiner Maske sprach.

255

Doch wieder einmal war es Martin, der alles änderte. Die Wahrheit hatte ihre Fragen gestellt; die Menschheit und Thomas Wells hatten ihre ersten Antworten gegeben, und Straw, hinter den Umhängen der Pietas und der Avaritia verborgen, hatte sich die Mord-Maske aufgesetzt. Martin, noch immer als Avaritia gekleidet und maskiert, bewegte sich nach vorn, zur Mitte der Bühnenfläche, um seine Abschiedsworte zu sprechen. Er begann wie zuvor:

»Was will die Habsucht hier, an diesem Ort,
Wo eines Schurken Hand beging den Mord ...«

Doch statt Avaritia abtreten zu lassen, indem er sich des Umhangs und der Maske entledigte, wie er es am Tag zuvor getan hatte, um dann in eigener Person die Wahrheit zu befragen und das Stück zu einem Schluß zu bringen, der uns ein wenig Hoffnung auf Gnade ließ, vollführte Martin wieder jene übertriebene Geste der Ehrerbietung mit dem tiefen Schwenk der rechten Hand. Dann entfernte er sich rückwärts gehend, den Oberkörper noch immer vor der sitzenden Gestalt gebeugt, und verschwand, ohne uns anderen irgendein Zeichen zu geben, in der Kammer im hinteren Teil.

Dieser Abgang Avaritias traf uns andere vollkommen überraschend, und für einige Augenblicke wußten wir nicht, wie wir fortfahren sollten. Dann aber fand die Menschheit ihre Fassung wieder und stellte jene Frage, die eigentlich von Martin hätte kommen sollen:

»Wie kam dies Kind dorthin? O Wahrheit, ist bekannt,
Wie's kam, daß dies fünfte Kind man fand?«

Stephen hatte aus seinen Fehlern von gestern gelernt,
und diesmal hatte er eine Antwort parat: »Wenn die
Wahrheit spricht, soll kein Mensch widerstreiten«,
sagte er. »Des Geldes wegen nahm man den Knaben
mit und legte ihn tot darnieder.«

»Mein Mörder wollte, daß man dem Weber die
Schuld gab«, sagte Thomas Wells mit seiner hohen
Stimme. »Der Mönch war's.«

Jetzt war für Tobias die Zeit gekommen, sich zurückzuziehen, sich rasch umzukleiden und in dem
kurzen Umhang und mit dem gefiederten Hut des
Boten sofort wiederzukehren, um uns die Nachricht
vom Erhängen des Mönchs zu überbringen. Er hatte
sich schon in Bewegung gesetzt, als er plötzlich innehielt, weil Martin wieder erschienen war, noch immer
in seinem roten Umhang, nun aber in der wahrhaft
furchterregenden Maske der Superbia, die gleichfalls
rot ist; nur die geschwungenen Linien des Mundes
und die erschreckenden Wülste der Brauen sind mit
schwarzer Farbe bemalt.

Er bedeutete Tobias, weiterzumachen und sich zu
beeilen. Dann trat er zwischen uns und hob die Arme
seitwärts bis in Schulterhöhe, die Handflächen in jener Geste nach außen gedreht, welche die Figuren immer dann vollführen, wenn sie sich vorstellen. Für
einige Augenblicke verharrte er in dieser Haltung, die
Maske dem sitzenden Baron und dem Verwalter zugewandt, der hinter seinem Herrn stand. So verschaffte
er Tobias Zeit zum Umkleiden. Keiner von uns be-

wegte sich. Ich stand nahe bei Straw und hörte sein
verängstigtes, keuchendes Atmen durch das Mundstück seiner Mord-Maske. Dann begann Martin mit
den Worten seiner Selbstbeschreibung:

»Ich bin der Hochmut, wie jedermann sieht.
Solange ich hab' die Oberhand,
Was schert mich Priester- und Laienstand?«

Nun kam der Bote mit dem gefiederten Hut eilig herbei. »Edle Herren«, sagte er. »Ich bringe Neuigkeit.
Der Mönch ist tot, er wurde erhängt.«
Voller Eifer – weil wir immerhin auf diese Szene
vorbereitet waren – versuchten wir, den Schauplatz
mit reger Bewegung und lebhafter Rede zu erfüllen,
und vor lauter Bemühen geschah es, daß mitunter
zwei Personen gleichzeitig sprachen, und unsere Bewegungen waren viel zu hastig, und wir behinderten
mit unseren Körpern die Sicht der Zuschauer. Abstim-
mungsfehler in Bewegung und Wechselrede, hätte
Martin dazu gesagt. Wir wußten nicht mehr, wohin
das Stück sich entwickelte; wir ertranken darin; wir
mußten die Worte gleichsam aus den Nichts haschen,
wie Ertrinkende nach Luft schnappen.
Superbia stolzierte langsam über die Bühnenfläche,
reckte den Hals und machte die Gesten, mit denen
man ›Herrschertum‹ und das triumphale Vorankom-
men bezeichnet; er bewegte sich wie ein widerlicher
Fremder zwischen uns. Straw machte einen letzten
Versuch, uns und das Stück zu retten und zuwege zu
bringen, worauf wir uns zuvor geeinigt hatten: den
Schluß des Stückes. Er hatte die Mord-Maske abge-

nommen; sein Gesicht unter der grellen Perücke war leichenblaß, sein Blick starr. Doch er hielt sich an seine Rolle, weil er ebensogut wie wir anderen wußte, daß wir nur als Schauspieler – zu niedere Kreaturen, als daß der Baron seinen Zorn darauf verschwendet hätte – darauf hoffen konnten, vielleicht mit einer Prügelstrafe davonzukommen. Und so achtete Straw genauestens auf seine Trippelschritte und Schulterbewegungen, und er machte seine Sache gut. Der Superbia, die hinter ihm noch immer über die Bühne stolzierte und gestikulierte, schenkte er keine Beachtung. In der Mitte der Bühnenfläche wandte Straw sich unseren beiden Zuschauern zu und bedeutete ihnen durch Gebärden, daß er stumm sei: mit nach innen gedrehten Handflächen zeigte er auf sich selbst, um auf sein Gebrechen hinzuweisen, wobei er den Kopf mitleidheischend hin und her bewegte. In diesen Augenblicken flehte er um unser aller Leib und Leben. Dann richtete er sich auf, hob den Kopf und sprach, um ein Ende zu machen, in Reimen:

»Die Gerechtigkeit gab mir die Zunge zurück,
 Der Mönch ward gehenkt für sein Bubenstück.
 Und sitz' ich auch jetzt im Kerker drin,
 Die Gerechtigkeit zeigt, daß ich unschuldig bin ...«

Ich glaube, nun hätte er sich verbeugt, und wir anderen wären seinem Beispiel gefolgt, doch Martin ließ uns keine Zeit. Er trat nun vor, schritt mitten zwischen uns hindurch und zischte dabei – nicht das Zischen der Schlange, sondern jenen schärferen Laut, der mit fest zusammengepreßten Zähnen erzeugt wird. Dann wandte er sich uns zu, die rechte Hand zum Zeichen erhoben, daß wir bleiben sollten. Sein Rücken war den Zuschauern zugekehrt. »Der Hochmut macht den Schluß, nicht die Gerechtigkeit«, sagte er. »Oder glaubt ihr, der Stolz würde hinnehmen, daß der Schluß ohne ihn gemacht wird, wo er doch der Meister des Spiels ist?« Während er diese Worte sagte, vollführte er für uns – durch seinen Körper vor den Zuschauern verdeckt – das Zeichen des Flehens.

Wir nahmen im Halbkreis hinter ihm Aufstellung. Noch immer gehorchten wir ihm, wenngleich in höchster Verwirrung, weil Martins Tun nichts weniger als ein Verstoß gegen das elementare Gebot der Schauspieler war, wonach der Sprechende nicht verdeckt sein darf. Wir fühlten uns verraten; Martin hatte das Stück gesprengt und uns die Rollen weggenommen. Und doch waren wir immer noch in dem Schauspiel gefangen, wie auch in dem düsteren Gemach, weil in unserem Inneren für uns selbst kein Platz mehr war, nur noch für den Schatten des Galgenbaumes. Es war Illusion in der Illusion, doch wider alle Vernunft klammerten wir uns daran. Solange Straw die stumme Frau war und Springer der Thomas Wells und ich der Gute Rat, konnten wir nicht fortgeschleift und gehängt werden.

Jetzt wandte Superbia sich den Zuschauern zu, jedoch auf eine Art und Weise, daß mir der Magen hochkam und ich das Prickeln von Schweiß auf der Haut spürte, selbst in diesem bitterkalten Gemach. Martin drehte sich ganz langsam um, mit kurzen Schritten, wobei er den Kopf gesenkt hielt wie eine monströse Bestie, die in ihrer Ruhe gestört worden war und sich jetzt drohend dem Störenfried zuwandte. Und diese Bedrohung des Barons war es, die meinem Herzen einen solchen Schlag versetzte, die mich wie ein Übelkeitsanfall überkam und mir einen Vorgeschmack darauf gab, was Martin beabsichtigte.

Hoch aufgerichtet stand er nun den Zuschauern gegenüber. Wieder reckte er den Hals; wieder schweifte sein prüfender Blick langsam von einer Seite zur anderen. Er machte Gesten wie ein Schwimmer, schien mit den Armen Hindernisse zur Seite zu schleudern. »Der Meister des Spiels«, sagte er noch einmal. »Er steht hier, und er sitzt dort.«

Ich stand auf gleicher Höhe mit ihm und konnte die Maske von der Seite sehen, wie auch die Bewegungen seiner Kehle, als er nun verstummte. Die Fakkel an der Wand hinter mir loderte einige Augenblicke heller auf, und die Flamme tanzte über die abstoßenden Brauen und das schnabelartige Mundstück der Maske und die Schultern des Umhangs. Der Baron bewegte ganz leicht den Arm – die erste Bewegung, die ich bei ihm gewahrte –, und der Falke trippelte kurz auf dem Lederhandschuh, um das Gleichgewicht zu wahren. »Man redet mich mit vielen Namen an«, sagte Martin. »Als Stolz und Überheblichkeit, als Macht und Regiment. Doch was kümmern mich Namen, solang' ich meine Herrschaft erhalten kann?«

Er sprach mit einer Stimme, die nicht die seine war. Sie erklang durch den grausamen und verzerrten Mund der Maske, langsam, bedächtig, mit stählernem Beiklang: Es war die Stimme des Barons. Ich blickte zu den anderen hinüber, die bewegungslos und starr dort standen, weil sie keine Rollen mehr hatten, die sie spielen konnten. Straw und Springer waren näher zusammengerückt und hielten sich bei den Händen. Und nun sprach wieder Superbia, und wieder mit der geliehenen Stimme.

»Was kümmert mich ein einziger toter Knabe, oder fünf, oder fünfzehn, wenn ich nur meinen Namen und meinen Rang behalte? Der Hochmut war's, der Gericht hielt, der den Knaben im Dunkel der Nacht begrub, der den verräterischen Mönch in seinem Büßerhemd erhängte ...«

Jetzt war es mehr als nur die Stimme. Als ich von der Maske der Superbia zum Gesicht des sitzenden Mannes blickte, erschien es meinem verwirrten Verstand und meinen fiebernden Augen, daß sie einander immer ähnlicher wurden, bis es im flackernden Licht des Gemachs nur noch ein Gesicht gab: das der Maske mit ihrem höhnisch verzerrten Mund, den vorquellenden Augen und den wulstigen Brauen.

Diese Verwirrung machte den Schrecken noch schlimmer. In seinem Wahn hatte Martin es gewagt, den Richter im Schatten des Richterstuhles zu verhöhnen, sich vor diesem Edelmann zu spreizen und dessen Stimme nachzuahmen – jenes Edelmannes, dem wir auf Gedeih und Verderb ausgeliefert waren. Schon die Beleidigung als solche war tödlich. Doch es war mehr als nur eine Beleidigung. Es war eine Anklage, die aus drei Punkten bestand, und falls die Beschuldigungen der Wahrheit entsprachen, ließen sie nach den Gesetzen der Logik nur einen Schluß zu: Richard de Guise hatte nicht gewollt, daß die Leiche von Thomas Wells gesehen wurde, weil sie irgendwelche Spuren aufwies – und dies wußte der Baron, und er wußte es, weil Simon Damian ihm den Knaben lebend in die Hände gegeben hatte.

Ich weiß nicht, wie lange wir noch hätten fortfahren dürfen. Ich sah, wie Tobias, der als der Stärkste von uns galt und dies jetzt auch bewies, sich rührte und einen Schritt nach vorn trat, gleichsam zurück ins Stück, so daß Martin ihn sehen konnte, und wie Tobias die Hand hob in der Geste des Tadels, die auf die gleiche Weise vollführt wird wie die Gebärde fürs Hörneraufsetzen, nur daß die Hand beim Zeichen für den Tadel so gehalten wird, daß die Finger nach vorn zeigen. Ich glaube, selbst jetzt noch hätte er versucht, die Katastrophe abzuwenden, indem er den Stolz seiner Anmaßung wegen schalt, doch bevor er etwas sagen konnte, entstand Unruhe an der Tür, und mit schnellen Schritten trat eine junge Frau ins Gemach. Sie war barhäuptig und trug einen dunklen Umhang über ihrem Abendgewand aus hellblauer Seide.

Als sie uns sah, stockte sie. Zweifellos boten wir in dem stillen Gemach einen sonderbaren Anblick. Noch immer vollführte der Hochmut seine Schwimmbewegungen, während Tobias einen Arm starr in Martins Richtung ausstreckte und wir anderen immer noch wie vom Donner gerührt dastanden. Dann kam die Frau bis zur Seite des Stuhls vor, auf dem der Baron saß, der eine abrupte Geste machte, worauf wir unser Spiel unterbrachen.

»Verzeiht, daß ich Euch störe, Vater«, sagte sie. »Ich wußte nicht, wohin man die Schauspieler gebracht hatte. Dem Herrn Roger von Yarm, der heute verwundet wurde, geht es sehr schlecht; er wird den Morgen

nicht erleben. Und der Kaplan, der ihm die letzte
Ölung spenden könnte, ist nirgends zu finden.«

Der Verwalter war zur Seite getreten, um dem Mädchen Platz zu machen, und der Baron drehte sich nun
auf dem Stuhl zu ihr um. Wir nutzten die Gelegenheit, Martin vorwurfsvolle Blicke zuzuwerfen. Straw
bedeutete ihm, er solle die Maske abnehmen, doch er
machte keine Anstalten.

»Tut mir leid, das zu hören«, sagte der Baron mit
einer Stimme, die nicht so kalt klang wie vorhin, als
er zu uns gesprochen hatte. »Aber ich weiß nicht,
warum du gekommen bist, mir das jetzt zu sagen, wo
ich hier beschäftigt bin.«

»Mutter hat mich geschickt«, sagte das Mädchen.
»Sie hat von einer Dienerin gehört, daß einer der
Schauspieler Priester sei. Vielleicht ist es der dort, der
wie ein Gottesmann gekleidet ist.«

Die Augen des Vaters und der Tochter ruhten jetzt
auf mir. Dann sagte der Baron irgend etwas zu seinem
Verwalter, der darauf einen Finger krümmte und
mich herbeiwinkte. Ich ging zu ihm und trat vor den
Stuhl. Nun befand ich mich außerhalb der Bühnenfläche; ich war Nicholas Barber, seines Zeichens
flüchtiger, vor Todesangst schlotternder Priester. Der
Baron hob den Kopf, um mich anzuschauen, und der
Falke spürte die Bewegung und tat einen winzigen
Schritt zur Seite, und es war so still in dem Gemach,
daß ich das Kratzen von Krallen auf dem Leder hörte.

Die Lider des Barons hatten sich gehoben, und sein
Blick ruhte auf mir, fest und kalt, doch ohne Neugier
oder daß auch die Andeutung einer Frage in den Augen zu lesen war. Ich hielt seinem durchdringenden

Blick kaum einen Atemzug stand; dann schaute ich zu Boden. »Nun«, sagte er, »entsprechend gekleidet bist du ja. Stimmt es denn wirklich, daß du Priester bist?«

»Ja, Euer Lordschaft«, sagte ich.

»Dann könnte er doch mit mir kommen und sein Amt ausüben«, sagte das Mädchen. »Sobald er fertig ist, lass' ich ihn wieder zu Euch bringen. Gewiß dauert's nicht lange.« Sie zauderte einen Augenblick; dann sagte sie: »Der Ritter kann nicht sprechen.«

Der Baron zögerte kurz, hob die freie Hand zum Kopf und rieb sich mit Daumen und Zeigefinger das Ohrläppchen. Dann nickte er. »Ich glaube, ich hab' genug gesehen«, sagte er. Er schaute den Verwalter an. »Ein Bewaffneter soll den Priester begleiten. Ihr und der andere Wachtposten bleibt bei mir. Wenn er fertig ist, wird unser Priester wieder in die Kammer gebracht, in der die Truppe vorher schon einquartiert war.«

Die junge Dame vorneweg, der Bewaffnete mit rasselnden Schritten hinter mir, verließen wir das Gemach – was ich mit Freuden tat – und schritten durch Gänge, die ich nie gesehen hatte und die ich vor lauter Furcht ohnehin kaum wahrnahm, bis wir dorthin gelangten, wo man den sterbenden Ritter untergebracht hatte.

Er lag in einer fensterlosen Kammer auf einer niedrigen, mit Kissen gepolsterten Bank. Eine weiße, gesteppte Decke war ihm hinauf bis zum Kinn gezogen, und der weiße Verband aus Leinen, den er um den Kopf trug, sah wie ein Helm aus; zu beiden Seiten der Bank standen Kerzen. Der Knappe kniete weinend zu seinen Füßen. Am anderen Ende der Kammer befand sich eine niedrige Tür; unweit davon stand ein schlichter Tisch aus Brettern mit einer Kanne Wasser, Tüchern und einer flachen Schale mit Öl darauf. Neben dem Tisch stand eine Bedienstete, während die Dame des Hauses an der Bettstatt saß. Als ich eintrat, erhob sie sich wortlos, um mir Platz zu machen, und auch der Knappe rückte ein Stück fort.

Der Kopfverband des Ritters saß tief bis in die Stirn, und sein Gesicht war so weiß wie das Leinen. Seine Augen, braun und mit langen Wimpern, blickten starr auf irgend etwas, das sehr nahe war oder sehr fern. Sein Mund war leicht geöffnet, und sein Atem ging schwer. Ich fragte ihn, ob er seine Sünden aufrichtig bereue und bereit sei, die Beichte abzulegen, doch seine Augen bewegten sich nicht, und ich erkannte, daß der Lanzenstoß ihn der Fähigkeiten beraubt hatte, zu hören und zu sprechen. Er kam mir sehr jung vor, kaum älter als ein Knabe. Die Haut seines Gesichts war glatt, was die Narbe auf der Wange noch unpassender erscheinen ließ. Verstohlen würde der Tod sich heranschleichen, um diesen Edelmann schon in der Jugend mit sich zu nehmen. Und das Ende war nicht mehr fern; schon jetzt ruhte der Blick des Ritters auf dem Tod.

Da er nicht mehr fähig war, Reue zu bekunden oder seine Sünden zu beichten, konnte ich ihm keine Absolution erteilen. Ich nahm das Öl, segnete es und begann die Worte der Letzten Ölung zu sprechen, wobei ich Augen, Ohren und Mund des Sterbenden berührte. Mit keinem Zeichen gab er zu erkennen, daß er wußte, was geschah; er, der sich erst wenige Stunden zuvor stolz für den Lanzenkampf gekleidet hatte, in den Farben seines Adelsgeschlechts; der seinen außergewöhnlichen Helm aufgesetzt und sich für seine Rolle maskiert hatte, so, wie die Schauspieler es tun. Nun war er im Begriff, von der Bühne abzutreten, weil es keine Rolle mehr für ihn gab außer der des Sterbenden, die wir eines Tages alle spielen müssen. Was ich für ihn tun konnte – es war wenig genug –, tat ich. Ich sprach die Worte, die er nicht hören konnte; ich segnete seine schwindenden Sinne. Es war meine eigene Reue, die ich ihm gab, meine eigene Hoffnung auf das Himmelreich.

Der Augenblick seines Todes war nicht genau zu erkennen, da sein Atem schon seit einiger Zeit so schwach ging, daß man ihn kaum mehr wahrnehmen konnte, und seine Augen blicklos waren. Von einem Moment zum anderen, ohne eine Bewegung oder ein Geräusch, während ich ihm noch das Kruzifix vorhielt, floh seine Seele den Körper. Der Knappe jedoch bemerkte es, und er trat zur Bettstatt und kniete neben dem Leichnam nieder, meinen Platz einnehmend. Und die Dame, welche dies sah, näherte sich von der anderen Seite. Die Dienerin, die wohl noch nicht bemerkt hatte, daß der Ritter tot war, hatte sich zum Tisch umgedreht und befeuchtete ein Tuch, um dem Ritter damit den Schweiß abzuwischen, den der Schmerz ihm aufs Gesicht getrieben hatte. Während dieser wenigen Augenblicke schaute niemand zu mir. Draußen vor der Tür, durch die ich ins Gemach gekommen war, wartete immer noch der Bewaffnete. Aber da war ja noch diese andere Tür.

Wenn man von einem Impuls getrieben wird wie

ich zu dem damaligen Zeitpunkt, besteht das größte
Problem darin, sich langsam zu bewegen. Drei Schritte brachten mich nahe genug heran; dann stand ich
mit dem Rücken zur Tür und versuchte, sie zu öffnen. Sie war nicht verschlossen, sondern gab bei meiner Berührung nach. Ich zögerte nicht länger, sondern verließ rückwärts das Zimmer, gelangte auf
einen schmalen Absatz und schob die Tür leise hinter mir zu. Im letzten Licht, das durch den Türspalt
fiel, sah ich unmittelbar vor mir zwei Stufen und
einen schmalen, aber geraden Gang, der von der
Kammer wegführte. An der Tür befand sich ein Riegel mit hölzernem Verschluß, den ich fest vorschob.
Nun gab es kein Licht mehr, doch ich eilte davon, so
schnell ich nur konnte. Ich hatte keinen Plan und
glaubte auch nicht wirklich an ein Entkommen. Es
war die Angst, die mich vorantrieb; doch für einen
wie mich ist die Angst ein mächtiger Verbündeter,
denn sie schärft den Verstand und verleiht den Füßen
Flügel.

Fortuna stand mir zur Seite, wie sie es schon vermit-
tels des sterbenden Ritters getan hatte. Ich gelangte
ans Ende des Ganges, ohne daß ich hörte, daß hinter
mir ein Versuch unternommen wurde, die Tür zu öffnen. Von dem Gang, an dessen Ende ich mich nun befand, bog ein weiterer ab, durch den ich mich voran-
tastete. Unvermittelt gelangte ich an eine Treppe, die
sich wie ein Schlund zu meinen Füßen öffnete, und
ich stolperte und wäre um ein Haar gestürzt. Es war
eine kurze Treppe – nur sechs Stufen. Ich erinnerte
mich, daß man mich und die anderen zwei Treppen
hinuntergeführt hatte, als wir zum Baron gebracht

worden waren; deshalb schien es mir, daß ich jetzt vielleicht zum ebenerdigen Teil der Burg gelangte.

Und so war es auch. Die Treppe führte mich weiter zur Galerie des Saales, der von Kerzen und Holzscheiten, die im Kamin glühten, noch immer mit trübem Licht erhellt wurde; doch nun war der Saal menschenleer. Das abendliche Mahl hatte mit Musikbegleitung stattgefunden; die Pulte der Musikanten standen noch auf der einen Seite der Galerie. Vor dem verglimmenden Feuer lag ein Jagdhund, der jedoch keine Notiz von mir nahm. Auf der langen Tafel stand noch Geschirr, und der hohe Stuhl des Barons war nach hinten gerückt, so, wie der Burgherr den Tisch verlassen hatte; die Bänke standen zu beiden Seiten. Von dort, wo die Küchen waren, hörte ich die Stimmen von Bediensteten, doch niemand erschien, als ich die Treppe hinunterstieg und den Saal durchquerte.

Der schlimmste Augenblick war der, als ich ins Freie gelangte, wonach ich mich doch so sehr gesehnt hatte. Aber im Hof erklangen Stimmen, und Fackeln bewegten sich umher. Zuerst glaubte ich, daß es Verfolger wären, auf der Suche nach mir, und ich verharrte auf der Stelle, an der ich mich befand, im Schatten der Mauer. Dann aber sah ich, daß einige Leute von Pferden stiegen, darunter auch Damen, und ich erkannte, daß es sich um Gäste handelte, die zu später Stunde eintrafen. Doch ich fürchtete, jemand könnte mich sehen und befragen, was ich im Dunkel des Hofes triebe; deshalb hielt ich mich eng an die Mauer, als ich mich davonmachte. Das Mondlicht war hell genug, daß ich etwas erkennen konnte. Ich

bog auf einen kiesbedeckten Weg ab, der zu beiden
Seiten von Mauern eingefaßt war, doch über mir
konnte ich den Abendhimmel sehen. Noch immer
wußte ich nicht, wie ich von der Burg fliehen konnte.
Das Haupttor schied als Fluchtweg aus; die Wache
dort war inzwischen gewiß alarmiert.

Doch nun bewies Fortuna, daß sie mir wirklich
wohlgesonnen war und daß der Ausspruch des Terentius, das Glück sei stets mit den Tapferen, nicht immer zutrifft. Der Weg endete zwar an einer hohen
Mauer, doch gab es ein offenes Tor darin, über dem
sich ein emporgezogenes Fallgatter befand. Ich gelangte auf ein Feld mit zertrampelter Schneedecke.
Mir direkt gegenüber erblickte ich das Gebälk der
Schranken und die leeren Tribünen: Ich befand mich
auf dem Turnierplatz.

Wie lange mein Leben auch währen mag, ich weiß,
daß ich diesen Augenblick nie vergessen werde. Das
Licht des Mondes schimmerte auf den Kämmen der
Schneewächten, während die Vertiefungen in violet-
tem Schatten lagen. Vor mir befand sich der freie
Platz, den es zu überqueren galt, hin zu den Pfosten
des hohen Pavillons, dicht an der Mauer.

Ich überquerte den Platz in schnellem Lauf. Wie ich
schon sagte, bin ich ein guter Kletterer; von klein auf
war ich flink und leichtfüßig – dies hatte auch Martin
letztlich dazu bewogen, mich in die Truppe aufzu-
nehmen. Ich brauchte nicht lange, um das Dachge-
bälk zu erklettern und mich von dort auf die Mauer-
brüstung zu schwingen. Sie lag mindestens drei
Mannshöhen über dem Erdboden, doch inzwischen
besaß ich einige Übung im Fallen; überdies hatte der

Wind den Schnee am Fuß der Mauer hoch angeweht. Dennoch stauchte der Aufprall mir die Wirbelsäule und nahm mir die Luft, doch meine Knochen waren heil geblieben. Ich wartete, bis ich wieder zu Atem gekommen war; dann machte ich mich auf den Weg den Hügel hinunter, dorthin, wo die schwachen, verstreuten Lichter der Stadt lagen.

Kapitel fünfzehn

oweit als möglich hielt ich mich in Deckung und mied aus Angst vor Verfolgern die Straße – das Licht war hell genug, um vor dem Hintergrund des Schnees einen Mann auszumachen, der sich bewegte. Doch konnte von einer Verfolgung nicht die Rede sein. Vielleicht vermutete man, daß ich mich in irgendeinem Winkel der Burg versteckt hielt; oder man war der Ansicht, daß es zwecklos sei, in der Dunkelheit nach mir zu suchen, selbst mit Hunden. Doch was immer der Grund sein mochte – ich war um der anderen wie auch um meinetwillen dankbar dafür; denn solange ich mich auf freiem Fuß befand, hielt ich die Wahrscheinlichkeit, daß den anderen etwas geschah, für geringer.

Als ich endlich das Wirtshaus erreichte, war ich von der Hüfte abwärts durchnäßt; ich zitterte und war dermaßen erschöpft, daß ich Mühe hatte, nicht zu taumeln. Der Hof war leer; kein Geräusch war zu hören. Doch in einem der oberen Zimmer schimmerte Licht durch Ritzen in den Fensterläden. Es war das Gemach am Ende der Galerie, das der Richter bewohnte. Die Eingangstür des Wirtshauses war noch offen. Ich stieg die Treppe hinauf und ging leise den Gang entlang, bis ich zu dem letzten Zimmer gelangte. Unter der Tür fiel Licht hervor. Für einige Augenblicke stand ich da, lauschte zuerst dem lauten Pochen meines Herzens und dann einer Stimme, die aus dem Zimmer drang. Sie sprach mit monotonem Klang, verstummte, und sprach dann weiter. Ich nahm all meinen Mut zusammen und pochte an die Tür.

Ich hörte, wie die Stimme abbrach. Dann wurde die Tür geöffnet, und auf der Schwelle stand ein Mann in mittleren Jahren, ein dünner Bursche mit scharfen Gesichtszügen, der in einen schwarzen Umhang gekleidet war, wie die Advokaten ihn tragen. Sein Blick glitt über mich hinweg, über meinen rasierten Kopf und die nassen und zerknitterten Röcke meines Priestergewands. »Was wünscht Ihr?« fragte er in nicht gerade freundlichem Tonfall. Hinter ihm, mitten im Zimmer, stand ein noch größerer Mann.

»Ich möchte den Richter sprechen«, sagte ich.

»In welcher Angelegenheit?«

»Es geht um den ermordeten Knaben«, sagte ich. »Ich bin Priester ... Ich bin einer der Schauspieler.«

»Es ist spät«, sagte er. »Der Herr Richter ist beschäftigt. Hat es nicht bis morgen Zeit?«

»Laß ihn herein!«

Die Worte waren nicht sehr laut gesprochen worden, doch es war eine jener Stimmen, die das Befehlen gewöhnt sind. Der Mann an der Tür machte mir Platz, und ich betrat das Zimmer. Ein Pult stand darin, auf dem Schriftrollen lagen, und im Kamin prasselte ein Feuer. In einem dreiarmigen Messingleuchter standen hohe Kerzen, die mit so klaren Flammen brannten, wie nur reiner Talg sie hervorbringt. Nie und nimmer hätte das Wirtshaus seine Gäste mit so etwas versorgen können – ebensowenig mit den roten und goldenen Wandbehängen aus Damast. Dann stand ich einem sehr großen und dickleibigen Mann gegenüber, der ein schwarzes Käppchen und einen Samtumhang von gleicher Farbe trug, welcher am Hals von einer edelsteinbesetzten Nadel zusammengehalten wurde. »Nun«, sagte er, »einen Priester, der auch Schauspieler ist, den gibt's gar nicht so selten, zumal unter den Geistlichen, die ihren Weg machen, nicht wahr, Thomas?«

»Ja, Euer Ehren.«

»Einen Schauspieler, der auch Priester ist, den gibt's seltener, das kann ich versichern. Das ist mein Schreiber, und ein vielversprechender Anwalt obdrein. Wie heißt Ihr?«

Ich nannte ihm meinen Namen, glaube aber nicht, daß er ihn sich einprägte, jedenfalls nicht zu diesem Zeitpunkt. Während ich sprach, musterte er mich eingehender, und sein Gesichtsausdruck veränderte sich. »Stell einen Stuhl für ihn hin«, sagte der Richter. »Hier, am Feuer. Gib ihm ein Glas von dem Rotwein, den wir mitgebracht haben.«

Ich glaube, daß er mich, bei Gott, davor bewahrte, in der plötzlichen Wärme und Helligkeit dieses Zimmers ohnmächtig zu werden.

»So einen Wein werdet Ihr an einem Ort wie diesem nicht bekommen«, sagte er und beobachtete mich beim Trinken. »Ich habe das Stück gesehen, hier, von meinem Fenster aus. Es war eine sehr gute Vorstellung – weit über dem Gewohnten. Euer Hauptdarsteller ist ein Mann mit großen Gaben.«

»Es wäre besser für uns gewesen, er wär's nicht«, sagte ich.

»Tatsächlich?« Der Richter dachte für einige Augenblicke nach, zum Feuer gewandt. Er besaß ein volles Gesicht mit dicken, herabhängenden Hautfalten, so, als hätte sich zuviel Fleisch auf den Knochen gesammelt, doch seine Stirn war hoch und sein Mund fest. Die Augen, die er nun wieder auf mich richtete, wirkten kalt und abschätzend – aber auch, wie mir schien, irgendwie traurig, als würde sich dahinter ein Wissen verbergen, auf das er gern verzichtet hätte. »Was führt Euch hierher?« fragte er und winkte seinem Schreiber, mir das Glas nachzufüllen.

Ich erzählte ihm alles, was geschehen war, wobei ich versuchte, die Reihenfolge einzuhalten, in der die Ereignisse sich abgespielt hatten, was in meinem erschöpften Zustand nicht einfach war; doch es wäre ohnehin nicht einfach gewesen, egal in welchem Zustand ich mich befunden hätte, da so vieles auf Zufällen und Mutmaßungen beruhte.

Ich erzählte ihm, wie Brendans Tod mich in die Theatertruppe und dann die Theatertruppe in die Stadt geführt hatte. Ich berichtete ihm von unserem Mißerfolg mit dem Stück von Adam und der dringenden Notwendigkeit, zu Geld zu kommen, damit wir unseren Weg nach Durham fortsetzen konnten. Ich erzählte ihm von Martins Einfall, aus der Ermordung des Thomas Wells ein Schauspiel zu machen, und daß dieses Stück gleichsam der Stadt gehörte.

»Zuerst, als wir mit dem Stück anfingen, hatten wir keine Zweifel an der Schuld des Mädchens«, sagte ich. »Es gab ja auch keinen Grund, etwas anderes an-

zunehmen. Sie hatte vor Gericht gestanden und war
für die Tat verurteilt worden. Doch je mehr wir herausfanden, desto schwerer war's, an dieser Meinung
festzuhalten. Und das lag nicht nur an den Erkennt-
nissen, an die wir durch Befragungen gelangten.« Ich
stockte, weil das, was ich ihm nun sagen mußte, am
wenigsten glaubhaft erschien. Seine Augen ruhten
mit unverändertem Ausdruck auf mir, kalt und aufmerksam, jedoch nicht unfreundlich. »Wir haben's
durch das Stück gelernt«, sagte ich. »Wir haben es
durch die Rollen gelernt, die uns gegeben wurden. Es
ist nicht leicht zu erklären. Ich bin neu in der Schauspielerei, aber mir kam es wie eine Art Träumen vor.
Der Schauspieler ist er selbst und zugleich ein anderer. Wenn er sich die anderen Mitwirkenden in dem
Stück anschaut, dann weiß er, daß er ein Teil ihres
Traumes ist, genauso, wie die anderen Teile seines
Traumes sind. Daraus ergeben sich Gedanken und
Worte, die ihm außerhalb der Bühne kaum in den
Sinn gekommen wären.«

»Ja, ich verstehe«, sagte er. »Und während ihr den
Mord gespielt habt ...«

»Stets deutete alles von dem Mädchen fort und zuerst auf den Benediktiner, weil der gelogen hatte.«

Ich begann ihm von diesen Lügen zu erzählen,
doch er hob eine Hand. »Ich habe die Niederschrift
seiner Aussage gelesen«, sagte er.

Es war die erste Bemerkung von seiner Seite, die erkennen ließ, daß er sich mit der Sache befaßt hatte,
und das machte mir Mut. »Aber dann wurde er gehängt«, sagte ich. »Man steckte ihn in ein Büßerge-
wand, fesselte ihm die Hände und hängte ihn auf.

Und wir sagten uns, der Grund für die Bestrafung könne nur darin gelegen haben, daß er dafür gesorgt hatte, daß man dieses Opfer fand. Doch nur die Mächtigen würden jemanden auf eine solche Weise strafen, jene, die ihre Macht von Gott oder dem König herleiten.«

»Wir Diener der Krone würden sagen, daß es auf ein und dasselbe hinausläuft. Nicht wahr, Thomas?«

»Ja, Euer Ehren.«

Ein leichtes Lächeln hatte seine Worte begleitet, doch wieder gewahrte ich den Ausdruck von Traurigkeit auf seinem Gesicht; mir schien, daß dieser Ausdruck sich nicht immer schon in seiner Miene gezeigt, sondern sich erst im Laufe der Jahre des Wohllebens und der Amtswürde entwickelt hatten. »Demnach«, sagte er, »trug der Mönch den Leichnam des Thomas Wells fort, nachdem jemand anders den Knaben getötet hatte, und legte ihn an die Straße. Dann brachte der Mörder des Knaben – oder eine andere Person – den Mönch um. Habt Ihr und die anderen Euch denn nicht gefragt, warum er gerade diese Zeit wählte, den Leichnam des Knaben zurückzubringen? Warum hat er so lange gewartet? Es war eine gefährliche Tageszeit, nicht wahr? Die Morgendämmerung muß sich bereits angekündigt haben. Dieser Flint hat den Knaben dann ja auch nur wenig später gefunden.«

»Vielleicht war Thomas Wells erst kurz zuvor getötet worden.«

Er schüttelte den Kopf. »Man hatte sich des Knaben bereits am vorherigen Nachmittag bemächtigt, als es dunkel wurde. Der, zu dem man ihn brachte, wird bereits gewartet haben, zweifellos voller Ungeduld. Daß

Thomas Wells erst aufgrund späterer Überlegungen erwürgt wurde, ist unwahrscheinlich. Die Morgendämmerung ist die übliche Zeit, sich selbst zu töten, nicht andere Menschen. Es sei denn, es geschieht auf königliches Geheiß. Stimmt's, Thomas? Schenk ihm noch Wein ein, aber nur ein halbes Glas – er wird seinen klaren Verstand noch brauchen.«

»Dann war da diese Eile, mit der alles geschah«, sagte ich. »Außerdem bezahlte der Verwalter den Priester und kümmerte sich darum, daß der Knabe begraben wurde. Es hatte allmählich den Anschein, als ob ...«

In plötzlicher Angst verstummte ich und betrachtete das fleischige Gesicht mit den wißbegierigen Augen. Der Wein löste meine Zunge, doch eine solche Offenheit barg Gefahr. War ich aus der einen Falle entkommen, nur um jetzt in eine andere zu tappen? »Wir hatten nichts Böses im Sinn. Es ging uns nur darum, ein Theaterstück zu machen«, sagte ich. »Wir wurden Schritt um Schritt dorthin geführt.«

»Ihr habt nichts zu fürchten«, sagte er. »Mein Wort darauf. Ich werde nichts weiter von Euch verlangen als diesen Bericht.«

Ich konnte nur hoffen, daß er es ehrlich meinte. Ich hatte mich viel zu weit vorgewagt, als daß ich jetzt einen Rückzieher machen oder in Schweigen hätte verfallen können. »Dann überkam Martin die Liebe zu dem Mädchen«, sagte ich. »Es war wider alle Vernunft. Er hat sie nur ein einziges Mal zu Gesicht bekommen.«

Ich berichtete ihm von unserer Festnahme und wie wir für eine Nacht und einen Tag eingesperrt gewesen

waren, bevor man uns zum Baron geführt hatte, damit
wir das Stück für ihn aufführten, und zwar in einem
privaten Gemach, mit dem Baron und seinem Verwalter als einzigen Zuschauern. Und schließlich erzählte
ich, wie Martin uns verraten hatte.

»Ihr dürftet die ersten Schauspieler gewesen sein,
die den Fuß in Baron Richards Privatgemächer gesetzt
haben«, sagte der Richter. »Es heißt, daß er Musik
mag, aber keine Schauspiele oder Darbietungen son-
stiger Art. Er ist ein Mann mit strengem Lebenswandel.« Der Richter sagte dies beinahe mitleidig, so,
als wäre er irgendeiner geistigen Verirrung wegen be-
kümmert.

»Nun ja«, sagte ich, »das Gemach wirkte in der Tat
sehr schlicht; nur ein Stuhl stand darin. Nirgends gab
es irgend etwas, das der Rede wert gewesen wäre – nur
den Geruch der Pest haben wir wahrgenommen; er ist
uns auf dem Weg zum Gemach begegnet.«

Die letzte Bemerkung hatte ich als bloßen Nachgedanken hinzufügt, doch der Richter hob den Kopf
und blickte mir scharf ins Gesicht. »Pest? Seid Ihr
sicher?«

»Ja, ich bin mir sicher. Hat man diesen Geruch einmal vernommen, erkennt man ihn stets wieder. Er
drang aus einer Kammer, an der wir auf dem Weg
zum Gemach vorüberkamen.«

»Vielleicht war in dieser Kammer jemand, der bereits vor seinem höchsten Richter stand?«

»Das glaube ich nicht.« Ich versuchte mich genau
zu erinnern; nicht, weil ich selbst die Sache für wichtig hielt, sondern weil der Richter ein so offenkundi-
ges Interesse daran zeigte. Da waren der kurze Gang

gewesen und die Tür, die sich plötzlich geöffnet hatte, und die verschleierte Nonne mit den weißen Tüchern auf den Ärmeln ihres Ordensgewandes – und der Geruch von Tod-im-Leben, der uns gefolgt war. »Es war bloß der flüchtige Eindruck eines Augenblicks, als wir an der Kammer vorübergingen«, sagte ich. »Doch wer sich auch darin befand, war nicht tot; irgendwie hat man sich noch um ihn gekümmert.«

Der Richter schwieg für kurze Zeit. Dann nickte er leicht, mit scheinbarer Gleichgültigkeit, und schaute zur Seite. »Ja, ich verstehe«, sagte er. »Stell dir nur vor, Thomas. Dieser Schauspieler, der aus dem Nirgendwo kommt, setzt sich die Maske der Superbia auf und hält dem Baron in dessen eigenem Gemach den Spiegel vor. Sir Richard de Guise, einem der mächtigsten Barone nördlich des Humber, dessen Ländereien von hier aus bis Whitby reichen; ein Mann, der seine eigene Gerichtsbarkeit ausübt, nicht die des Königs, der sein eigenes Heer unterhält, der sein eigenes Gericht und sein eigenes Gefängnis hat.«

»Der Mann muß verrückt sein«, sagte der Schreiber.

»Verrückt nennst du das?« Der Richter schaute wieder mich an. »Ich dachte bisher immer, die Liebe würde einen Mann dazu bewegen, sein Leben möglichst zu bewahren, statt es fortzuwerfen.«

»Martin ist ein Mann der Gegensätze«, sagte ich. »Außerdem hatte er die Hoffnung verloren, das Mädchen könnte gerettet werden. Er wußte ja nicht ...« Hier mußte ich eine Pause machen und um Fassung ringen, als Tränen der Dankbarkeit mich zu überwältigen drohten. »Keiner von uns wußte, daß Ihr gekommen wart, des Königs Recht zu sprechen und dieses Ungemach aus der Welt zu schaffen.«

Jetzt waren des Richters Augen fest auf mich geheftet, die Lider jedoch schmal, als würde er mich mit einem prüfenden Blick mustern, der teils erheitert, teils ungläubig wirkte. »Des Königs Recht?« sagte er. »Wißt Ihr denn, was das ist, des Königs Recht? Glaubt Ihr etwa, ich würde stehen und liegen lassen, was ich für seine Majestät in York zu erledigen habe, nur um bei einem solchen Wetter diese elendig langen Meilen bis zu diesem jämmerlichen Wirtshaus zu reisen, in dem mir ein Fraß vorgesetzt wird, der nicht mal für den Schweinetrog taugt? Und das alles eines toten Leibeigenen und einer taubstummen Ziegenhirtin wegen?«

»Gibt es denn einen anderen Grund für Euer Kommen? Ich dachte ...«

»Ihr habt wohl geglaubt, ich wäre einer von Eurer Theatertruppe, einer von den Schauspielern, der sich ein wenig verspätet hat und nun erschienen ist, sich in Eurem ›Wahren Spiel von Thomas Wells‹ die Maske der Justitia aufzusetzen. Der Mönch und der Baron und der Weber und der Ritter. Und nun noch der Richter, der zum Schluß wieder für Ordnung sorgt. Aber ich spiele in einem anderen Stück. Wie, habt Ihr gesagt, lautet Euer Name?«

»Nicholas Barber.«

»Wie alt seid Ihr, Nicholas?«

»Dies ist mein dreiundzwanzigster Winter, Herr«, sagte ich.

Er lehnte sich auf seinem Stuhl zurück und musterte mich für einen Augenblick; dann schüttelte er

den Kopf. »Ich habe keine Söhne, nur Töchter«, sagte
er. »Doch hätte ich einen Sohn wie Euch, dann wäre
ich besorgt, daß die Einfalt seines Gemüts ihn zur
Dummheit verführt und von dort ins Verderben
stürzt. Und eine Dummheit habt Ihr schon begangen,
nicht wahr? Ihr habt Eure Diözese ohne Erlaubnis Eurer Oberen verlassen; Ihr habt Euch einer Truppe von
Schauspielern angeschlossen.«

»Ja«, sagte ich, »das stimmt.«

»Was hat Euch dazu getrieben?« Er betrachtete
mich immer noch sehr aufmerksam, jetzt allerdings
mit einem Ausdruck schlichter Neugier, was irgendwie beunruhigender auf mich wirkte als die verächtliche Ungläubigkeit, die er zuvor gezeigt hatte. »Ihr
hattet eine gehobene Stellung«, sagte er. »Ihr seid ein
gelehrter Mann. Ihr hättet auf ein Weiterkommen
hoffen dürfen.«

»Ich bin – oder war – einer der Subdiakone an der
Kathedrale von Lincoln«, sagte ich. »Man hatte mir
die Aufgabe übertragen, für einen Gönner den Homer
des Pilato zu transkribieren, ein überaus langweiliges
und weitschweifiges Werk. Es war der Monat Mai,
und draußen vor meinem Fenster zwitscherten die
Vögel, und der Weißdorn stand in Blüte.«

»So einfach ist die Erklärung?« Er warf einen ra-
schen Blick zur Seite. »Nicht mehr als ein spontaner
Antrieb.« Sein Blick schweifte über die kostbaren
Wandbehänge, das hell lodernde Feuer, den schwei-
genden und aufmerksamen Schreiber. »So etwas hat
Thomas niemals getan. Nicht wahr, Thomas?«

»Nein, Euer Ehren.«

»Thomas wird eines Tages im Oberhofgericht sit-

zen.« Er blickte wieder mich an. »Auch ich habe so
etwas wie Ihr niemals getan. Ich habe nur für eine einzige Rolle studiert und gearbeitet. Wäre ein solches
Verlangen über mich gekommen, so hätte ich's als
Krankheit genommen.«

Er verstummte, und für einige Zeit gab es im Zimmer kein Geräusch außer dem Wispern des Feuers.
Dann rührte er sich, als würde er aus dem Schlaf er-
wachen. »Thomas und ich haben noch eine private
Angelegenheit zu regeln«, sagte er. »Deshalb bitte ich
Euch, für kurze Zeit draußen zu warten. Dann werden
wir gemeinsam eine kleine Reise unternehmen. Zunächst aber möchte ich Euch etwas über des Königs
Gerichtsbarkeit sagen, obwohl ich kaum darauf hoffe,
dadurch Eure Einfalt zu mindern. Seit einem Dutzend
Jahren oder mehr, seit ich zu den engeren Beratern des
Königs zähle, hat dieser halsstarrige de Guise uns Ärger bereitet. Er hat weit mehr Männer unter Waffen,
als erforderlich wären, und sie sind widerspenstig und
aufsässig und eine Bedrohung für den Frieden im
Königreich. Die Abgaben der Untertanen, die von
Rechts wegen dem König zustehen, benutzt der Baron
für die Besoldung seiner Mannen. Er tut sich mit anderen zusammen, um das Vorrecht der Edelleute auf-
rechtzuerhalten, als Angehörige des Oberhauses über
andere Edelleute zu urteilen, wodurch dieser Mann
dem König das Recht der Aberkennung von Amt und
Würden verwehrt. Er nimmt das Gesetz in die eigenen
Hände. Einzig Beauftragte des Königs sind befugt, in
den Grafschaften Fälle von Schwerverbrechen zu ver-
handeln, und alles Gut und Geld, das bei Strafen und
Enteignungen anfällt, steht dem königlichen Schatz-

amt zu. Dieser Baron jedoch maßt sich an, diese Befugnisse dem Gericht seines Sheriffs zu übertragen, und alles Geld wandert in seine eigenen Truhen.«

Mit zusammengepreßten Lippen hielt er inne. »Versteht Ihr nun?« sagte er. »Bei einem solchen Mann bleibt nur das Mittel der Gewalt. Aber dies ist nicht die rechte Zeit, Gewalt anzuwenden, da man nicht wissen kann, wem die Treue und Ergebenheit des Volkes in dieser Gegend gehört, und weil sich immer jemand findet, der lauthals ›Tyrannei‹ schreit. Doch ich hab' schon lange ein Auge auf diesen edlen Herrn gehalten, und einer aus seiner Gefolgschaft hat mir ständig berichtet. Dann, vor einem Jahr, hörten wir zum erstenmal Geschichten von verschwundenen Kindern – jene, die Ihr bereits kennt. Doch es gab noch weitere. Kinder, die in der Stadt herumstreunten, und elternlose Kinder, die zum Burgtor kamen, um zu betteln. Und immer waren's Knaben. Und nun gab es den Fall des Thomas Wells, dessen Leichnam man fand, und somit endlich eine Spur, die zum Hause des Herrn de Guise führte.«

Er verstummte lächelnd und hielt seine weißen Hände zum Feuer, als würde er noch immer die wunderbare Wärme genießen, die ihm sein Wissen und die Möglichkeiten bereiteten, die sich daraus ergaben, und die Edelsteine an seinen Fingern funkelten im Licht der Flammen. »Ich habe diesen Fall sehr sorgfältig studiert«, sagte er. »Und nun weiß ich die Wahrheit.«

»Und nun werdet Ihr den Baron zur Rechenschaft ziehen und gleichzeitig der Sache des Königs dienen.«

Er schüttelte den Kopf und lächelte wieder. »Ich

sehe schon, daß man Euch die falschen Bücher zum
Kopieren gab«, sagte er. »Ja, glaubt Ihr denn, der Baron de Guise ließe sich so mir nichts, dir nichts den
Prozeß machen? Die Mächtigen zur Rechenschaft zu
ziehen ist nicht so leicht wie bei denen, die sich nicht
verteidigen können. Der Ruhm und der Ruf seines
Hauses liegen dem Baron am meisten am Herzen. Wir
haben Glück, was die Natur des Verbrechens betrifft.«

»Glück? Das würde Thomas Wells wohl nicht sagen, wenn er noch eine Stimme hätte.«

Das Lächeln verschwand, und die Augen in dem
vollen Gesicht wurden schmal, als er mich nun anschaute; und ich erkannte, was es bedeutete, einem
Mann wie diesem ein Hindernis im Weg zu sein. »Auf
Dinge, die man nicht ändern kann, verschwenden
wir keine Zeit; es sei denn, wir können sie uns zunutze
machen«, sagte er. »Es ist Zeit, daß Ihr das lernt,
Nicholas Barber. Die Art, wie der Junge gestorben ist,
das ist etwas, das wir uns zunutze machen können.
Es gibt Todsünden und Todsünden. Manche mögen
einem Stolz, wie der Baron de Guise ihn besitzt, mehr
Glanz verleihen. Aber ich glaube nicht, daß dies auch
für die Sünde der Sodomie gilt. Nein, ich werde mit
ihm reden, und er wird mir zuhören, und er wird weiter auf mich hören, solange er lebt.« Er schwieg für
einen Augenblick, und seine strenge Miene wurde ein
wenig milder. »Nur eines war mir ein Rätsel, und ich
bin Euch zu Dank verpflichtet; denn erst Ihr habt volles Licht auf diese Sache geworfen.«

»Wie das?«

»Das sollt Ihr später noch erfahren. Jetzt werdet Ihr

erst einmal eine Weile auf uns warten. Dann werden wir zusammen einen kurzen Ritt unternehmen, an dessen Ende, das verspreche ich Euch, die Aufklärung dieses Falles stehen wird.«

»Geht's zur Burg?«

Er erhob sich zu seiner beachtlichen Größe und blickte aus diesen Höhen auf mich hinunter. »Nein, nicht zur Burg«, sagte er.

Ich war auf dem Weg zur Tür, als er sich noch einmal zu Wort meldete. »Euch wird nichts geschehen. Wartet unten auf mich, und lauft nicht davon. Nach dieser Reise wird es in meiner Macht stehen, das Mädchen aus dem Gefängnis zu befreien und in Eure Obhut zu geben.«

»Und die anderen? Was wird mit denen?«

»Ja«, sagte er, »sie auch. Habt keine Angst, es ist noch nicht zu spät. Als man Euch gestern fortgeholt hat, da ließ ich Sir Richard einige Zeilen zukommen – genug, ihn zum Warten zu veranlassen. Soviel kann ich für Eure Freunde tun. Für Euch selbst kann ich ein gutes Wort beim Bischof von Lincoln einlegen, falls Ihr zurückkehren möchtet.«

Bevor ich Gelegenheit hatte, ihm zu danken, entließ er mich mit einer Handbewegung, und der Schreiber kam herbei, mich aus dem Zimmer zu geleiten. Ich stieg die Treppe hinunter und trat hinaus auf den Hof. Langsamen Schrittes, wobei ich mich stets dicht an der Mauer hielt, ging ich zum Schuppen und versuchte, die Tür zu öffnen; von innen war eine Kette vorgelegt. Sacht rüttelte ich an der Tür, daß die Kette leise rasselte. Darauf hörte ich drinnen die Laute eines Hundes, ein Geräusch, das zwischen Bellen und Winseln lag. Dann vernahm ich Margarets schlaftrunkene Stimme, die fragte, wer da sei.

»Ich bin's, Nicholas«, sagte ich, den Mund dicht an der Tür.

Nach wenigen Augenblicken hörte ich, wie der Schlüssel sich drehte, und die Tür wurde weit genug geöffnet, um mich einzulassen. Margaret hatte eine Kerze angezündet, die sie in der Hand hielt. Das Licht strahlte in die Höhe und beleuchtete ihre breiten Wangenknochen und ihr strähniges Haar. »Ah, da bist du also wieder«, sagte sie. »Ich wollte noch bis zum Morgen warten.«

Ich verstand nicht, was sie damit meinte, doch bevor ich etwas erwidern konnte, hatte sie mir bereits die Kerze in die Hand gedrückt und sich umgedreht und wühlte kurz im Stroh. Als sie sich wieder aufrichtete, hielt sie das Kästchen in den Händen, in dem wir unsere Einnahmen aufbewahrten. »Noch eine Nacht werde ich nicht in diesem Sauloch bleiben«, sagte sie. »In diesem Kasten sind sechzehn Shilling und vier Pence. Die sind von unseren Einnahmen noch übriggeblieben. Ich mußte hier noch für zwei Übernachtungen berappen. Dieser Stinker von einem Wirt hätte sich auch in Naturalien bezahlen lassen, aber ich kann ihn nicht ausstehen. Halte die Kerze hoch, Nicholas, damit ich das Geld zählen kann. Die Hälfte behalte ich für mich, da ich nicht zu dieser Truppe gehöre und nie dazu gehört habe – und auch zu keiner anderen.«

Sie begann die Münzen in meine Handfläche zu zählen. Kein Wort des Mitgefühls ob meiner Erschöpfung und auch keine Fragen nach dem Schicksal der anderen.

»Wir haben dich nicht im Stich gelassen, Margaret«, sagte ich. »Uns blieb gar keine andere Wahl, als mitzugehen.«

»Darum geht's nicht«, sagte sie. »Warte, oder ich komme mit dem Zählen durcheinander.«

Es waren lauter Pennymünzen, so viele, daß meine Hand sie nicht alle halten konnte. »Du kannst sie hier hineintun«, sagte sie und reichte mir die schwarze Mord-Börse, die ich zum letztenmal gesehen hatte, als Martin sie mit ausgestreckten Armen vor den Leuten hochgehalten hatte, als wäre sie eine Hostie. »Ich hab' die Börse bei mir behalten«, sagte Margaret.

Als alles gezählt war, seufzte sie und nickte und drehte sich um; dann schob sie das Kästchen wieder zurück an seinen Platz unter dem Stroh. »Ich nehme die Hälfte als Bezahlung«, sagte sie. »Einen anderen Lohn hab' ich ja nie gekriegt. Ich wußte, daß ich in unseren Stücken nicht mitwirken durfte, aber ich habe manches getan, was notwendig war und was kein anderer tun konnte, und ich dachte, ich würde dafür einen Platz in der Truppe bekommen. Doch ich bekam keinen Platz; ich mußte immer nur tun, was für euch gut war. Vorher wollte ich nie daran denken, doch als die Soldaten kamen und euch mitgenommen haben, ohne sich überhaupt mit mir abzugeben, da mußte ich mir Gedanken machen und hab' erkannt, daß ich gar nichts galt.«

»Für diese Männer nicht, nein.«

»Für euch auch nicht«, sagte sie ganz selbstverständlich, als könnte es da gar keine Diskussion geben.

Mir erschien es sonderbar und unlogisch und typisch für die weibliche Unvernunft, wie Margaret es übelnahm, daß ihr die Todesgefahr erspart geblieben war, und ausgerechnet uns die Schuld daran gab, die wir in diese Gefahr geraten waren. »Die anderen werden noch festgehalten«, sagte ich. »Sie sind noch in der Burg und müssen um ihr Leben bangen.«

»Ich will nichts davon hören«, sagte sie. »Sie sind die Schauspieler, und es ist ihr Stück.«

»Und was wirst du jetzt machen?«

»Ich gehe zu Flint. Er ist heute um die Mittagszeit gekommen, um nach mir zu fragen. Die beiden Male, die wir zusammen waren, haben ihm gefallen. Er will mich bei sich aufnehmen. Und den Hund noch dazu. Flint meint, das Tier ist noch jung genug, ihn als Hütehund für die Schafe abzurichten. Der Wirt sagt, daß er sich ums Pferd kümmert. Der Halunke hofft natürlich drauf, daß keiner zurückkommt, um Anspruch auf das Tier zu erheben.«

Ich glaubte nicht, daß der Hund Flints Erwartungen gerecht werden würde, und in dieser Hinsicht war ich mir auch bei Margaret nicht ganz sicher, aber natürlich verkniff ich mir jede Bemerkung zu diesem Thema. »Tja, dann«, sagte ich, »ich wünsche dir von ganzem Herzen Glück.«

Sie lächelte leicht, ohne daß ihre Miene erkennbar weicher wurde, und einen Augenblick später trat sie zu mir und gab mir einen Kuß. »Geh zu deinem Bischof zurück. Es wäre das Beste für dich«, sagte sie.

»Ich weiß es nicht«, sagte ich. »Aber was die Frage betrifft, in die Theatertruppe aufgenommen zu werden und eine Rolle spielen zu dürfen – da wird dir die Geschichte von dem Teufel und dem Spieler vielleicht ein Trost sein. Kennst du sie?«

Sie schüttelte den Kopf und gähnte auf eine Weise, die nicht gerade ermunternd wirkte. Doch ließ ich mich nicht beirren, weil ich der Ansicht war, daß die Geschichte wirklich etwas Tröstliches für Margaret haben mochte.

»Die Sache hat sich zugetragen, bevor es Schauspieler gab, falls man sich eine solche Zeit überhaupt vorstellen kann. Der Teufel trieb sich in der Welt umher, und dabei stieß er auf einen Mann von sehr tugendhaftem Lebenswandel, den er in Versuchung führen wollte. Der Satan unternahm alles mögliche, um den Mann zu verleiten. Er lockte ihn mit Fleischeslust, mit den Schätzen der Welt, mit Ruhm und mit Macht. Doch standhaft wies der Mann dies alles zurück. Da wußte der Teufel sich keinen Rat mehr. Nur eine letzte Möglichkeit fiel ihm noch ein: Er unterbreitete dem Mann das Angebot, ihn zu einem Schauspieler zu machen, und der Mann sah nichts Schändliches dabei und erklärte sich einverstanden, und so unterlag er im Kampf gegen den Satan und verlor seine Seele; denn ein Schauspieler leiht sich stets kleine Stückchen von den Seelen anderer, und in der Folge löst seine eigene Seele sich von ihm und schlüpft ihm davon, und für den Teufel ist's dann ein leichtes, sie sich anzueignen. So ist es bei den Schauspielern von Anfang an gewesen.«

Margarets Reaktion auf diese Geschichte bekräftigte mich in meiner Überzeugung, daß Frauen keinen Sinn für abstrakte Gedankengänge haben.

»Falls Stephen davonkommt, ohne gehängt zu werden«, erklärte sie, »dann sag ihm, daß Flint groß und stark ist und noch beide Daumen hat, in denen tüchtig Kraft steckt.«

291

Ich versprach es ihr, und sie legte sich wieder zum Schlafen nieder. Ich saß mit dem Rücken zur Wand im Stroh und versuchte, darüber nachzudenken, was der Richter mir gesagt hatte. Der Baron mußte die Botschaft bereits erhalten haben – vielleicht trug er sie sogar irgendwo bei sich –, als er sich unser Stück angeschaut hatte. In der Maske der Superbia hatte Martin ihn verspottet und versucht, ihn in das Stück von Thomas Wells mit einzubeziehen. Doch diese schriftliche Botschaft, die ich nicht gelesen hatte und niemals lesen würde, hatte dem Baron eine Rolle in einem anderen Stück aufgezwungen: jenem anderen Schauspiel, in dem der Richter mitwirkte und auch der König – ein viel größeres Schauspiel, in dem das Leiden der Unschuldigen ohne Bedeutung war, außer vielleicht als Pfand, einen Handel damit zu machen. Und während der Schlaf meine Lider schwer werden ließ, fragte ich mich, ob es da nicht ein noch größeres Schauspiel gab, in dem sich Könige und Kaiser und Päpste im Mittelpunkt der Welt wähnten, während sie in Wirklichkeit nur Randfiguren waren ...

Kapitel sechzehn

ch wurde von einer Stimme geweckt, die von der Tür des Schuppens erklang. Auch Margaret schreckte auf, doch ich erhob mich und ging rasch hinaus, bevor sie gänzlich erwachte. Auf dem Hof waren ein Dutzend Männer versammelt, von denen einige Kettenhemden trugen und bewaffnet waren. In ihrer Mitte befand sich der Richter mit einer Gruppe von Männern, die Kapuzen trugen; unter ihnen erkannte ich den Schreiber an seinen hohlen Wangen. Die Männer waren zu Pferde, doch es gab noch andere mit Maultieren, von denen bei zweien Spaten und zusammengerollte Seile an den Sätteln befestigt waren. Als ich dies sah, dämmerte mir, wohin die Reise gehen sollte. Doch Zeit zu fragen blieb mir nicht: Ein gesatteltes Maultier stand für mich bereit, und ich saß auf.

Der Mond stand jetzt hoch und zog seine Bahn an einem klaren Himmel, und als wir durch die Stadt ritten, war es hell genug, daß die Fackeln, die einige Männer bei sich trugen, nicht angezündet zu werden brauchten. Wir nahmen die Straße, die hinauf zur Kirche führte, wobei wir nun nicht mehr so eng zusammen ritten; die Männer auf den Pferden trabten voran, während wir auf unseren Maultieren langsamer folgten. Zu beiden Seiten befand sich offenes Gelände. In den Mulden, an den niedrigen Hängen sowie an den Steinmauern, die sich darüber hinzogen, hatte der Wind Schnee aufgeweht, der mitunter so hoch lag, daß er Formen bildete, die im blassen Mondlicht wie unvollkommene Gestalten aussahen, Umrisse von Tieren und Menschen, noch unfertig, mit plumpen Köpfen und Gliedern und Falten an jenen Stellen, an denen sich dereinst Augen befinden mochten, und auch die Grübchen und Falten warteten noch darauf, herausgebildet zu werden. Endlich wurde der Schnee weicher; die Hufe der Pferde an der Spitze ließen weißen Staub aufstieben, der bis zu ihren Knien hochwölkte.

Mondlicht versilberte das Gras des Kirchhofs und glitzerte auf dem Schnee, der Brendans Grab bedeckte, das erst vor so kurzer Zeit ausgehoben worden war, doch jetzt schon in eine ferne Zeit zu gehören schien. Das geteerte Kreuz des Jungen stand noch an Ort und Stelle und bezeichnete die kleine Grabstätte, wo sein Leichnam lag; und hier begannen die Männer zu graben, wobei sie zuerst eine langstielige Spitzhacke benutzten, da der Boden unter dem Schnee noch immer hart gefroren war. Nun wurden auch die Fackeln angezündet, und das rötliche Licht des brennenden Hanfs verschlang den Mondschein, so daß außerhalb der Flammen nichts als Dunkelheit war.

Ich stand im Kreis des Fackellichts, ganz am Rand, und schaute zu. Die Erde unter der gefrorenen Oberfläche war noch immer ziemlich locker und bot keinen Widerstand. Der Richter tauschte mit einem der Kapuzenmänner, der dicht bei ihm stand, einige gemurmelte Worte. Danach gab es nur noch das Warten und das Fackellicht und keinen Laut außer dem Kratzen der Spaten und dem leisen Rauschen des fortgeschaufelten Erdreichs.

Dann erklang plötzlich das Geräusch von Metall auf Holz, und ein Mann stieg mit Tauen in den Händen in die schmale Grube hinunter. Der Sarg wurde in die Höhe gezogen und dicht neben dem Grab abgesetzt, und derselbe Mann sprengte den Sargdeckel auf.

Meine Eindrücke von dem, was nun folgte, waren verworren, und so sind sie mir auch im Gedächtnis geblieben. Die Männer, die gegraben hatten, wichen zurück. Zwei von denen, die beim Richter gestanden hatten, traten nun nach vorn, begleitet von einem dritten Mann mit einer Fackel. Als jetzt das Licht auf sie fiel, sah ich, daß die beiden Männer Masken aus irgendeinem dunklen Stoff über der unteren Gesichtshälfte trugen, so daß Nase und Mund bedeckt waren. Und als sie sich dann zum Sarg hinunterbeugten, sah ich zudem, daß sie dunkle Handschuhe übergestreift hatten. Ein Geruch wie jener, der in der Burg aus der Kammer gedrungen war, breitete sich aus, nur schwächer. Die beiden Männer mit den Kapuzen und den Masken machten sich an dem Leichnam zu schaffen, doch ich konnte nicht deutlich erkennen, was sie taten. Dann blickte der Richter zu mir und winkte mich herbei. Er stand näher bei der Leiche, jedoch nicht so nahe, als daß er sie hätte berühren können. Ich folgte seiner Aufforderung und schaute mir nun an, was die Männer taten, und ich sah das wahre Gesicht von Thomas Wells, der zuvor Springers Gesicht getragen hatte und dann das Stoffgesicht der

295

Puppe aus Stroh und Lumpen, mit Löchern statt Augen, aus denen die Halme herausgeschaut hatten. Und dieses Gesicht, in das ich jetzt schaute, war nicht so wirklich wie die anderen; es war im Tod verloren. Der Geruch war jetzt stärker. Sie drehten seinen nackten Körper einmal so herum und mal so, und seine Arme und Beine baumelten im Schnee.

Im Kreis des Fackellichts befanden sich nur jene, die mit dem Körper beschäftigt waren, sowie der Richter und ich. Die Bewaffneten waren in einiger Entfernung zurückgeblieben, dort, wo sie ihre Pferde angebunden hatten, und die anderen Männer hatten sich auf Weisung zu ihnen gesellt. Einer der Maskierten hob den Kopf und blickte zum Richter empor. Mit ruhiger Stimme, die gedämpft durch die Maske klang, sagte er: »Ohne jeden Zweifel wurde hier Sodomie vollzogen, und zwar auf höchst gewalttätige Art. Die Leiche wurde nicht gewaschen, allenfalls in größter Eile – es sind noch Blutspuren zu sehen. Und da sind Würgemale. Doch das Genick ist gebrochen; dies ist die eigentliche Todesursache. Ich würde sagen, er wurde halb zu Tode gewürgt – wahrscheinlich, während der Akt vollzogen wurde –; dann brach man ihm mit einem einzigen Drehgriff das Genick. Dazu braucht es jemanden mit gewaltiger Körperkraft.«

Er schwieg für einen Augenblick, schaute durch das Fackellicht zu uns empor. Dann sagte er: »Er wäre ohnehin sehr bald gestorben. Ihr hattet recht, Euer Ehren. Er trägt die Zeichen. Seht nur, hier.« Er griff nach dem rechten Handgelenk von Thomas Wells und hob den Arm des Toten in unsere Richtung. »Komm mit dem Licht näher«, sagte er zu dem Mann mit der Fackel.

In der Achselhöhle befand sich eine schwarze Schwellung von der Größe eines Hühnereis, und die Haut ringsum war aufgerissen; als noch Leben im Körper gewesen war, war eine zähflüssige Substanz aus den Hautrissen hervorgequollen, die jetzt eine dunkle Kruste gebildet hatte. Auf Gesicht und Brust des armen Jungen lagen schmelzende Schneeflocken und bildeten feuchte Flecken, so daß es aussah, als würde die Absonderung sich weiter ausbreiten.

»Auch in der rechten Leiste ist so ein Knoten, wenn auch kleiner«, sagte der maskierte Mann. »Ihr müßtet schon näher kommen, wenn Ihr's sehen wollt.«

»Ich habe genug gesehen.« Der Richter wandte sich ab. »Sorgt dafür, daß der arme Kerl wieder verhüllt und so in sein Grab gelegt wird, wie's sich geziemt«, sagte er über die Schulter und schritt davon, wobei er mich mit sich führte.

Gemeinsam ritten wir zurück. Der Richter hielt sein Pferd an meiner Seite, und seine Leute folgten uns in einigem Abstand. Während wir dahinritten, erzählte er mir, was ich noch wissen mußte, um diese Angelegenheit gänzlich zu verstehen. »Der Mönch hat die Knaben herbeigeschafft«, sagte er. »Auf dem Gelände der Burg wird's irgendwo ein Schlammbecken oder eine Jauchegrube geben oder ein geheimes Verlies in den Kellergewölben, wo er die Leichen nachher versteckt hat. Eine Suche würde zweifellos alles zutage fördern, aber so weit brauchen wir wohl nicht zu gehen.«

»Warum tut ein Mensch etwas so Schreckliches? Was hat er davon?«

»Diese Fragen haben keine allzu große Bedeutung, Nicholas. Das Böse ist auf der Welt zu weit verbreitet, als daß wir viel an das Warum und Wozu denken. Es liegt näher, nach dem Seltenen zu forschen als nach dem Gemeinen und sich zu fragen, warum die Menschen mitunter Gutes tun. Vielleicht hat es dem Mönch Lust bereitet, dabei zuzuschauen. Vielleicht wurde er bezahlt. Vielleicht wollte er die Macht, die einem zufällt, wenn man den Mächtigen unentbehrlich ist.«

In meinem Inneren glaubte ich nicht an ein solches Übergewicht des Bösen, und so ist es noch heute – außer zu den Zeiten, wenn meine Stimmung gedrückt ist. »Tja«, sagte ich, »derjenige, dem er gedient hat, ließ ihn zum Lohn für seine Mühen aufhängen.«

»Er wurde seiner Verbrechen wegen gehängt – und um zu verhindern, daß er etwas ausplauderte. Und nicht der hat ihn aufgeknüpft, dem er diente. Der, dem er diente, lag bereits im Sterben.«

Für einen Augenblick, während wir im ungewissen Licht eines nunmehr wolkenverhangenen Mondes dahinritten, dachte ich an jenen letzten, von einer seltsamen Macht getriebenen Chor unserer Schauspieltruppe zurück, der im ›Wahren Spiel von Thomas Wells‹ die Verse gesprochen hatte: *Er war Beichtvater des Barons, er diente dem edlen Herrn ...* »Natürlich«, sagte ich. »Jetzt verstehe ich. Es war der junge Herr, der Sohn. Gewiß, Simon Damian war der Beichtvater des Barons, doch es war der Sohn, dem der Mönch zu Diensten war. Der Vater muß es irgendwie herausgefunden haben, oder er wußte es bereits, so, wie man gewisse Dinge irgendwie weiß, ohne daß man's erklären könnte – Dinge, vor denen man lieber den Geist versperrt.«

»Es könnte auch sein, daß der junge Mann seine Taten gestand, als er erkannte, daß er dem Tod geweiht war«, sagte der Richter. »William de Guise, Liebling der Damen, einziger Sohn des Hauses, Blüte des Rittertums.«

»Deshalb blieb er in seinem Gemach. Deshalb hat er nicht am Turnier teilgenommen.«

»Wißt Ihr«, sagte der Richter, »es gab zwei Dinge, durch die Thomas Wells sich von den anderen Opfern unterschied: Er trug eine Geldbörse bei sich, und er hatte sich vor kurzem mit der Pest angesteckt. Vielleicht fühlte er sich schon krank und hat am Wegesrand Rast gemacht; deshalb war er noch auf der Straße, als sich bereits die Dunkelheit niedersenkte. Der Mönch wußte von der Geldbörse. Doch niemand wußte von den Pestmalen, ehe nicht William de Guise, der ganze Stolz seines Vaters, dem Knaben das Genick gebrochen hatte. Und nachdem seine Wollust erst gestillt war, hat er die Male vermutlich entdeckt. Und kaum wußte er davon, hat er den Knaben nicht mehr angerührt. Niemand rührte ihn mehr an. Deshalb lag er die ganze Nacht dort. Dann hatte Simon Damian eine Idee. Er wartete so lange, wie er nur konnte. Denn zwölf Stunden nach Eintritt des Todes ist die Krankheit immer noch ansteckend; das zumindest glauben die Leute, wenngleich ich Ärzte einen längeren Zeitraum hab' nennen hören. Jedenfalls ging es darum, den Leichnam wieder zu bekleiden und ihn vor Anbruch der Morgendämmerung dort an den Straßenrand zu legen – der Mönch durfte es nicht riskieren, gesehen zu werden. Das alles war mir bis heute abend unklar – bis Ihr mir von dem Pestgeruch in den Privatgemächern der Burg erzählt habt.«

Danach ritten wir eine Zeitlang schweigend unseres Weges. Ich dachte daran, wie tief der Mönch den Weber gehaßt haben mußte, daß er ein solches Wagnis eingegangen war: nicht nur den Zorn seines Herrn, sondern auch den Pesthauch der Krankheit. Aber er mußte natürlich gewußt haben, daß es mit seiner Rolle als Kuppler vorbei war. Vielleicht hatte er nach einer anderen Rolle gesucht. Dem, dessen schändliche Gelüste er befriedigt hatte und dem er am Ende die Pest und den Tod brachte, konnte keine Rolle mehr zuteil werden – und keine Maske, die schrecklicher gewesen wäre als sein eigenes Gesicht.

»Jetzt ist er bloß noch ein übler Geruch«, sagte der Richter, als würde er die Richtung meiner Gedanken erahnen. »Niemand überlebt länger als sechs Tage, sobald die ersten Anzeichen der Krankheit aufgetreten sind. Es ist jetzt sechs Tage her, daß der Mönch sich mit dem toten Knaben auf den Weg machte. Es muß genau um diese Zeit am Morgen gewesen sein. Schaut nur, bald wird es hell.«

Vor uns, über den Dächern und Kaminen der Stadt, sah man die ersten fahlen Streifen eines neuen Tages. Wir gelangten nun zu der Straße, wo sich das Gefängnis befand. Eine Frage blieb, die meine Seele zutiefst peinigte. Ich erinnerte mich an Stephens Worte und die Geste eines Redners, die er vollführt hatte, als er betrunken im Schuppen saß, die langen Beine ausgestreckt. *Davor nichts dergleichen ...*

»Warum erst jetzt, in diesen letzten Monaten?«

fragte ich. »Warum nicht schon vorher? Welche Höllengestalt könnte den jungen Herrn heimgesucht haben, als er bereits zum Mann gereift war?«

Der Richter blickte auf mich hinunter. Sein Gesicht lag im tiefen Schatten der Kapuze, die er trug, und ich konnte keinen Ausdruck darauf erkennen. »Immer fragt Ihr nach dem Grund für alle Dinge«, sagte er. »Der Same war schon im Boden. Jede Pflanze braucht gewisse Zeit zu wachsen, und mitunter kann es sehr lange dauern, doch wenn der Tag gekommen ist, öffnen die Blüten sich rasch. Und in diesem Fall hat der Mönch noch für Sonne und Wasser gesorgt; ohne Zweifel war er ein sehr geschickter Gärtner.«

Wir gelangten zur Tür des Gefängnisses, und einer der Bewaffneten hämmerte mit der gepanzerten Faust dagegen. Der Wärter murrte, als er durchs Gitterloch spähte, verstummte jedoch, als er sah, mit wem er es zu tun hatte, und er öffnete uns und verbeugte sich tief. Ich wartete ganz für mich allein auf der engen Gasse. Auch andere blieben draußen bei ihren Pferden, doch hielt ich Abstand zu ihnen. Die Antwort des Richters hatte mich nicht zufriedengestellt. Ich fragte mich, wer einen solchen Samen gesät haben mochte und wann dies geschehen war. Vielleicht, dachte ich bei mir, hatte der Satan es zu einer Zeit getan, da Herr William schlief, oder als er noch zu jung gewesen war, zu erkennen, was ihm widerfuhr – vielleicht war er da noch jünger als Thomas Wells gewesen, den er gequält und getötet hatte ...

Als sie wieder herauskamen, schritt das Mädchen frei und ungehindert zwischen ihnen. »Sie ist jetzt in Eurer Obhut«, sagte der Richter, und er führte sie zu mir und legte ihre Hand in die meine. Aber nicht ich war es, dem sie zu danken hatte, und das wußte sie. Sie gab keinen Laut von sich, doch als der Richter mit Hilfe einer seiner Leute wieder in den Sattel gestiegen war, löste sie sich von mir und trat zu ihm und nahm seine Hand, um sie zu küssen. Es war die erste Geste, die sie in Freiheit vollführte. Der Richter lächelte auf ihren gesenkten Kopf hinunter, und es war das erste Lächeln ohne Ironie, das ich auf seinem Gesicht gesehen hatte. Unwillkürlich kam mir der Gedanke, wie sonderbar es doch war, daß er diese Dankbarkeit entgegennahm, als stehe sie ihm zu – ich konnte ihm vom Gesicht ablesen, daß er dieser Meinung war –, wo das Leben der Frau ihn doch nicht im mindesten gekümmert hatte; sie war durch einen puren Zufall dem Tod durch Erhängen entgangen, gewissermaßen durch einen Nachgedanken, durch eine beiläufige Änderung im Text des Stückes.

»Dies ist ein Beispiel für des Königs Gerechtigkeit«, sagte ich. »Was ist mit der Gerechtigkeit Gottes?«

Noch immer lächelnd, wendete er sein Pferd. »Die ist noch schwerer zu verstehen«, sagte er. »Es ist nicht der König, der uns mit der Pest heimsucht. Ihr seid mir von Nutzen gewesen, Nicholas Barber, und gern würd' ich Euch helfen, wenn ich könnte. Habt Ihr noch einmal über mein Angebot nachgedacht, daß ich mich darum bemühen würde, Euch wieder in Gnaden vom Bischof aufnehmen zu lassen?«

Das hatte ich nicht, um die Wahrheit zu sagen; aber mir war auch nur wenig Zeit zum Nachdenken geblieben. Doch als ich nun im ersten Licht des Tages zu dem Richter emporschaute, da wußte ich, wie

meine Antwort lauten mußte, und dies hatte unser
Stück von Thomas Wells mich gelehrt. Ich würde
nicht wieder nach Lincoln zurückkehren, es sei denn
als Schauspieler. Ich wußte wenig von der Welt, wie
der Richter erkannt hatte, doch ich wußte, daß wir
uns in den Rollen verlieren können, die wir spielen –
und wenn dies allzulange anhält, finden wir den
Rückweg nicht mehr. Als ich im Amte eines Subdiakons für einen reichen Gönner Pilatos Fassung des
Homer transkribiert hatte, war ich überzeugt gewesen, Gott zu dienen, doch in Wirklichkeit hatte ich
nur auf Anweisung des Bischofs gehandelt, und der
ist Prinzipal all jener, welche die Theatertruppe der
Kathedrale bilden. Meine Rolle war die eines gedun-
genen Schreibers gewesen, doch ich hatte es damals
nicht begriffen. Damals glaubte ich, es wäre mein
wahres Selbst. Doch man dient Gott nicht durch
Selbsttäuschung. Das heftige Verlangen, davonzulau-
fen, war keine Torheit gewesen, sondern die Weisheit
meines Herzens. Ich würde Schauspieler sein, und ich
würde versuchen, meine Seele zu schützen, anders als
der Schauspieler in der Fabel. Und nie wieder würde
ich mich in einer Rolle fangen lassen. »Ich danke
Euch, Herr Richter«, sagte ich, »aber ich werd' jetzt
Schauspieler bleiben.«
Der Richter nickte. Er lächelte nicht mehr. Sein Gesichtsausdruck war wachsam und kalt und ein wenig
traurig, so wie damals, als ich begonnen hatte, ihm
meine Geschichte zu erzählen. »Diese Wahl müßt Ihr
selbst treffen«, sagte er. »Kehrt jetzt zum Wirtshaus
zurück und wartet dort. Eure Freunde werden sich
später zu Euch gesellen – das verspreche ich Euch. Ich

303

muß mich jetzt auf den Weg machen, mein Gespräch mit Sir Richard de Guise zu führen.«

Wieder nickte er und setzte sich in Bewegung; und seine Leute folgten ihm. Wir schauten ihnen nach, bis ihre Gestalten im ungewissen Licht verschwanden. Das Mädchen hob die Hände und versuchte, ein wenig Ordnung in die Wirrnis ihres Haares zu bringen. Und ich fragte mich, ob Martin sie immer noch lieben würde, jetzt, da sie nicht mehr in Ketten war.